김시습 「조동오위요해」의 역주 연구

Kim Si-seup's *Jodongowiyohae*

김시습(金時習, 1435~1493)의 호는 매월당(梅月堂), 법호는 설잠(雪岑)이다. 유자(儒者)이면서 선승(禪僧)이었고 또 방외인(方外人)이기도 하였다. 유학(儒學)과 선학(禪學)을 깊이 탐구하여 유교 글쓰기와 불교 글쓰기라고 할 수 있는 것을 모두 남겼으며 방외인으로서의 모색을 다양한 저술로 담아내었다. 『매월당집(梅月堂集)』, 「조동오위요해(曹洞五位要解)」 등의 저술이 전한다.

역저자 최귀묵(崔貴默)은 서울대학교에서 문학박사학위를 받았으며 현재 부산대 국어국문학과 교수로 있다. 저역서로 『김시습의 사상과 글쓰기』(소명출판, 2001), 『취교전』(소명출판, 2004)이 있다.

김시습 「조동오위요해」의 역주 연구

1판 1쇄 발행 2006년 7월 30일
1판 2쇄 발행 2007년 7월 20일

역저자 / 최귀묵
펴낸이 / 박성모
펴낸곳 / 소명출판
출판고문 / 김호영
등록 / 제13-522호
주소 / 137-878 서울시 서초구 서초동 1621-18 (란빌딩 1층)
대표전화 / (02) 585-7840
팩시밀리 / (02) 585-7848
somyong@korea.com / www.somyong.com

ⓒ 2007, 최귀묵

값 17,000원

ISBN 89-5626-217-9 93810

김시습 「조동오위요해」의 역주 연구

Kim Si-seup's *Jodongowiyohae*

曺洞五位要解

최귀묵 역저

소명출판

　이 책은『조동오위요해(曹洞五位要解)』에 수록된 김시습의 글, 즉「조동오위군신도서요해(曹洞五位君臣圖序要解)」와「단하자순선사오위서(丹霞子淳禪師五位序)」를 역주(譯註)하고, 그와 관련된 필자의 연구 논문 두 편을 수록하여 이루어졌다. 김시습은「단하자순선사오위서」에서 조동선(曹洞禪)과 성리학(性理學)이 '피차동철(彼此同轍)'이므로 회통(會通)할 수 있다는 화두(話頭)를 던졌다. 이 점은『조동오위요해』가 학계에 소개될 당시부터 지적된 바이다. 하지만 글이 난해하여 섣불리 접근하기 어려웠던 관계로 오랫동안 화두를 화두로 대접하지 못한 감이 있다. 필자가 분에 넘치는 일인 줄 알면서도 역주를 하겠다고 마음먹은 것은 이러한 상황을 타개해 보고 싶은 바람이 컸기 때문이다. 이 역주가 김시습 연구의 새로운 전기를 마련하는 데 조금이나마 보탬이 되었으면 한다.

　필자에게 이번 역주 작업은 지난(至難)한 일이었다. 그것은 무엇보다 불교 글쓰기에 익숙하지 않은 때문이다. 처음 보는 전적을 뒤져가며 전거를 확인해야 하는 구절이 너무나도 많았다. 이 정도의 번역이나마 내보이는데도 무척 오랜 시간과 공력(功力)이 필요하였지만 그래도 여전히 허점이 많을 것이라는 점을 겸허하게 인정한다. 다만 머지않은 장래에 눈 밝은 이를 만나게 되어 바로 잡힐 것이라고 믿는다. 섭리라고 부르든 인연이라고 말하든 그런 일이 꼭 일어날 것이라는 확신으로 두려운 마음을 가라앉힌다.

민영규(閔泳珪), 탄허(呑虛) 두 분이 앞서 보여준 성과가 있었기에 갈피를 잡을 수 있었다. 두 분은 원앙(鴛鴦)을 수놓는 솜씨를 보여주었을 뿐더러 금침(金針)까지도 건네주려 하였지만 필자가 이어 받지 못하였으니 송구스러울 따름이다. 혼자서 이리저리 사량(思量)하다가 생각이 막히면 연구실 뒤쪽 금정산(金井山)을 거닐었다. 솔바람이며 산새며 다람쥐가 내 말을 들어주었다. 그 벗들에게 이 자리를 빌려서 고맙다는 인사를 해야겠다. 연구하고 강의하는 데 전념할 수 있도록 많은 분들이 배려해 주고 격려해 주었다. 그 분들의 배려와 격려가 헛되지 않도록 더욱 분발하겠다고 다짐한다.

본분작가(本分作家)가 있어 이 책을 본다면 아마도 이렇게 말할 것이다. "우습구나! 백운(白雲)은 잠깐 청장(靑嶂)에 올 수 있지만, 명월(明月)은 벽천(碧天)에서 내려오게 하기 어려우니라." 하지만 이렇게 응수할 길이 열려 있으리라. "세상의 양마(良馬)는 채찍 그림자만 보고도 달린다. 쯧쯧! 너에게 삼십 돈(頓) 방(棒)을 때릴 것이나 용서해주노라"라고 말이다.

2006년 5월 30일
연구실에서
최 귀 묵

조동오위(曹洞五位), 조동오위요해(曹洞五位要解)

1.

　김시습(金時習, 1435~1493)의 글이 실려 있는 『조동오위요해(曹洞五位要解)』가 세상에 알려진 것은 1979년 민영규(閔泳珪) 선생에 의해서였다.[1] 또 민영규 선생이 이를 '교록(校錄)'하여 발표한 것이 1989년의 일이다.[2]

---

1) 민영규, 「金時習의 曹洞五位說」, 『大東文化硏究』 13집, 성균관대 대동문화연구원, 1979.
2) 강원대 인문과학연구소 편, 『梅月堂―그 文學과 思想』, 강원대 출판부, 1989. 다만 판형이 큰 특별판에만 교록본이 부록으로 실려 있다. 金知見, 「『曹洞五位要解校錄』 添記」에 따르면 민영규 선생은 "弘治八年 乙卯年刻本으로 雪岑이 入寂한 二年 후에 逍遙山僧侶들에 依해서 板刻된 最古本"을 底本으로 삼았다고 한다(강원대 인문과학 연구소 편, 같은 책, 185면). 弘治 8년은 1495년이고, 雪岑은 김시습의 法號이다. 하지만 교록본을 보면 「十玄談要解」를 판각한 해가 1495년이라고 되어 있을 뿐, 『조동오위요해』를 판각한 해가 언제라는 말은 없어서 판각 상황을 그렇게 판단하는 근거가 무엇인지가 분명치 않다.

처음 소개할 때나3) 교록본을 내면서도 「십현담요해(十玄談要解)」가 『조동오위요해』의 일부분이라고 보았는데, 오랜 연구 경험을 바탕으로 한 판단이기는 하지만 구체적인 근거를 제시한 것은 아니어서 계속 숙고해야 할 문제로 남아 있다. 아울러 책의 편자가 누구인지 아직 분명하게 밝혀진 것도 아니다. 그래서 이 책에서 『조동오위요해』라고 할 때는 잠시 「십현담요해」를 포함하지 않기로 한다.

필자가 조사한 바로는 『조동오위요해』는 민영규 소장본 이외에도 국립중앙도서관 소장본이 있는데, 둘 사이의 차이는 그리 크지 않다. 교록본과 국립중앙도서관 소장본을 대조해 볼 때 몇몇 곳이 다른데, 그 중 많은 경우가 아마도 교록 과정에서 생긴 단순한 착오일 것으로 추측된다. 이 책에 영인하여 수록한 것은 국립중앙도서관 소장 목판본을 저본으로 삼은 것이다.4)

2.

국립중앙도서관 소장본 표지를 보면 '조동오위군신도(曹洞五位君臣圖)'라는 표제(表題)가 붙어 있다. 그리고 본문 맨 마지막 면에 '조동오위종(曹洞五位終)'이라고 적어 놓고 있으니 권미제(卷尾題)는 '조동오위'가 된다. 표제를 '조동오위군신도'로 한 것은 책에 맨 처음 실린 글이 「조동

---

3) "金時習의 十玄談要解는 정확히 말해서 그의 未整稿 曹洞五位要解不分卷의 一部分으로 보아야 할 것이다."(민영규, 앞의 글, 82면)

4) 동국대 도서관에 『曹洞五位要解』가 소장되어 있다고 되어 있어 확인한 결과 김시습의 주석(요해)이 들어 있지 않고, 국립중앙도서관 소장본에 실린 글도 많이 빠져 있다. 또한 원광대 도서관에는 『曹洞五位君臣圖序要解』 영인본이 있는데, 국립중앙도서관 소장본을 영인한 것으로 보인다.

오위군신도서요해(曹洞五位君臣圖序要解)」이기 때문일 것이다. 하지만 필자가 보기에 제명이 '조동오위군신도'일 수는 없을 듯하다. 왜냐하면 '조동오위군신도'의 '도(圖)'는 말 그대로 그림이어서 우리가 보는 저술의 전체 내용을 포괄할 수 없기 때문이다. 반면 권미제를 받아들여서 제명을 『조동오위』라고 하는 것은 좀 더 신빙성이 있을 듯하다. 이 경우 '조동오위'로 저술의 전체 내용을 무난히 포괄할 수 있기 때문이다. 표제와 권미제 이외에 제명을 판단할 수 있는 다른 정보는 없는 것으로 보이니 일단은 『조동오위』를 제명으로 삼아도 좋을 것이다.

앞서 말하였듯이 『조동오위』에 맨 처음 실려 있는 글이 「조동오위군신도서요해」이다. 「조동오위군신도서」를 쓴 것은 북송(北宋) 때의 승려 화엄도륭(華嚴道隆, 11세기 중반)일 것으로 추정된다.[5] 재미있는 사실은 김시습이 자신의 글쓰기를 '요해(要解)'라고 부른 점이다. '요체를 밝힌 간결한 해석'이라는 뜻일 테니 간결한 주석을 가하였다는 말로 이해하면 되겠다. 『조동오위』에는 김시습이 쓴 '요해'가 한 편이 더 있는데, 두 번째로 실려 있는 글인 「단하자순선사오위서(丹霞子淳禪師五位序)」가 그것이다. 단하자순(丹霞子淳, 1064~1117)은 북송(北宋) 때의 선승이다. 비록 '요해'라는 글쓰기 방식을 제목에 명시하고 있지는 않지만, 「조동오위군신도서요해」와 같은 글쓰기 방식으로 되어 있다. 따라서 글쓰기 방식까지 밝히면 「단하자순선사오위서요해」라고 부르는 것이 가능하다고 본다. 『조동오위』에 수록된 글 가운데 '조동오위요해'라는 이름을 붙이기에 합당한 글은 사실 이 두 편이 전부이다. 제2부에서 역주한 것은 이 두 편의 글이다.

엄밀하게 말하자면 『조동오위』 속에는 김시습이 쓴 두 편의 '요해'와 다른 사람들이 쓴 글 여러 편이 실려 있는 셈이다. 그렇지만 '요해'라는 글쓰기 방식을 염두에 두고 『조동오위』를 다시 보면 상당 부분이 '요

---

5) 자세한 내용은 제2부의 역주 본문에 서술하였다.

해' 글쓰기로 되어 있다. 다시 말해서 넓게 보아『조동오위』는 김시습을 비롯한 여러 사람의 '요해'(주석)를 집성한 성격의 저술이라는 것이다. 그러니 민영규 선생 이하 연구자들이『조동오위요해』라고 불러온 것도 어느 정도는 일리가 있다고 하겠다.『조동오위』라고 하는 쪽보다는 저술의 성격을 분명하게 드러내주는 장점도 있으니『조동오위요해』라고 불러도 무방하다고 필자는 생각한다. 그래서 이 책에서는『조동오위요해』를 제명으로 삼고, 김시습의 '요해'를 특별히 지칭할 때는 '김시습의「조동오위요해」'라고 하기로 한다.

3.

조동종(曹洞宗)은 당대(唐代)에 형성된 중국 선종의 다섯 갈래 가운데 하나이다. 임제종(臨濟宗)과 함께 후대까지 계승되었다. 선(禪)의 철학적 기반 탐구에 깊은 관심을 보인 것이 임제종과는 다른 조동종의 특징이라고 한다. 육조혜능(六祖慧能, 638~713)이 조계(曹溪)에 있으면서 법(法)을 전하고, 그 6세 법손(法孫)인 동산양개(洞山良价, 807~869)가 동산(洞山)에서 이를 이어 발전시켰으므로 조동종이라고 부른다고 한다.

동산과 그의 제자인 조산본적(曹山本寂, 840~901)은 선종의 이치·수행·실천의 요체를 요령 있게 요약한 몇 편의 게송을 남겼는데 그것이 조동오위(曹洞五位)의 근간을 이룬다. 조동오위에는 네 종류가 있는데 정편오위(正偏五位)·공훈오위(功勳五位)·군신오위(君臣五位)·왕자오위(王子五位)[6]가 그것이다. 공훈오위 이하는 정편오위에 기초해서 관점을 조금 달

---

6) 王子五位는 당나라 때 승려 石霜慶諸(807~888)가 제출한 것이다. 洞山의 五位說에 기초를 두고서 비유적인 명칭을 사용하였다. 각 위의 명칭은 誕生王子, 朝生王子, 末

리하여 제출된 것들이다.

『조동오위요해』는 조동오위와 그것을 풀이한 글을 모은 것이다. 네 종류의 오위 가운데 정편오위·공훈오위·군신오위를 주로 다루고 있으며 왕자오위에 대해서도 간략하게나마 언급하였으니 네 종류 모두 다 다루고 있는 셈이다. 국립중앙도서관 소장본『조동오위요해』는 다음과 같은 내용으로 되어 있다.

① 조동오위군신도서요해(曹洞五位君臣圖序要解)
② 단하자순선사오위서(丹霞子淳禪師五位序)
③ 조산오위군신도송병서(曹山五位君臣圖頌幷序)·조동오위도(曹洞五位圖)
④ 자명총송(慈明總頌)
⑤ 조동종지(曹洞宗旨)
⑥ 공훈오위(功勳五位)
⑦ 군신오위(君臣五位)
⑧ 정편오위에 대한 명안화상(明安和尙)의 석(釋)과 분양화상(汾陽和尙)의 송(頌)
⑨ 묘희시중(妙喜示衆)
⑩ 조산삼타(曹山三墮)
⑪ 동산대사금침삼종삼루(洞山大師金針三種滲漏)
⑫ 동산창도삼강요송(洞山唱道三綱要頌)
⑬ 조주삼문(趙州三門)
⑭ 제가오위송(諸家五位頌)

①은 화엄도륭이 쓴 「조동오위군신도」에 김시습이 요해를 붙인 것이다. 도륭이 쓴 「서」를 분단(分段)하여 정편오위에 배분하고 해설하였다. ②는 단하자순이 쓴 「오위서(五位序)」에 김시습이 요해를 붙인 것이다. 「오위서」를 분단하여 정편오위에 배당하고 해설하였다. 주돈이(周敦頤, 1017~1073)의 「태극도(太極圖)」와 주희(朱熹, 1130~1200)의 「태극도해(太極圖

生王子, 化生王子, 內生王子이다.

解)」의 전반부를 인용하고 오위와 연관시켜 논의하였다. "이제 주자(周子)의 「태극도」와 주자(朱子)의 「태극도해(太極圖解)」에 의거하여 유래를 보이고 아울러 피차가 동철(同轍)임을 드러내 보인다[今據周子太極圖及朱子解 以示來由 兼標彼此同轍]"라는 파격적인 선언이 이곳에 들어 있다.

①과 ②가 김시습의 글이라고 보게 되는 근거는 여러 가지를 말할 수 있다. 우선 ①과 ②에 나오는 구절과 같거나 흡사한 구절들이 『매월당전집(梅月堂全集)』에 실려 있는 여러 글, 구체적으로는 「태극설(太極說)」·「신귀설(神鬼說)」·「묘법연화경별찬(妙法蓮華經別讚)」·「십현담요해」 등에서 빈번하게 발견된다는 점이다.[7] 우연한 일치라고 보기에는 빈도가 잦아서 한 사람의 손에서 나온 글이라고 보지 않을 수 없다. 또한 선행 연구에서 지적된 바와 같이 두 편의 요해와 「십현담요해」가 내용 상 긴밀하게 연결되어 있다.[8] 마지막으로 조동선(曹洞禪)에 깊은 관심을 가지고 있으면서, 유불도(儒佛道)를 회통(會通)하려는 문제의식까지 가진 사람이라면 김시습을 떠올리는 것이 자연스럽다.

③은 우선 「조산오위군신도서(曹山五位君臣圖序)」를 제시하였다. 이어서 정편오위·공훈오위·군신오위·왕자오위를 한데 모아 놓고 조산이 지은 「오상송(五相頌)」과 짝지어 놓았다. ④는 송나라 때 임제종 계통의 승려인 자명초원(慈明楚圓, 곧 石霜楚圓)이 정편오위의 다섯 위(位)에 각각 송(頌)을 붙이고 나서 이를 총괄하기 위해서 덧붙인 송이다.[9]

⑤는 동산의 「정편오위」를 한 구절씩 들고 각 구절에 붙인 몇 사람의 주석과 축위송(逐位頌)을 모은 것이다. 구체적으로는 경청대사(鏡淸大師)

---

7) 최귀묵, 『김시습의 사상과 글쓰기』, 소명출판, 2001, 127~128면에서 구체적인 구절을 보였다. 일치하는 구절은 거기에서 거론한 것보다 더 많이 있다.

8) 한종만, 「雪岑의 十玄談要解와 曹洞禪」(강원대 인문과학연구 편, 앞의 책).

9) 「慈明總頌」은 一然이 편찬한 것으로 알려진 『重編曹洞五位』에 「都頌」이라는 제목으로 수록되어 있다. 이창섭·최철환 역, 『중편조동오위(重編曹洞五位)』, 대한불교진흥원, 2002, 101~103면에 자명이 지은 다섯 편의 송과 「都頌」이 번역되어 있다. 앞으로 이 책을 인용할 때는 책 이름과 면수만 밝히기로 한다.

와 향산(香山) 유화상(劉和尙)의 간략한 해설, 그리고 감로(甘露) 자화상(秬和尙)의 별주(別註)와 축위송이다. 축위송이란 오위 하나하나의 취지를 순서에 따라 송으로 나타낸 것을 가리킨다. ⑤의 말미에는 '제가송오수(諸家頌五首)'가 덧붙여져 있다. ⑥은 동산이 공훈오위를 말하게 된 내력과 누구인지 모를 사람이 쓴 주(註)와 송(頌)으로 되어 있다.[10]

⑦은 조산이 군신오위를 말하게 된 내력과 진주(泰州) 중선원(中禪院) 도륭화상(道隆和尙)의 대어(代語)·주(註)·송(頌)으로 되어 있다.[11] 도륭은 곧 화엄도륭일 것이다. 대어는 질문을 받은 사람을 대신하여 대답하는 것이다. ⑧은 정편오위에 대한 명안화상(明安和尙)의 해설, 분양화상(汾陽和尙)의 축위송으로 되어 있다.[12] 명안화상은 송나라 때 조동종 계통의 승려 대양경현(大陽警玄, 943~1027)이며, 분양화상은 송나라 때 임제종 계통의 승려 분양선소(汾陽善昭, 947~1024)이다.

⑨는 묘희가 대중을 상대로 한 법문[示衆]에서 정편오위를 풀이해서 말한 것이다.[13] ⑩은 조산의 삼종타(三種墮)와 그에 대한 대양명안(大陽明安), 곧 대양경현의 해설로 되어 있다.[14] 삼종타란 수행자가 안주하게 되는 세 가지 경지를 이른다.

⑪은 동산이 말한 삼삼루(三滲漏)와 대양경현의 해설, 중허(中虛)의 송으로 되어 있다. 삼삼루란 수행자가 빠지기 쉬운 폐단을 세 가지로 요약한 것이다.[15] ⑫는 동산이 제시한 '강요(綱要)가 되는 게송 셋[三綱要頌]'과 누구인지 모를 사람이 붙인 해설로 되어 있다.[16]

---

10) 백련선서간행회 역, 『曹洞錄』, 장경각, 1989, 84~86면에 동산이 공훈오위를 말한 내력이 나와 있다. 앞으로 이 책을 인용할 때는 책 이름과 면수만 밝히기로 한다.
11) 『조동록』, 159~160면에 조산이 군신오위를 말한 내력이 나와 있다.
12) 『중편조동오위』, 98~101면에 분양화상의 축위송과 총송(總頌)이 나와 있다.
13) 『중편조동오위』, 109~112면에 「묘희시중」이 나와 있다.
14) 『조동록』, 157~158면에 조산이 말하는 삼종타가 나와 있다. 『중편조동오위』, 156~163면에도 나와 있다.
15) 『조동록』, 93~94면에 삼삼루가 나와 있다.
16) 『조동록』, 94~95면에 세 편의 「綱要頌」이 나와 있다. 또한 백련선서간행회 역, 『林

⑬은 동종삼해탈문(洞宗三解脫門)이라고 불리는 '문수면목(文殊面目), 관음묘창(觀音妙唱), 보살묘용(菩薩妙用)'에 누구인지 모를 사람이 붙인 송으로 되어 있다.[17] 민영규 교록본에는 원래 「십현담요해」 뒤에 붙어 있던 「조주삼문」을 가져다 실어 놓았다.[18] 그래서 해설이 붙어 있다. 하지만 국립중앙도서관 소장본에는 해설이 들어 있지 않다. ⑭는 대양경현, 투자의청(投子義靑, 1032~1083), 단하자순의 정편오위에 대한 축위송으로 되어 있다. 투자의청은 송나라 때 조동종 계통의 승려이다.

4.

네 종류의 조동오위 가운데 핵심은 정편오위인데, 정편오위의 모체가 된 것은 동산이 지은 「동산오위현결(洞山五位顯訣)」과 오위에 붙인 축위송이라고 한다.[19] 「동산오위현결」에 의거한 오위의 명칭은 정위각편(正位却偏) · 편위각정(偏位却正) · 정위중래(正位中來) · 편위중래(偏位中來) · 상겸대래(相兼帶來)였는데, 동산의 제자 조산이 이를 이어받아 새롭게 정립시켜 정중편(正中偏) · 편중정(偏中正) · 정중래(正中來) · 편중지(偏中至) · 겸중도(兼中到)라고 하였다. 네 번째 자리가 편중지로 되어 있었는데, 임제(臨濟, 임제종의 개조) 문하의 6세인 분양선소가 겸중지(兼中至)로 바꾸었고 그의 제자인 석상초원(石霜楚圓, 986~1040)에게 이어졌다. 후에

間錄』상, 1989, 장경각, 90~92면에도 나와 있다.

17) 『중편조동오위』, 317~321면에 「조주삼문」이 나와 있다.

18) "雪岑要解 據曉城本十玄談要解合綴趙州三門 以下倣此"(『매월당-그 문학과 사상』, 340면)

19) 「洞山五位顯訣」은 曹山本寂의 제자 慧霞가 편찬하였다. 오위에 붙인 축위송은 조산이 지었다고 보는 설도 있다.

조동종에서도 이 영향을 받아서 겸중지가 자리를 잡았다.[20]

정편오위는 평등[正]과 차별[偏]의 회호(回互 : 서로 밀접한 관계를 가지고 융화하는 것) 문제를 중점적으로 다루었고, 공훈오위는 수행을 중심 문제로 삼았다. 네 가지 '오위(五位)' 가운데 정편오위가 원론적인 성격이 가장 두드러진다. 정편오위에서 정(正)은 이(理)·체(體)의 절대적 평등을, 편(偏)은 사(事)·용(用)의 차별을 나타낸다. 정편을 그림으로 나타내기도 하는데 검은 원(●)은 정을, 흰 원(○)은 편을 표시한다. 정편오위에서 문제 삼고 있는 정편(正偏)의 문제는 선종의 근본 문제라고 할 수 있기에 종파를 떠나서 수용되고 검토되었다.

조동오위는 동산(혹은 조산)의 축위송에서 좀 더 구체화되었다. 축위송의 내용이 어떠한지 알면 『조동오위요해』를 이해하기가 수월해질 수 있다. 아래에 그 내용을 보인다.[21]

먼저 정중편은 다음과 같다.

正中偏	정중편이여
三更初夜月明前	삼경초야 달 밝기 전에
莫怪相逢不相識	만나고도 못 알아봄을 이상하게 생각 말지니
隱隱猶懷舊日嫌	어슴푸레 지난날의 혐의 아직도 품고 있구나.

깨달음[正位]은 모든 차별을 여읜 경지이기 때문에 달뜨기 전의 어둠에 비유하였다. 서로 만나고도 못 알아본다는 것은, 깨달음은 모든 이원적(二元的)인 인식을 넘어서는 혼연일치의 경지이므로 알아보는 주체도 알 대상도 없다는 뜻이다. 깨닫기 전에는 궁극적인 경지가 있다고 생각

---

20) 김호귀, 「曹洞五位의 構造와 傳承」, 『韓國禪學』 제1호, 한국선학회, 2001이 도움이 된다. 「洞山五位顯訣」은 『중편조동오위』에 번역되어 있다.

21) 『조동록』, 83~84면이나 『중편조동오위』, 87~95면에 나와 있다. 이원섭, 『선시』, 민족사, 1992, 359~371면에 상세한 해설이 있다. 『조동오위요해』에 들어 있는 「曹洞宗旨」의 풀이도 도움이 된다. 최귀묵, 앞의 책, 158~185면에 필자가 이해한 내용을 기술하였다.

하나, 깨닫고 나니 깨닫기 전과 다를 바가 없기 때문이다.[22]

　　조산은 "정중편이란 이치를 등지고 현상을 향하는 자리[正中偏者 背理就事]"라고 풀이하였다.[23] 삼라만상의 본체가 현상 가운데 있으며, 차별 없는 이체(理體)는 곧 차별상(差別相)을 갖추고 있기 때문에 이(理)를 알려거든 사(事)에 나아가 살펴보아야 한다는 것이다.[24] 사전의 풀이를 보면 "평등한 그대로 차별이 있는 것"이라고 하였다.[25]

　　편중정은 다음과 같다.

　　　偏中正　　　　　편중정이여
　　　失曉老婆逢古鏡　늦잠 잔 노파가 옛 거울을 마주하도다
　　　分明覿面別無眞　눈앞에 분명할 뿐 진면목이 따로 있는 것 아니니
　　　休更迷頭猶認影　다시는 머리를 잘못 보아 그림자로 알지 말라.

　　'실효(失曉)'의 해석에는 이견이 있어서, '늦잠을 잤다, 아침을 만났다, 눈이 어둡다' 등으로 해석한다. 거울을 본다는 것은 본래면목(本來面目)이 드러난다는 말이다.[26] 눈앞에 드러난 본래면목 이외에 달리 찾을 것은 없다. 거울에 비친 얼굴을 보는데 자기 머리는 보이지 않자 자기는 머리도 없는 괴물인가 하여 미친 듯이 날뛰었다는 연야달다(演若達多)처럼 착각해서는 안 된다. 지금 자기 모습 그대로가 깨달은 부처임을 알아야 한다.

　　조산은 "편중정이란 현상을 버리고 이치로 들어가는 자리[偏中正者 舍事入理]"라고 하였다.[27] 차별적인 현상을 올바로 궁구함으로써 본체를

---

22) "所以悟了還同未悟時"(「조동종지」)
23) 『조동록』, 159면.
24) 김호귀, 앞의 논문, 152면. 正偏五位의 철학적 의미에 대한 해설은 이 논문을 참조하였다.
25) 智冠 편저, 『伽山 佛教大辭林』 5, 가산불교문화연구원, 2003, 253면. 사전의 풀이는 이 책에서 가져왔다. 앞으로 이 사전을 인용할 때는 책 이름과 면수만 밝히기로 한다.
26) "本來面目自此而彰"(「조동종지」)

밝혀야 한다, 곧 사(事) 속에서 이(理)를 발견하고 용(用)으로부터 체(體)를 수용해 나아가야 한다는 뜻이다. 사전의 풀이를 보면 "차별의 현상 그대로 평등한 본래의 법이라는 말"이라고 하였다.

정중래는 다음과 같다.

正中來	정중래여
無中有路隔塵埃	'무(無)' 속에 티끌세상 벗어날 길이 있으니
但能不觸當今諱	지금 임금 휘(諱)를 범하지 않을 수만 있다면
也勝前朝斷舌才	그래도 전조(前朝)에 혀 끊긴 사람보다는 낫겠지.

깨달음을 얻은 뒤 중생의 세계로 몸을 돌이켜야 한다.[28] 중생 세계에서의 실천은 지혜로운 신하가 종일 왕을 모시되 왕휘(王諱)를 범하지 않는 것처럼 능수능란해야 한다.[29] 수(隋)나라 때 말을 잘했으나 국휘(國諱)를 범해서 혀가 잘린 하약필(賀若弼)과 같아서는 안 된다.[30]

정중래는 일체의 인위나 조작이 개입하지 않은 수행과 실천 — 무공용(無功用) — 에서 발현되는 자비심[無緣大悲]에 의거해서 위로는 깨침을 추구하면서 아래로는 중생의 교화에 매진하는 자리이다. 사전의 풀이를 보면 "평등의 본체가 여러 현상의 차별에 응하여 다양한 작용을 일으키는 것"이라고 하였다.

겸중지는 다음과 같다.

兼中至	겸중지여

---

27) 『조동록』, 159면.

28) "得位後方能轉身"(「조동종지」)

29) "善能回互"(「조동종지」)

30) "隋朝有賀若弼 辯士也 因犯國諱 被割舌 是此人也"(「조동종지」) 다음과 같은 풀이도 전한다. "그 뜻은 隋나라 때 하약필의 부친 賀敦이 宇文護에게 미움을 받아 살해되었는데, 처형장에 당도하여 그의 아들에게 '나는 혀 때문에 죽는다'라고 훈계하고 아들의 혓바닥을 당겨 송곳으로 찔러 피가 나오게 함으로써 입조심을 시켰다."(백련선서간행회 역, 『林間錄』하, 1989, 장경각, 110면)

兩刃交鋒不須避	양쪽 칼끝 부딪쳐도 피하지 말라
好手猶如火裏蓮	뛰어난 기량은 불 속에 핀 연꽃 같으니
宛然自有冲天志	스스로 하늘 찌를 기개가 완연하구나.

중생 세계에서의 실천은 정편(正偏)이나 명암(明暗) 따위의 상대적 대립을 넘어서야 한다. 만상(萬相)의 주인이 되는 경지에 이르러서 불 속에 연꽃을 피우는 것 같은 오묘한 실천을 할 수 있어야 한다. 하늘을 찌르는 대장부의 기개로 마치 왕이 다른 사람의 명령을 받지 않는 것처럼 외물의 지배를 받지 않는 경지여야 한다.

사전의 풀이를 보면 "차별된 현상의 작용 속에서 현상과 본체가 조화되는 경지를 깨달아 무념무상(無念無想)의 경계에 이르는 것"이라고 하였다. 단순히 현상의 모습만을 보는 것이 아니라 그 자체가 곧 진리의 체현(體現)임을 잊지 않음은 물론이다.

겸중도는 다음과 같다.

兼中到	겸중도여
不落有無誰敢和	유무(有無) 아니 떨어지니 누가 감히 어울리리오
人人盡欲出常流	사람마다 범상함에서 벗어나려 하건마는
折合還歸炭裏坐	끝내 돌아와서 숯불 속에 앉는구나.

유무의 분별을 여읜 오묘한 체(體)를 증득(證得)해야 한다. 부처와 조사(祖師)의 높은 경지에 이르고자 하면서 깨달음의 높은 경지에 머물려 하지 말고 머리를 돌려 중생의 세계에서 자재해야 한다.[31]

조산은 "겸대(겸중도)란 뭇 인연에 그윽이 감응하면서 모든 유(有)에 떨어지지 않는 자리이다. 더러움도 아니고 깨끗함도 아니며, 정위도 아니고 편위도 아니다[兼帶者 冥應衆緣 不墮諸有 非染非淨 非正非偏]"라고 하였다.[32] 정편을 초극해 있는 원융무애(圓融無礙)의 경지를 뜻한다고 할

---

31) 「조동종지」에는 마지막 구절이 '折合元來炭裏坐'로 되어 있다.

수 있다. 사전의 풀이를 보면 "정(正)·편(偏)·래(來)·지(至)를 원만하게 총괄적으로 아우르며 걸림 없이 자재로운 경지를 말한다"라고 하였다.

5.

『조동오위요해』에는 「조산오위군신도송병서」가 수록되어 있고, 조산이 그린 '오상(五相)'과 조산이 지은 「오상송」이 정편오위 등과 짝지어져 있다. 여러 종류의 조동오위를 종합적으로 이해하는 방식을 알려주고 있다는 점에서 소중하다. 그곳에는 다른 오위가 오위의 명칭이나 핵심어만 제시된 데 비하여 조산의 군신오위는 전체가 제시되어 있으니 한번 살필 필요가 있다.

군(君)은 절대적 평등을, 신(臣)은 상대적 차별을 표현한다. 신향군(臣向君)은 상대계의 온갖 차별을 버리고 절대계의 평등으로 들어가는 것을, 군시신(君示臣)은 본래의 평등한 도리에 집착하지 않고 구체적인 사물경계로 나아가는 것을 표현한다. 군신도합(君臣道合)은 평등과 차별이 원융무애(圓融無礙)한 관계 속에 있는 것으로서 여러 가지 인연에 응해 가지만 유(有)에 집착하지 않는 것을 비유한다.[33]

조산의 '오상'과 「오상송」은 다음과 같다.[34]

●

白衣須拜相   서민을 재상에 임명하는 일

---

32) 『조동록』, 159면.
33) 『가산 불교대사림』 2, 618~619면과 이원섭, 앞의 책, 372~378면에 해설이 있다.
34) 번역은 주로 『조동록』, 161~162면을 따랐다.

此事不爲奇　이 일은 이상할 것 없다네.
積代簪纓者　대대로 내려온 벼슬아치들이여
休言落鼻時　숨 떨어질 때를 말하지 말라.

◗

子時當正位　자시(子時)가 정위(正位)에 해당하니
明正在君臣　밝음과 올바름이 임금과 신하에 있어라.
未離兜率界　도솔세계를 떠나지 않았는데
烏雞雪上行　검은 닭은 눈 위로 간다네.

⊙

燄裏寒冰結　불꽃 속에 찬 얼음 맺히고
楊花九月飛　버들개지는 구월에 날리네.
泥牛吼水面　진흙 소는 물 위에서 울고
木馬逐風嘶　목마는 바람 따라 울부짖네.

○

王宮初降日　황궁에 처음 강생(降生)하신 날
玉兔不能離　하늘나라를 떠날 수 없었네.
未得無功旨　쓸 것[功] 없는 종지를 얻지 못하니
人天何太遲　인간·천상은 어찌 그리 더딜까.

●

渾然藏理事　이치와 현상을 섞어 갈무리하니
朕兆卒離明　그 조짐 끝내 밝히기 어려워라.
威音王未曉　위음왕불(과거불)도 깨닫지 못했는데
彌勒豈惺惺　미륵불(미래불)이 어찌 깨닫겠는가.

　　애초에 조산은 군은 정위(正位), 신은 편위(偏位), 신향군은 편중정, 군시
신은 정중편, 군신도합은 겸대어(兼帶語), 곧 겸중도와 같다고 하였다. 하

지만 군신오위와 정편오위와의 관련성이 문제가 되어 다음과 같은 수정안이 나오게 되었다. 『인천안목(人天眼目)』에 수록된 「오위공훈도(五位功勳圖)」에 의하면, '◐정중편 군위(君位)', '◑편중정 신위(臣位)', '☉정중래 군시신', '○겸중지 신향군', '●겸중도 군신합'이 짝지어져 있다.[35] 그리고 『조동오위요해』에 있는 「조동오위도(曹洞五位圖)」에서는 '◐정중편 군향신(君向臣)', '◑편중정 신봉군(臣奉君)', '☉정중래 군시신', '○겸중지 신향군', '●겸중도 군신도합'이 짝지어져 있다. 군위를 군향신, 신위를 신봉군으로 하여 군과 신을 따로 독립시키지 않은 점이 다르다.

6.

구두점 찍힌 교록본이 나온 이후 간간히 『조동오위요해』에 대한 저작들이 이어져 나왔다.[36] 잘 알려지지는 않았지만 김탄허(金呑虛)에 의해서 「조동오위군신도서요해」와 「단하자순선사오위서」가 번역되었다.[37] 하지만 탄허의 번역은 원문에 현토를 한 수준을 조금 넘어선 정도의 것이어서 상세한 주석이 덧붙지 않고는 이해하기가 여전히 어렵다고 할 수 있다. 이런 사정이 있어서 필자는 스스로 능력을 돌아보지 않은 채, 교록본과 탄허 번역을 참고하고 상세한 주석을 붙여서 역주본을 내놓게 되었다.

이 책의 제1부는 김시습의 「조동오위요해」를 역주한 내용이다. 제2부에는 필자의 연구논문 두 편을 실었다. 첫 번째 논문은 원래 「「조동오위

35) 智昭 集, 『人天眼目』 권3, 『卍續藏經』 제113책, 862면.
36) 한종만, 『韓國曹洞禪史』, 불교영상, 1998. 최귀묵; 앞의 책.
37) 金呑虛, 『周易禪解』 3(중판), 교림, 1994, 405~421면.

군신도서요해」 연구―구성, 전거, 위상에 대한 논의」라는 제목으로 『선청어문(先淸語文)』 32집(서울대 국어교육과, 2004)에 실었던 것을 손질한 것이다. 두 번째 논문은 『대동철학(大同哲學)』 35집(대동철학회, 2006)에 수록한 것이다. 제3부에는 국립중앙도서관 소장본을 영인해서 실어 놓았다. 제2부에서 『조동오위요해』 전체를 역주한 것은 아니지만, 김시습의 「조동오위요해」를 이해하기 위해서는 책 전체를 볼 필요가 있다.

◆ 일러두기

1. 번역의 저본은 국립중앙도서관 소장본이며 제3부에 영인하여 실었다.
2. 번역은 되도록 직역에 가깝게 하였지만 이해를 돕기 위해서 융통성 있게 의역도 하였다.
3. 어휘와 구절의 풀이 범위를 넓혀서 되도록이면 친절한 주석이 되도록 하였다.
4. 민영규 교록본과 탄허 번역을 두루 참고하였다.
5. 찾아보기를 두어 본문의 주요 구절과 역주 내용을 찾아볼 수 있도록 하였다.
6. 역주와 연구에 참고한 주요 논저 목록을 아래에 제시한다.

1) 자료
『曹洞五位要解』
『梅月堂全集』
『韓國佛敎全書』
『大正新修大藏經』
『卍續藏經』
『性理大全書』
『周易參同契彙刊』(王鋼・丁巍・蘇麗湘 輯, 鄭州 : 中州古籍出版社, 1990)
『朱子語類』

2) 사전
古賀英彦 편저, 『禪語辭典』, 京都 : 思文閣出版, 1991.
곽철환 편저, 『(시공) 불교사전』, 시공사, 2003.
김원중 편저, 『虛詞辭典』, 현암사, 1989.
佛光大藏經編修委員會, 『佛光大辭典』 6, 臺灣 : 佛光出版社, 1988.
禪學大辭典編纂所 편, 『(新版) 禪學大辭典』, 東京 : 大修館書店, 1983.
鈴木哲雄 編, 『中國禪宗人名索引』, 名古屋 : 其弘堂書店, 1975.
龍潛庵 編著, 『宋元語言詞典』, 上海 : 上海辭書出版社, 1982.
李鐵敎・一指・辛奎卓 편찬, 『禪學辭典』, 불지사, 1995.
智冠 편저, 『伽山 佛敎大辭林』 1~7, 가산불교문화연구원, 1998~2005.
『大漢和詞典』.
『漢語大詞典』.
William Edward Soothill and Lewis Hodous, *A Dictionary of Chinese Buddhist Terms*(http://www.hm.tyg.jp/
　~acmuller/soothill/soothill-hodous.html).

3) 번역본
國譯禪宗叢書刊行會 編, 「國譯洞山悟本人師語錄」, 『國譯禪宗叢書』 권8, 東京 : 國譯禪宗叢
　　書刊行會, 1919~1921.
金知見 강의, 『大華嚴一乘法界圖註幷序』, 대한전통불교연구원, 1983.
金呑虛, 『周易禪解』 3(重版), 교림, 1994.
無比 譯解, 『금강경오가해』, 불광 출판부, 1992.

백련선서간행회 역, 『碧巖錄』 상·중·하, 장경각, 1993.

백련선서간행회 역, 『林間錄』 상·하, 1989.

백련선서간행회 역, 『曹洞錄』, 장경각, 1989.

백련선서간행회 역, 『從容錄』 상·중·하, 1993.

역경위원회 역, 『한글대장경』, 동국대 전자불전연구소(http://ebti.dongguk.ac.kr/).

역경위원회 역, 『(한글대장경) 禪門拈頌』 1~5, 東國譯經院, 1991.

역경위원회 역, 『(한글대장경) 傳燈錄』 1~3, 동국역경원, 1994.

원인, 『마하반야의 노래』, 우리출판사, 1994.

魏伯陽 原著, 朱元育 闡幽, 李允熙 譯註, 『參同契闡幽』, 여강출판사, 1989.

이광호 역주, 『근사록집해』 I·II, 아카넷, 2004.

이원섭, 『선시』, 민족사, 1992.

이창섭·최철환 역, 『중편조동오위(重編曹洞五位)』, 대한불교진흥원, 2002.

入矢義高·溝口雄三·末木文美士·伊藤文生 譯注, 『碧巖錄』(上·中·下), 東京 : 岩波書店, 1994.

諦觀 錄, 이영자 역주, 『天台四敎儀』, 경서원, 1988.

秋月龍珉·秋月眞人, 慧諝 譯, 『(무문관으로 배우는) 선어록 읽는 방법』, 운주사, 1995.

혜심·각운, 김월운 역, 『선문염송·염송설화』 1~10, 동국역경원, 2005.

慧洪覺範 찬, 圓徹 역주, 『禪林僧寶傳』 상·하, 장경각, 2001.

4) 논저

강원대 인문과학연구소 편, 『梅月堂―그 文學과 思想』(특별판), 강원대 출판부, 1989.

길희성, 『보살예수』, 현암사, 2004

김근호, 「太極, 우주만물의 근원」, 『조선유학의 개념들』(한국사상사연구회 편), 예문서원, 2002.

김호귀, 「曹洞五位의 構造와 傳承」, 『韓國禪學』 제1호, 한국선학회, 2001.

廖名春·康學偉·梁章弦, 심경호 역, 『주역철학사』, 예문서원, 1994.

민영규, 「金時習의 曹洞五位說」, 『大東文化硏究』 13집, 성균관대 대동문화연구원, 1979.

석우, 『법성게 강의』, 여래, 2005.

松原泰道, 최현 역, 『불멸의 禪語百選』, 상아, 1992.

松原泰道, 『禪語百選』, 東京 : 祥傳社, 1972.

안동준, 「김시습 문학사상에 대한 연구사적 검토」, 『南冥學硏究』 18집, 경상대 남명학연구소, 2004.

鈴木大拙, 「禪이란 무엇인가」, 『禪과 精神分析』(E. 프롬 외, 김용정 역), 原晉社, 1991.

오대혁, 「김시습의 선불교적 현실주의와 『금오신화』」, 『한국 서사문학과 불교적 시각』(조현설 외), 역락, 2005.

위앤커, 전인초·김선자 역, 『중국신화전설』 1, 민음사, 1999.

柳淞月 選解, 『禪名句二百選』, 홍신문화사, 1979.

柳田聖山, 안영길·추만호 역, 『禪의 思想과 歷史』, 민족사, 1989.

최귀묵, 『김시습의 사상과 글쓰기』, 소명출판, 2001.

최연식, 「『진심직설』의 저자에 대한 새로운 이해」, 『진단학보』 94집, 진단학회, 2002.

한종만, 『韓國曹洞禪史』, 불교영상, 1998.

김시습 「조동오위요해」의 역주 연구

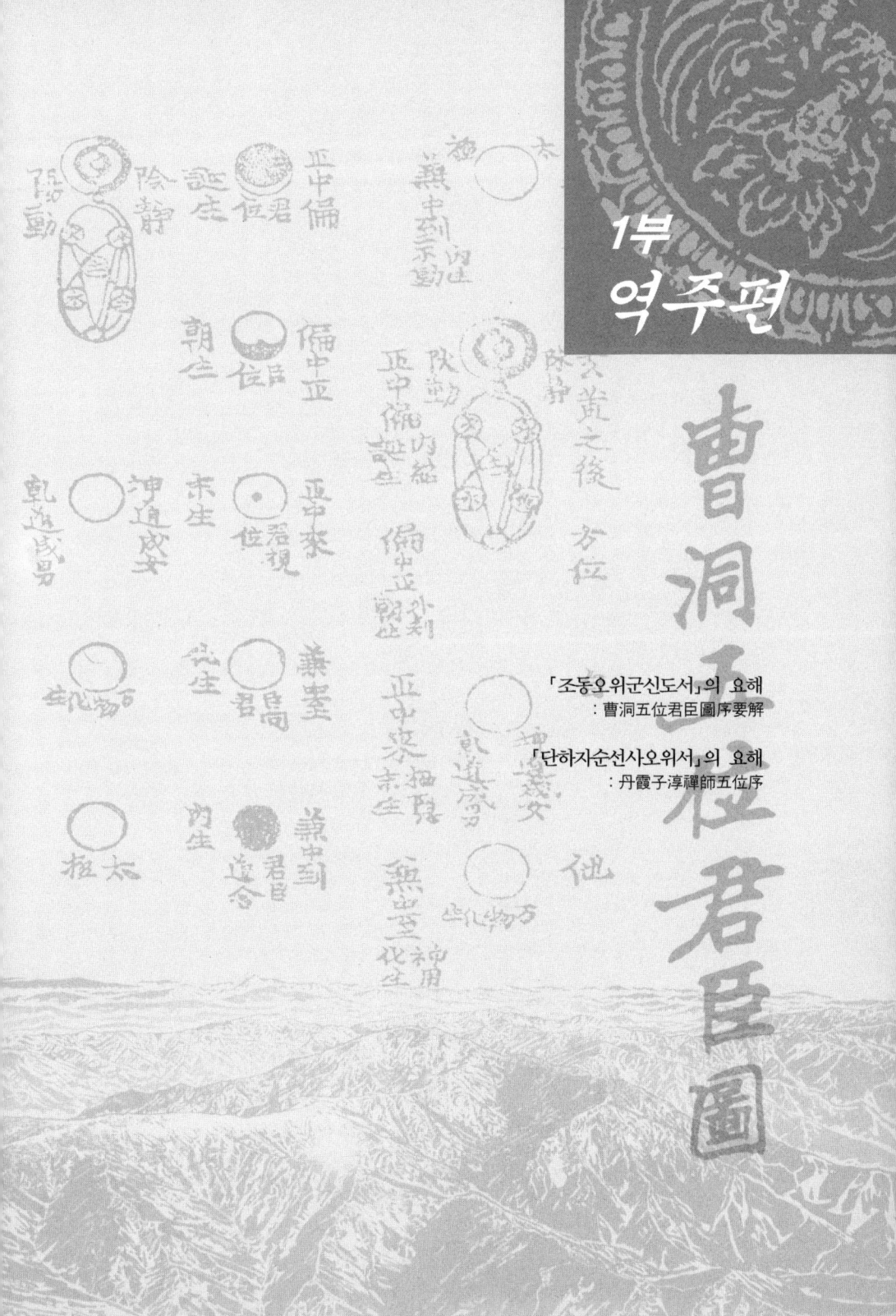

1부
역주편

曹洞五位君臣圖

「조동오위군신도서」의 요해
: 曹洞五位君臣圖序要解

「단하자순선사오위서」의 요해
: 丹霞子淳禪師五位序

「조동오위군신도서」의 요해

曹洞五位君臣圖序要解

[역주]

① 조동오위군신도서요해(曹洞五位君臣圖序要解) : 「조동오위군신도(曹洞五位君臣圖)」에 붙인 「서(序)」를 요해(要解)한 글이라는 뜻.

② 「조동오위군신도(曹洞五位君臣圖)」 : 저술의 제명(題名). 당(唐)나라 조산본적(曹山本寂, 840~901)의 「오위군신도(五位君臣圖)」일 것으로 추측된다. 조산의 「오위군신도」는 『인천안목(人天眼目)』(宋나라 智昭 엮음)에 「조산오위군신도송병서(曹山五位君臣圖頌幷序)」로 실려 있는데, 이것은 조산본적이 정편오위(正偏五位)의 취지를 군신 관계에 비유해서 부연하고 다섯 가지 그림으로도 표현한 것이다. 오위군신(五位君臣), 곧 군신오위(君臣五位)는 '군(君), 신(臣), 군시신(君視臣), 신향군(臣向君), 군신도합(君臣道合)'이고 각각의 위(位)에 상응하는 그림은 '◗, ◖, ◉, ◯, ●'이다. 이 그림을 오상도(五相圖)라고도 부른다.[1]

③ 요해(要解) : '요체를 밝힌 간결한 해석' 정도의 뜻이겠다. '요해'라는 제명을 가진 책으로는 송나라 계환(戒環)의 『법화경요해(法華經要解)』, 조선에서 간

---

[1] 좀 더 자세한 설명은 이 책에 실린 해제의 글을 참조

행한 『역학계몽요해(易學啓蒙要解)』 같은 것이 있다. 『법화경요해』는 1463년 (세조 9)에 간행된 『법화경언해(法華經諺解)』에 수용되었다. 『역학계몽요해』 는 주회(朱熹)가 지은 『역학계몽』을 알기 쉽게 해설한 책으로 1465년(세조 11) 에 간행되었다. 한편 김시습은 「십현담요해(十玄談要解)」도 저술하였다.2)

仁宗聖帝敕秦州大中寺道隆禪師述

인종(仁宗) 황제의 명으로 진주(秦州) 대중사(大中寺) 도륭선사(道隆禪師) 가 (「조동오위군신도서」를) 지었다.

[역주]

① 인종(仁宗) : 중국 북송(北宋)의 네 번째 황제(1010~1063년, 1022~1063년 재 위)인 인종일 것으로 추정한다. 아래의 '인종, 도륭' 역주 참조

② 진주(秦州) : 오늘날 감숙성(甘肅省) 동남부 천수시(天水市) 지역.

③ 도륭(道隆) : 화엄도륭(華嚴道隆, 11세기 중·후반경)일 것으로 추정한다.3)

④ 인종, 도륭 : 중국 역사상 인종 황제가 여럿이고, 도륭 또한 여럿이다. 따라서 인종과 도륭이 누구인지 추정해 보기 위해서는 불가피하게 몇 가지 제한을 둘 필요가 있다. 우선 두 사람이 만났다는 점을 중시하면서 기록을 찾아보아 야 한다. 그리고 도륭이 황제의 칙명으로 조동종(曹洞宗) 계통의 문헌인 「조 동오위군신도」에 「서」를 썼으므로 우선은 조동종 계통의 인물 가운데서 찾 아보아야 한다. 이렇게 제한을 두고 여러 문헌을 검토한 결과 인종은 북송의 네 번째 황제, 도륭은 북송 인종의 재위 시기인 11세기 중·후반경에 활동한 화엄도륭일 것으로 추정하게 되었다.

『오등회원(五燈會元)』이나 『속전등록(續傳燈錄)』에 따르면 화엄도륭은 처음에는 조동종(曹洞宗) 계통의 석문혜철(石門慧徹)에게 나아가 배웠다. 석 문이 도륭에게 조동종의 종지(宗旨)를 모두 전수하였다고 한다.4) 후에 임제

---

2) 이창섭·최철환 역, 『중편조동오위(重編曹洞五位)』, 대한불교진흥원, 2002에 「십현 담요해」가 번역되어 있다. 앞으로 이 책을 인용할 때는 제목과 면수만 밝히기로 한다.

3) 민영규, 「金時習의 曹洞五位說」, 『大東文化研究』 13집, 1979, 83면이나 한종만, 『韓 國曹洞禪史』, 불교영상, 1998, 170면에서도 화엄도륭으로 보았다.

4) "門盡授其洞上厥旨"(『五燈會元』 권12) '門'은 '石門慧徹'을 가리키고 '洞上'은 '洞

종(臨濟宗) 계통의 광혜원련(廣慧元璉, 951~1036)의 법(法)을 이었다. 인종 황제의 인정을 받아 문답을 나누고 게구(偈句)를 수창(酬唱)하였다는 사실이 『오등회원』·『불조통기(佛祖統紀)』·『불조역대통재(佛祖歷代通載)』·『속 전등록』 등 여러 문헌에 특기되어 있다. 인종이 오래도록 붙잡아 두고자 해 서 개봉(開封)의 화엄선원(華嚴禪院)에 머물게 하였다.[5]

이상과 같이 여러 기록에 의하면 화엄도륭은 조동종 계통에서 공부하여 종지를 전수받았고 당시 황제의 인정을 받아 측근에 있었다. 대중사 도륭이 화엄도륭이라고 추정할 수 있다면 '인종성제'는 북송의 인종 황제라고 보아 야만 한다. 『불조통기』에는 지화(至和) 원년(元年)인 1054년에 이 두 사람이 만난 것으로 되어 있다.[6] 한편 여정(余靖)이 1059년에 작성한 글인 「동경좌 가영흥화엄선원기(東京左街永興華嚴禪院記)」에 따르면 사정이 조금 다르 다. 여정에 의하면 화엄도륭은 조주(潮州) 해양(海陽) 사람이고 속성(俗性)은 황씨(黃氏)이며 여주(汝州) 사람 원련의 법을 이었다고 한다. 또한 화엄도륭 이 처음 화엄선원에 머물게 된 것은 강정(康定) 원년인 1040년이며 인종의 인정을 받게 된 것은 경력(慶歷) 2년인 1042년의 일이라고 한다.[7]

선종인명색인을 보면 화엄도륭 이외에도 두 사람의 도륭이 더 있다.[8] 황 룡오신(黃龍悟新, 1043~1114)의 제자 종산도륭(鐘山道隆)과 황룡원숙(黃龍 元肅)의 제자 청천도륭(淸泉道隆)이다. 하지만 이들은 모두 인종과는 무관 한 인물로 보인다. 먼저 종산도륭의 경우를 보자. 인종의 재위 마지막 해에 종산도륭의 스승인 황룡오신은 스무 살 남짓이었다. 따라서 스무 살 남짓한 황룡오신의 제자가 인종의 명을 받아 저술을 하였다고 보는 것은 무리한 추 정이다. 청천도륭의 경우도 이와 비슷하다. 사승관계를 정리해 보면 '황룡혜 남(黃龍慧南, 1002~1069)-황룡원숙-청천도륭'과 같이 된다. 1069년에 입

山' 또는 '曹洞宗'을 뜻한다. 『續傳燈錄』 권4에도 같은 말이 나온다.

5) 慧洪覺範 찬, 圓徹 역주, 『禪林僧寶傳』 下, 장경각, 2001, 115~128면에 도륭에 대한 기사가 번역되어 있다.

6) 한종만, 앞의 책, 170면에서는 도륭이 '1054년경 활동'한 것으로 밝혀 놓았는데 아마 도 『불조통기』의 기록을 따랐을 것이다.

7) "康定元年 乃請今明悟禪師 主其禪席 師名道隆 潮州海陽人 俗姓黃氏 得心印於汝 州璉禪師"에 화엄선원에 머문 해가 밝혀져 있고, "慶歷二年 上始賜重陽頌 師卽箋注 進呈 上覽之 大悅 特賜紫方袍以寵之"에 인종의 인정을 받은 해가 밝혀져 있다. 『武 溪集』(宋 余靖 撰) 권9에 나온다. 같은 글 말미에 "嘉祐四年十二月日記"라고 글 쓴 해 (1059)를 밝혀 놓았다.

8) 鈴木哲雄 編, 『中國禪宗人名索引』, 名古屋 : 其弘堂書店, 1975, 285면.

적한 황룡혜남의 손제자가 청천도롱이므로 청천도롱이 활약한 때는 인종의
재위 기간과 겹치지 않는다고 보는 것이 합리적이다. 게다가 황룡오신과 황
룡원숙은 임제종(臨濟宗) 황룡파(黃龍派) 계통의 선승이다.

[1] 夫耳目藏於胎殼 宮商玄象徒施 半夜亡於暗明 乃有 君臣父子

이목(耳目)이 태각(胎殼)에 간직되어 있어도 궁상(宮商)과 현상(玄象)이
도리어 베풀어져 있고, 반야(半夜)는 암명(暗明)이 없지만 오히려 군신(君
臣)과 부자(父子)가 있도다.

[1-1] 夫者 起語之辭 耳目者 視聽之府 儲物不露曰藏 胎 胞胎
人畜所成 殼 卵殼 禽虫所化 言不假形質 已具耳目視聽之理 猶
言天地未判 此道渾然 而其粲然者已具

‘부(夫)’는 기어사(起語辭)이다. ‘이목(耳目)’은 보고 듣는 기관이다. 물건
을 간직하여 두고 드러내 놓지 않는 것을 ‘장(藏)’이라 한다. ‘태(胎)’는
‘포태(胞胎)’이니 사람과 길짐승이 거기서 성장하고, ‘각(殼)’은 ‘난각(卵
殼)’이니 날짐승과 곤충이 거기서 부화한다. 형질(形質)을 빌리지 않고도
귀와 눈으로 듣고 보게 되는 이치를 이미 갖추고 있다는 말이니, 천지
가 나뉘기 전에 이 도(道)는 혼연(渾然)하지만 그 찬연(粲然)한 것이 이미
갖추어져 있다는 말과 같다.

[역주]
① 기어지사(起語之辭) : 문장의 첫머리에 쓰여 문장을 이끄는 어기(語氣)를 나
  타내는 말.
② 포태(胞胎) : 태내의 아이를 싸는 얇은 막.
③ 난각(卵殼) : 알껍데기.
④ 혼연(渾然) : 차별이나 구별이 없는 모양. [1-2]에 나오는 ‘원융(圓融)’이나

'잠적(湛寂)'과 상통하는 말이라고 본다.
⑤ 찬연(粲然) : 분명한 모양. 또렷한 모양.

[1-2] 宮商 五音之名 不可見謂之玄 可見謂之象 徒 空 施 設也 半夜 是正位 一念不生時 亡 泯也 亡於明暗 是沒摸揉底消息 君臣父子 是行布底消息 言最初一念不生時 但有圓融 豈有明暗二種 雖然當體湛寂 諸法緣性本自具足

'궁상(宮商)'은 오음(五音)의 이름이다. 볼 수 없는 것을 '현(玄)'이라고 하고 볼 수 있는 것을 '상(象)'이라고 한다. '도(徒)'는 '공(空 : 한갓)'이요 '시(施)'는 '설(設 : 베풀다)'이다. '반야(半夜)'는 정위(正位)이니 '한 생각도 생기지 않은 때[一念不生時]'이다. '망(亡)'은 '민(泯 : 없어지다)'이다. '명암이 없다[亡於明暗]'는 것은 헤아릴 수 없다는 뜻이요, '군신과 부자[君臣父子]'는 항포(行布)한다는 뜻이다. '최초의 한 생각이 나지 않은 때[最初一念不生時]'에는 다만 원융(圓融)함만이 있을 뿐이니 어찌 명(明)과 암(暗) 두 종류(의 구별)가 있으리오 비록 그러하나 당체(當體)가 맑고 고요한 가운데 제법연성(諸法緣性)이 본래부터 갖추어져 있다는 말이다.

[역주]
① 오음(五音) : 궁(宮), 상(商), 각(角), 치(徵), 우(羽)의 다섯 음률.
② 도(徒), 내(乃) : 김시습은 '도(徒)'를 '한갓, 다만[空]'의 뜻으로 풀이하고 있다. 하지만 이곳의 '도(徒)'와 '내(乃)'는 '도리어, 그렇거늘' 정도의 의미를 가지면서 전절(轉折)을 표현하는 허사(虛詞)로 해석하는 편이 순탄하다고 본다. 전환이나 의외임을 표현하는 점에서 두 허사는 상통한다.9)
③ 반야(半夜) : 한밤중. 야반(夜半).
④ 정위(正位) : 모든 상대적인 차별이 끊어진 평등의 차원.
⑤ 일념불생시(一念不生時) : 한 생각도 일어나지 않을 때. '일념불생(一念不生)'은 "一念不生卽是佛"(『華嚴一乘敎義分齊章』 권2)이라는 말에서 알 수 있듯이 부처의 경지를 표현하는 말이다. 김시습은 이곳에서 '당체(當體)'를

---

9) 김원중 편저, 『虛詞辭典』, 현암사, 1989, 355면.

표현하는 말로 쓰고 있다.

⑥ 몰모색저소식(沒摸揉底消息) : '모색(摸索, 摸揉)'은 '더듬어 찾다, 이해하다, 헤아리다'의 뜻이다. 여러 가지 방도로 분별하여 찾는다는 말인데, 주로 선종에서 화두와 같이 궁극적인 것에 대하여 분별할 길이 없음을 드러내기 위한 용어로 쓰인다. 모색하여도 얻을 수 없다는 뜻의 '모색불착(摸索不著)'이라는 말이 있다. '소식(消息)'은 내용·정황(情況)·실태(實態)·의미 등과 같은 말이다.[10] '저(底)'는 문어의 '지(之)'와 같은 뜻이다.

⑦ 항포(行布) : 앞뒤로 차등이 있게 나열(羅列)된다. 화엄종에서 말하는 '차제항포문(次第行布門)'이 참고가 된다. '차제항포문'은 보살은 십신(十信)·십주(十住)·십행(十行)·십회향(十廻向)·십지(十地)·등각(等覺)·묘각(妙覺)의 수행 단계를 차례대로 거쳐 깨달음에 이른다는 관점이다. 이때 '항포'는 앞뒤로 차등이 있게 포열(布列)한다는 뜻을 가진다. 선종에서는 '항포문'을 '차별(差別)'의 의미로 받아들인다.

⑧ 원융(圓融) : 모든 현상이 각각의 속성을 잃지 않으면서 서로 걸림이 없이 원만하게 하나로 융합되어 있는 모습. 한데 통하여 아무 차별이 없음. 원만하여 서로 막히는 데가 없음. '원(圓)'은 원만(圓滿)하다, '융(融)'은 융통(融通)하다는 뜻이다.

⑨ 명암(明暗) : '명(明)'은 차별의 현상이니 편위(偏位)를 비유하고, '암(暗)'은 평등의 이치이니 정위(正位)를 비유한다.

⑩ 당체(當體) : 그 자체. 본성(本性). 본체(本體).

⑪ 잠적(湛寂) : 맑고 고요함. 그윽하고 고요함.

⑫ 제법연성(諸法緣性) : 모든 법의 인연하는 성품. '연성(緣性 : 인연하는 성품, 연의 자성)은 별도의 체(體)를 갖지 않으며 따라서 공(空)하다고 보는 것이 일반적인 이해이다. "釋云 緣性無體者 言緣性無別體 故云正體也"(『重編曹洞五位』권상), "隨緣轉變自號衆生 緣性常空 眞佛不動 如冰元是水結"(『宗鏡錄』권30)

⑬ 구족(具足) : 구비만족(具備滿足)의 줄임말로, 부족함 없이 완전하게 갖추었다는 뜻.

---

10) 古賀英彦 편저, 『禪語辭典』, 京都 : 思文閣出版, 1991, 216면에서는 '소식'이 '動靜, 情況, 實態'의 뜻이라고 풀이하였다.

[1-3] 右第一位

이상은 제1위(정중편)이다.

[2] 離暗去暗 逐明隨明 明暗交馳 還同水乳

어둠을 등지면서 어둠을 향하고, 밝음을 버리면서 밝음을 따른다. 밝음과 어둠이 교치(交馳)하는 것이 또한 물과 젖 같도다.

[역주]

① 명암교치(明暗交馳): 명암교호(明暗交互)와 상통하는 말. 밝음과 어둠(偏과 正)이 서로 모순되지 않고 평등하게 어울린다는 뜻. '교치(交馳)'는 자유자재로 내달린다는 뜻으로, 자유무애(自由無礙)의 활발함을 말한다. 교호(交互)는 서로 번갈아 한다, 엇바뀐다는 뜻이다.

② 수유(水乳): 물과 젖은 서로 잘 섞이는 것, 잘 화합하는 것을 표현한다. 수유상참(水乳相參)이라는 말이 있다.

[2-1] 離暗 不屬於無 去暗 不屬於有 逐明 不滯於色 隨明 不落於空 離 背 去 向也 逐 棄 隨 追也

'어둠을 등지는 것[離暗]'은 무(無)에 속하지 않음이요, '어둠을 향하는 것[去暗]'은 유(有)에 속하지 않음이다. '밝음을 버리는 것[逐明]'은 색(色)에 막히지 않는 것이요, '밝음을 따르는 것[隨明]'은 공(空)에 떨어지지 않는 것이다. '이(離)'는 '배(背: 등지다)', '거(去)'는 '향(向: 향하다)', '축(逐)'은 '기(棄: 버리다)', '수(隨)'는 '추(追: 따르다)'의 뜻이다.

[2-2] 明暗交馳者 從無入有 從有入無 色卽是空 空卽是色 回互不已 恰似借婆衫子拜婆門 還同水乳云者 言有則幻有 不曻於無 言無則幻無 不曻於有 一二 二一 可謂是明暗交馳 還同水乳

'밝음과 어둠이 교치하는 것[明暗交馳]'은 무(無)로부터 유(有)로 들어가며 유로부터 무로 들어가는 것이며, 색(色)이 곧 공(空)이요 공이 곧 색이라 회호(回互)함이 그침이 없는 것이다. 마치 노파의 적삼을 빌려 입고 노파의 문 앞에서 절하는 것과 같다. "또한 물과 젖 같도다[還同水乳]"라는 말은 '유'라고 말하면 '환유(幻有)'이므로 '무'에 막힘이 없고, '무'라고 말하면 '환무(幻無)'이므로 '유'에 막힘이 없다는 것이다. 하나이면서 둘이요 둘이면서 하나이므로 밝음과 어둠이 교치하는 것이 또한 물과 젖 같다고 말해도 좋다.

[역주]

① 색즉시공(色卽是空) 공즉시색(空卽是色): 사물은 의타적(依他的) 존재이며 연기적(緣起的) 존재이기 때문에 무자성(無自性)이다. 이것이 색즉시공(色卽是空)의 뜻이다. 반면 공(空)은 일체의 차별상이 사라진 평등의 세계이자, 사물의 다양한 차별성이 여실히 드러나는 세계이다. 이것이 공즉시색(空卽是色)의 뜻이다. 이처럼 공은 차별적 사물의 부정이자 긍정이다. 공은 '유도 아니고 무도 아닌[非有非無]' 중도적 실재이다.[11]

② 회호(回互): 둘 이상의 것이 서로 밀접한 관계를 가지고 융화하는 것. 서로 의지하는 관계에 있으면서도 각자의 독자성을 잃지 않는 것.

③ 차파삼자배파문(借婆衫子拜婆門): '차파군자배파년(借婆裙子拜婆年)'과 같은 말이다. 노파의 옷을 빌려 입고 노파에게 세배한다는 뜻. 상대의 본령(本領)을 그대로 응용(應用)하여 상대를 제압하는 것을 비유한다. "[冶父] 借婆衫子拜婆門 禮數周旋已十分 竹影掃階塵不動 月穿潭底水無痕"(『金剛經五家解』「究竟無我分 제17」)

④ 환유(幻有), 환무(幻無): 자성(自性)이 있는 유(有)나 무(無)가 아니라는 뜻. 각각 앞에 나온 '색즉시공', '공즉시색'과 연결된다고 본다.

[2-3] 伊麼則不可以言說稱 不可以玄妙會 正當恁麼時 作麼生解會 白雲乍可來青嶂 明月難敎下碧潭

이와 같다면 언설로도 이르지 못하며 현묘(玄妙)(한 지혜)로도 이해하

---

11) 길희성, 『보살예수』, 현암사, 2004, 157~164면.

지 못한다. 이 같은 경우에는 어떻게 이해할까? 백운(白雲)은 잠깐 청장 (靑嶂)에 올 수 있지만, 명월(明月)은 벽담(碧潭)에 내려오게 하기 어렵다.

[역주]

① 이마(伊麼) : 이러하다. 이와 같다.

② 정당임마시(正當恁麼時) 작마생(作麼生)~ : 바로 이 같은 경우에는 어떻게 ~할까. 이럴 때는 어떻게 ~하면 좋을까? '작마생(作麼生)'은 '어떤가, 어떻 게'의 뜻을 가진 구어.

③ 회(會), 해회(解會) : 이해하다. 회득(會得).

④ 백운(白雲)~ : 당나라 도광(韜光)의 시구. "白雲乍可來靑嶂 明月難敎下碧天" (「謝白樂天招」『全唐詩』권823) 본문과는 달리 '벽천(碧天)'으로 되어 있다. 이때는 '밝은 달은 푸른 하늘에서 내려오도록 하기 어렵다'로 번역하게 된 다. 선가(禪家)에서는 앞의 구절("白雲乍可來靑嶂")은 인연에 따라 방편을 허용하는 입장을, 뒤의 구절("明月難敎下碧天")은 방편을 조금도 허용하지 않고 본분(本分, 자기의 본래 모습)의 지위를 고수하는 입장을 암시하는 말 로 쓰인다.

⑤ 청장(靑嶂) : 연이어 늘어선 높고 푸른 산봉우리.

⑥ 벽담(碧潭) : 푸른빛이 감도는 깊은 못.

[2-4] 右第二位

이상은 제2위(편중정)이다.

[3] 若顯無功之用 妙在體前

만약 무공(無功)의 작용을 드러낸다면 묘함이 체(體) 앞에 있을 것이나,

[역주]

① 무공지용(無功之用) : 사량(思量, 생각하고 헤아림)이나 인위적인 조작(造作) 을 가하지 않은 자연스러운 작용. 무집착의 행위. 임운(任運)과 상통하는 말 로 본다. '무공(無功)'이 공훈오위(功勳五位)의 '공공(功功)'과 같아서 '무아

(無我)의 왕래(往來), 탈락(脫落 : 번뇌・장애 등을 벗어남)의 경계(境界)'의
뜻이라고 풀이하기도 하는 데,[12] 결국은 같은 취지의 해석으로 보인다.

② 묘재체전(妙在體前) : 묘함이 체(體) 앞에 있다. '묘함[妙]'은 곧 '묘용(妙用)'
을 뜻한다. 이 구절은 동산(洞山)의 「현중명 병서(玄中銘 幷序)」나 『중편조
동오위(重編曹洞五位)』의 「묘희시중(妙喜示衆)」 등에 나온다. 「묘희시중」
에서는 겸중지(兼中至)를 풀이한 부분에 들어있다. "於有句中無句 妙在體
前"(洞山, 「玄中銘 幷序」), "兼中至 謂兼黑兼白 兼偏兼正而至 ⋯⋯ 亦能
回互 妙在體前"(「妙喜示衆」)[13]

[3-1] 常境無相 常智無緣 無緣而緣 無非三觀 無相而相 三諦
宛然 蘋末風吹 水漲舡高 卽是無功之用

영원한 경계는 모습이 없고 영원한 지혜는 인연함이 없다. 인연함이
없으면서 인연하므로 삼관(三觀)이 아닌 것이 없고, 모습이 없으면서 (모
습이) 있으므로 삼제(三諦)가 완연하다. 부평초 위로 바람이 스치고, 물
이 불어나니 큰 배가 뜰 수 있다. 이것이 곧 '무공의 작용'이다.

[역주]

① 상경무상(常境無相)~삼제완연(三諦宛然) : 『천태팔교대의(天台八教大意)』
(隋나라 灌頂), 『천태사교의(天台四教儀)』(高麗 諦觀)에 나온다.[14]

② 무상(無相) : 고유한 형체나 모양이 없음. 고유한 실체가 없는 공(空)의 상태.
모든 존재의 대대적(對待的)인[15] 차별상인 이상(二相)이 없는 제법의 실상.
구체적인 차별상과 별도로 무상이 있는 것이 아니라 차별상 그대로가 무상
이며, 다양한 상을 갖추고 있는 것을 무상이라고 보는 것이 일반적이다. 참고
로 영어로 풀이한 것을 보면, "無相 appearance of nothingness, or immateriality"

---

12) 國譯禪宗叢書刊行會 編, 「國譯洞山悟本大師語錄」, 『國譯禪宗叢書』 권8, 東京 :
國譯禪宗叢書刊行會, 1919~1921, 56면.

13) 「묘희시중」의 번역은 『중편조동오위』, 109~112면에 있다.

14) 이영자 역주, 『천태사교의』, 경서원, 1988, 260~261면에 번역과 해설이 있다.

15) '대대(對待)'는 대대(待對)와 같은 말. 둘이 서로 대립하거나 의존하면서 서로 불가
결의 조건이 되는 것. 선과 악, 미혹과 깨달음, 유와 무, 범부와 성인 등의 상대적인 짝
을 가리킨다.

라고 되어 있다.[16]

③ 무연(無緣) : 인연이 없음. 법(法)이 생기거나 멸하는 데 있어서 조건이 될 만한 것이 없음을 일컫는 말.

④ 삼관(三觀) : 모든 현상을 있는 그대로 보는 세 가지 방법. 천태종에서는 공관(空觀)·가관(假觀)·중관(中觀)을 내세운다. 다음의 '삼제(三諦)' 주석 참조.

⑤ 삼제(三諦) : 모든 존재의 실상을 밝히는 세 가지 진리. 천태학(天台學)에서는 이를 공(空)·가(假)·중(中)이라고 표현한다. '공'은 모든 현상에는 불변하는 실체가 없다고 보는 것이고, '가'는 모든 현상은 여러 인연의 일시적인 화합으로 존재한다고 보는 것이다. 그러니 '가'는 '공'에 의해 일단 부정되었던 것을 다시 긍정하는 것이다. 그런데 이 '가'에 집착하게 되면 다시 현실을 전면적으로 긍정하게 되고 만다. 따라서 '공'과 '가'는 상호 부정함으로써 어느 한쪽으로 치우치는 것을 경계할 필요가 있다. 이렇게 상호 부정을 통해서 '공'과 '가'가 둘이 아니라고 보는 것이 '중'이다.

⑥ 수창강고(水漲舡高) : "水長船高 泥多佛大"라는 말이 『벽암록(碧巖錄)』 29칙이나 『오등회원』 권9의 「파초계철선사(芭蕉繼徹禪師)」조 등에 나온다. 강물이 불어나니 큰 배가 뜰 수 있고, 진흙이 많으니 큰 불상을 만들 수 있다는 말이다. 비유적 표현으로서, 의거하는 바가 높고 클수록 그만큼 (지위나 성취 따위가) 높고 커진다는 의미를 갖는다. '수창선고(水漲船高)'라고도 쓴다.

[3-2] 妙言其常常運轉 而不可思議 體前 正位前也 言正位前自有常常運轉 不可思議底消息

'묘(妙)'는 항상 운전(運轉)하여 불가사의(不可思議)하다는 말이다. '체 앞[體前]'은 정위 앞[正位前]이다. 정위의 앞에 항상 운전하여 불가사의한 소식이 저절로 있다는 말이다.

[역주]
① 운전(運轉) : 움직여 구르다. 움직이며 돌다.

---

16) William Edward Soothill and Lewis Hodous, *A Dictionary of Chinese Buddhist Terms*(http://www.hm.tyg.jp/~acmuller/soothill/soothill-hodous.html).

②정위전(正位前) : 정위의 앞. 동안상찰(同安常察, ?~961)이 지은 「십현담(十玄
談)」 가운데 열 번째 작품 제목이기도 하다. 온갖 차별을 떠나서 평등으로
돌아간 경지가 정위(正位)라고 하지만 도리어 거기서 주저앉아서는 안 되며
정편(正偏) 어디에도 머물지 않고 자재(自在)한 경지에 이르러야 한다는 취
지에서 '정위전'을 말했다고 한다.[17] 김시습은 '무공지용'과 '정위전'의 취지
가 상통한다고 보고 있다.

[4] 不假虛玄 何人委悉
허현(虛玄)을 빌지 않으니 누가 온전히 알겠는가?

[역주]
① 허현(虛玄) : 김시습은 '일체유위복탁언어견해(一切有爲卜度言語見解)'에
해당하는 말로 보았다. 그런 것들은 실상으로부터 아득히 멀어진 것들이기
에 본래 허망한 것이며, '무공의 작용'은 그런 것들을 넘어선 경지라고 보아
야 한다.
② 위실(委悉) : 어떤 뜻이나 일을 자세하고 완전하게 알다. 자세히 설명하다.

[4-1] 從上所得 一切有爲卜度言語見解 日向蕩盡 方有圓成底
滋味 恁麽則誰人肯向裏頭行 方信道 一徑森森人不到 黃金殿上
綠苔生
예로부터 얻은 온갖 유위(有爲)인 복탁·언어·견해를 날로 탕진(蕩盡)
해 가야 바야흐로 원성(圓成)한 맛이 있을 것이다. 이와 같다면 누가 그
속을 향하여 갈 마음이 생기겠는가? 바야흐로 이 말을 믿게 될 것이다.
한 가닥 길이 우거져 사람이 이르지 않으니, 황금 궁궐 위에 푸른 이끼
가 돋았구나.

---

17) 이원섭, 『선시(禪詩)』, 민족사, 1992, 259면.

[역주]

① 종상(從上) : 종상이래(從上已來). 예로부터.

② 유위(有爲) : 온갖 분별을 잇달아 일으키는 마음의 작용. 분별하고 차별하는 인식 주관의 작용.

③ 복탁(卜度) : 시비, 선악 등을 헤아리고 분별하는 것. 헤아려 재는 것.

④ 탕진(蕩盡) : 다 없애다. 깨끗이 털어버려 없애다.

⑤ 원성(圓成) : 원만하게 이루어짐. 또는 그렇게 이룸.

⑥ 자미(滋味) : 맛.

⑦ 긍(肯) : ~라고 끄덕이다. 승낙하다. ~할 마음이 있다. 부사적으로 쓰일 때는 '좋다고 마음속으로 끄덕이고, ~하려는 마음이 있어서'의 뜻이 된다.[18]

⑧ 이두(裏頭) : 안. 속. 그 같은 경지 속.

⑨ 방신도(方信道) : 바야흐로 믿게 된다. 이때 '도(道)'는 특별한 뜻이 없는 첨가자이다. 사전에는 '신도(信道)'가 '알다[知道]'의 뜻이라고 되어 있다.[19]

⑩ 황금전상록태생(黃金殿上綠苔生) : 육긍대부(陸亘大夫)가 남전(南泉)에게 "왕은 어느 자리에 거처합니까?[王居何位]"라고 묻자 남전이 "옥전(玉殿)에 이끼가 끼었습니다[玉殿苔生]"라고 대답하였다. 이를 두고 조산(曹山)과 한 승려가 대화를 나누었는데, 조산은 '옥전태생(玉殿苔生)'은 '정위에 자리하지 않는다[不居正位]'는 뜻이라고 하였다["亘云 王居何位 南泉曰 玉殿苔生 問師 玉殿苔生意旨如何 師曰 不居正位."(『曹山錄』) 이로 미루어본다면 '황금전상록태생(黃金殿上綠苔生)' 역시 '불거정위(不居正位)'의 취지여서 '정중래(正中來)'의 뜻을 은유적으로 표현한 것이라고 해석할 수 있다.[20] 한편 『조산대사어록(曹山大師語錄)』에 '심경태생(心徑苔生)'이라는 말이 있는 것을 보면, 마음[黃金殿]에 일체의 유위(有爲)가 끊어졌음[人不到]을 표현한다고 해석할 수 있는 길도 열려 있다고 본다.

[4-2] 右第三位

이상은 제3위(겸중지)이다.

---

18) 秋月龍珉 · 秋月眞人, 慧謜 역, 『(무문관으로 배우는) 선어록 읽는 방법』, 운주사, 1995, 124 · 180면. 앞으로 이 책을 인용할 때는 제목과 면수만 밝히기로 한다.

19) 龍潛庵 編著, 『宋元語言詞典』, 上海 : 上海辭書出版社, 1982, 664면.

20) 『조산록』의 해당 부분 번역은 백련선서간행회, 『조동록』, 장경각, 1989, 169면에 있다.

① 우제삼위(右第三位) : 정편오위(正偏五位)의 순서에 따르면 제3위는 '정중
래'이고 제4위가 '겸중지'이다. 아래 [10-2]에서 이 문제를 거론하고 있다.

[5] 遂使泥牛哮吼 木馬奔嘶

마침내 니우(泥牛)로 하여금 길게 울게 하며 목마(木馬)로 하여금 울며
달리게 하니,

[역주]

① 효후(哮吼) : 소가 길게 울다. 영각을 쓰다.

[5-1] 泥牛 正位 有體而無用 迥然獨露 故云哮吼 哮吼 大聲也
木馬 偏位 有名而無實 奔嘶 則非特獨露 兼有運動 言偏正不離
本位 善能回互也

'니우(泥牛)'는 정위(正位)니 체(體)는 있으되 용(用)은 없다. 아득히 멀리
서 홀로 드러나기에 '효후(哮吼)'라고 말한 것이다. '효후'는 큰 소리이
다. '목마(木馬)'는 편위(偏位)이니 명(名)은 있으나 실(實)은 없다. '분시(奔
嘶)'라고 하면 홀로 드러날 뿐만 아니라 아울러 움직임도 있는 것이다.
편정(偏正)이 본디의 자리[本位]를 여의지 않고 잘 회호(回互)할 수 있다는
말이다.

[역주]

① 니우(泥牛), 목마(木馬) : '니우'는 진흙으로 빚은 소, '목마'는 나무로 깎아 만
든 말. 「진심직설(眞心直說)」 '진심이명(眞心異名)'에 따르면21) '니우'나 '목
마'는 모두 진심(眞心)의 다른 이름이다[乃至名泥牛木馬心源心印心鏡心月

---

21) 「眞心直說」은 知訥의 저술로 알려져 있는데, 근래 중국 금나라 승려가 저자일 가능
성이 크다는 견해가 제출되었다. 최연식, 「『진심직설』의 저자에 대한 새로운 이해」, 『진
단학보』 94집, 진단학회, 2002 참조

心珠 種種異名 不可具錄]. 그러니 둘 다 정위(正位)를 비유한다고 볼 수 있다.22) 또한 조산(曹山)은 「오위군신도송(五位君臣圖頌)」에서 '군시신(君視臣)'을 두고서 "불꽃 속에 찬 얼음 맺히고, 버들개지는 구월에 날리네. 니우는 물 위에서 울고, 목마는 바람 따라 울부짖네[燄裏寒冰結 楊花九月飛 泥牛吼水面 木馬逐風嘶]"라고 노래하였다. 군신오위(君臣五位)의 '군시신'은 정편오위의 '정중래'에 상응하기에, 진흙 소나 말이 우는 것은 '정중래'를 표현한다고 보는 편이 순탄하다. 하지만 김시습은 각각 정위와 편위를 비유하는 것으로 나누어 설명하고 있다. 이는 '겸중지'를 '정편의 회호(回互)'라는 관점에서 해석하기 위함일 것이다.

② 형연(逈然) : 아득히 멀리.

③ 독로(獨露) : 홀로 드러남. 모든 속박에서 벗어나 진리가 남김없이 드러나는 것. 진실한 모습이 적나라하게 있는 그대로 나타나는 것을 가리킨다. 참고로 '형연독탈(逈然獨脫 : 홀로 멀리 벗어나다)'이라는 말이 있는데 선승(禪僧)의 높은 경지를 표현하는 말이다.

[5-2] 學人於偏正回互處 不犯兩頭 若欲飜身一轉 須踏金剛圈 呑栗棘蓬 駕泥牛於海底 鞭木馬於火裏 方有相應 如是可能一毛孔裏現寶王刹 一薇(*微)塵中轉大法輪

배우는 이는 편정회호처(偏正回互處)에서 양두(兩頭)를 범하지 말아야 한다. 만일 몸을 번드쳐 한 번 돌고자 할진대 모름지기 금강권(金剛圈)을 밟으며 율극봉(栗棘蓬)을 삼켜서, 진흙소를 바다 밑바닥에서 타고 나무말을 불 속에서 채찍질해야 비로소 상응(相應)함이 있을 것이다. 이와 같으면 능히 한 터럭 끝에 보왕(寶王)의 세계를 드러낼 수 있으며, 미세한 한 티끌 속에서 큰 법륜(法輪)을 굴릴 수 있는 것이다.

---

22) 禪學大辭典編纂所 編, 『(新版) 禪學大辭典』, 東京 : 大修館書店, 1985, 1226면을 보아도 '니우', '목마'가 모두 정위, 곧 무념무상의 당체(當體)를 비유한다고 풀이하고 있다. [5]를 '정중래'의 뜻으로 보고자 한다면 '니우'와 '목마'를 모두 정위로 보고, '효후(哮吼)'나 '분시(奔嘶)'는 정위에 머물지 않고 '무심한 묘용'을 낳는다는 뜻을 표현한다고 이해하는 것도 가능할 것이다.

[역주]

①편정회호(偏正回互) : 편위와 정위가 걸림 없이 서로 융합함.

②양두(兩頭) : 상대되는 두 개념. 대대(對待) 관계에 있는 둘. 본체와 현상, 생
　(生)과 사(死), 부처와 중생 등. 양변(兩邊).

③번신(翻身) : 몸을 뒤집다. 번뇌에서 벗어나 깨달음에 이르다.

④금강권(金剛圈) : 금강으로 된 우리[檻]. 번뇌 망상 등의 견고한 굴레를 비유
　하는 말. 용례를 보면 '透金剛圈, 透出金剛圈, 跳金剛圈, 跳出金剛圈'의 꼴
　이 혼하다. 이로 보아 본문의 '답금강권(踏金剛圈)'은 '도금강권(跳金剛圈 :
　금강의 우리에서 뛰어나오다)'의 뜻일 것이다.

⑤율극봉(栗棘蓬) : 가시 돋친 밤송이. 도저히 삼키기 힘든 것, 곧 돌파하기 어
　려운 관문을 비유한다.

⑥상응(相應) : 일체가 되다. 일치하다.

⑦일모공리(一毛孔裏)~ : 『대불정수능엄경(大佛頂首楞嚴經)』 권4에서 "나(부
　처)는……한 털끝에서 부처의 세계[寶王刹]를 나타내기도 하고, 티끌 속에
　앉아서 큰 법륜(法輪)을 굴리기도 하느니라. 이렇게 티끌번뇌를 멸하여 깨달
　음과 합했기 때문에, 진여(眞如)의 미묘한 깨달음의 밝은 성품을 일으키느니
　라我……於一毛端現寶王刹 坐微塵裏轉大法輪 滅塵合覺 故發眞如妙覺
　明性]"라고 한 데 들어 있는 구절을 변형한 것이다. '㣲塵'은 '微塵'으로 쓰
　는 것이 옳다. '보왕찰(寶王刹)'은 불국토(佛國土).

⑧법륜(法輪) : 부처의 가르침.

[6] 芍藥經霜翠色存

작약이 서리를 맞고서도 취색(翠色)이 있고,

[역주]

①취색(翠色) : 남색과 파랑의 중간 색. 남파랑.

[6-1] 芍藥 華艶可見 表繁興大用 經霜 蕩盡諸法義 翠色存云
者 劫火洞然毫末盡 靑山依舊白雲中

작약(芍藥)은 꽃이 고와서 볼 만한 것이니 대용(大用)이 왕성함을 표현한다. "서리를 맞는다[經霜]"라는 말은 제법(諸法)을 탕진(蕩盡)했다는 뜻이다. "취색이 있다[翠色存]"라고 한 것은, 겁화(劫火)가 훨훨 타서 털끝마저 다하되, 청산(靑山)은 백운(白雲) 가운데 변함이 없다(는 말이다).

[역주]

① 번흥대용(繁興大用) : 대용(大用)을 왕성하게 일으키다. '대용'은 속박을 벗어난 활발한 작용, 근본을 깨닫고 그것을 밖으로 활발하게 발휘하는 것.

② 제법(諸法) : 모든 차별적인 현상. 온갖 분별에 의해 인식 주관에 형성된 모든 현상.

③ 겁화(劫火)~ : 『원오불과선사어록(圓悟佛果禪師語錄)』권2, 『오등회원』권17, 『선문염송염송설화회본(禪門拈頌拈頌說話會本)』468칙 등에 나온다. '겁화(劫火)'는 세상이 파멸할 때 일어난다고 하는 큰불. '의구(依舊)'는 옛날 그대로 변함이 없다는 뜻.

[7] 紅爐猛焰寒氷結

홍로(紅爐)의 세찬 불꽃에 찬 얼음이 맺혔도다.

[역주]

① 홍로(紅爐) : 빨갛게 달아오른 화로.

② 맹염(猛焰) : 세차게 타오르는 불꽃.

③ 맹염한빙결(猛焰寒氷結) : 앞서 [5]에서 보았듯이 조산(曹山)의 「오위군신도송(五位君臣圖頌)」에서 '군시신(=정중래)'을 두고서 "불꽃 속에 찬 얼음 맺히고, 버들개지는 구월에 날리네. 니우는 물 위에서 울고, 목마는 바람 따라 울부짖네[燄裏寒冰結 楊花九月飛 泥牛吼水面 木馬逐風嘶]"라고 노래한 바 있다.

[7-1] 紅爐 能消融萬物 卽是理智 猛焰 智能發光 卽是量智 寒氷結云者 理量俱忘 一眞淸淨 逈然獨立 所以道 撒手那邊千聖外

回程堪作火中牛

홍로는 능히 만물을 녹여버리나니 곧 이지(理智)요, 세찬 불꽃은 지(智)가 능히 빛을 냄이니 곧 양지(量智)이다. "찬 얼음이 맺혔다[寒氷結]"라고 말한 것은 이지와 양지를 함께 잊으니 일진(一眞)이 청정(淸淨)하여[23] 아득히 멀리 독립(獨立)함이다. 그리하여 "천성(千聖) 밖 어디에서 손을 놓고서, 길을 돌려 불 속의 소가 되는구나"라고 하는 것이다.

[역주]

① 이지(理智) : 진여(眞如)의 이치를 깨닫는 지혜.

② 양지(量智) : 모든 분별이 끊어진 경지에서 온갖 차별을 명확하게 아는 지혜.

③ 일진(一眞) : 모든 망념이 녹아 없어지자 드러나는 하나의 진(眞). 진여(眞如). "(宗鏡) 如來續焰然燈 實無可得之法 菩薩莊嚴佛土 應無所住之心 諸妄消亡 一眞淸淨", "(說誼) 心旣無住諸妄消 妄旣消亡一眞現"(『金剛經五家解』「莊嚴淨土分 제10」)

④ 살수(撒手)~ : 「동안찰선사십현담(同安察禪師十玄談)」 가운데 세 번째 수인 '현기(玄機)'에 '撒手那邊千聖外 廻程堪作火中牛'라는 구절이 들어 있다.

⑤ 살수(撒手) : 손을 놓다. 손에 쥐고 있던 것을 확 놓아버리는 것.

⑥ 나변(那邊) : 어느 쪽, 어디(의문사). 저쪽. '살수나변천성외(撒手那邊千聖外)'를 '여러 성인 저편에서 두 손을 뿌리치고'와 같은 취지로 번역하기도 한다.[24]

⑦ 천성외(千聖外) : 천성부전(千聖不傳)의 경지. 수천의 부처나 조사(祖師)도 엿보거나 언어문자(言語文字)로 전하거나 할 수 없는, 수행자 스스로가 체험한 깨달음의 절대적 경지. 김시습의 「십현담요해」에서 "撒手那邊千聖外 回程堪作火中牛"에 대한 주석을 보면, 일천 성현의 비단 방석에 앉지를 않고서 문득 손을 떨치고 돌아와서 남을 위하여 수고하는 것이라고 하였다. 또 '회정(廻程)'은 정위(正位)에도 거(居)하지 않고 편위(偏位)에도 있지 않는 것

---

23) 불교에서 말하는 '淸淨'은 '汚穢'에 대립하는 뜻이 아니라 '空'의 뜻이라고 한다. 『선어록 읽는 방법』, 63면.

24) "성인이 붙잡아도 저 멀리 뿌리치고, 가던 길 돌아서서 불 속의 소가 되네"(원인 편, 『마하반야의 노래』, 우리출판사, 1994, 114면), "어디에 손 놓았기 천성(千聖) 밖에서, 길 돌아와 불 속의 소가 되는 거랴"(이원섭, 『선시(禪詩)』, 민족사, 1992, 217면) 등의 번역이 있다.

을 말한다고 풀이하고 있다.[25)]

⑧ 화중우(火中牛) : 『법화경(法華經)』의 화택유(火宅喩)에 근거한 말. 보살이
생사의 고통 속에 들어가 중생을 구제하는 것.[26)]

[7-2] 右第四位
이상은 제4위(정중래)이다.

[8] 如斯玄妙 由乖眞理之門
이와 같이 현묘할지라도 여전히 진리의 문에 어그러지나니,

[8-1] 體用雙現 理量俱融 可謂父子相見 君臣道合 然而父不知
有子 君不知有臣 背而奉 奉而背 故云玄妙

본체와 작용이 동시에 드러나고, 이지와 양지가 함께 융합되니 가히
부자(父子)가 서로 보고 군신(君臣)의 도가 합해진다고 할 수 있다. 그렇
지만 아비는 자식이 있다는 것을 알지 못하며 임금은 신하가 있다는 것
을 알지 못한다. 등지면서 받들고 받들면서 등진다. 그러므로 현묘하다
고 한 것이다.

[역주]

① 군신도합(君臣道合) : 조산(曹山)이 제창한 군신오위의 다섯 번째 단계이기
도 하다.

[8-2] 乖 違戾也 眞理之門 人人可入 今則重重縫鏁 各不相涉
到這裏 佛來也不入 祖來也不入 乃至天下老和尙 亦不得入 是乖

---

25) 매월당집에는 '回程'이 '迴程'으로 되어 있다. 『매월당전집(梅月堂全集)』, 성균관대
대동문화연구원, 1973, 400면.
26) 이원섭, 『선시(禪詩)』, 민족사, 1992, 218면.

也 伊麼則如何得入 要知入處麼 片月影分千澗水 孤松聲任四時
風 請從這裏入

'괴(乖)'는 '위려(違戾 : 어그러지다)'이다. 진리의 문은 사람마다 들어갈
수 있지만 지금은 겹겹이 막혀서 서로 관계가 없다. 여기에 이르러서는
부처가 와도 또한 들어가지 못하고 조사(祖師)가 와도 또한 들어가지 못
하며 또는 천하의 큰스님들도 또한 들어가지 못한다. 이것이 '어그러짐
[乖]'이다. 이러한즉 어떻게 들어갈 수 있는가? 들어갈 곳을 알고자 하는
가? 조각달 그림자는 천 갈래 강에 비치고, 외솔 소리는 사철 바람결에
맡긴다. 청컨대 이곳을 좇아서 들어갈지라.

[역주]

① 봉쇄(縫鏁) : 꿰매고[縫] 잠그고[鏁] 하여 막혀 있다는 뜻.

② 각불상섭(各不相涉) : '섭(涉)'은 관계하다, 관련되다, 연관성을 갖다.

③ 편월(片月)~ : 『경덕전등록(景德傳燈錄)』권29에 승윤(僧潤)의 시 세 편이 실
려 있는데, 세 번째 작품인 「증선객(贈禪客)」에 들어 있는 구절이다.[27] '고송
(孤松)'은 홀로 우뚝 선 소나무. 무엇에도 물들지 않는 본래면목을 비유한다.

[9] 理事雙明 難免回途之妙

이(理)와 사(事)가 모두 밝으나 회도(回途)의 묘함을 면하기 어려운 것
이라.

[역주]

① 이사(理事) : 깨달음의 진리와 차별 현상. 본체와 차별 현상.

② 회도(回途) : 회도(廻途)로도 씀. 각래(却來)의 뜻. 다시 돌아옴. 곧 평등(깨달
음)의 세계로부터 다시 차별의 세계로 돌아오는 것. '도(途)'는 절대적 평등에

---

27) 작품 전문은 다음과 같다. "了妄歸眞萬慮空 河沙凡聖體通同 迷來盡似蛾投焰 悟
去皆如鶴出籠 片月影分千澗水 孤松聲任四時風 直須密契心心地 休苦勞生睡夢中"
역경위원회 역, 『(한글대장경) 傳燈錄』 3, 동국역경원, 1994, 381면에 번역이 있다.

이르는 도중이라는 뜻으로 상대적이고 차별적인 범부의 세계에 해당한다. 이 차별의 세계에서 벗어나 깨달음에 이르는 것이 불도의 수행인 듯도 하지만, 거기에서 다시 한 걸음 더 나아가 수행이나 깨달음마저 사라지고 말아서 차별적인 차원으로 돌아온 것이 '회도'이다.[28] 본문의 '회도지묘(回途之妙)'는 동산이 말한 "회도복묘(廻途復妙)"(「玄中銘 幷序」)를 변용한 것으로 보이는데, '회도복묘'는 상대계에서도 자유자재한 활동을 하는 것을 말한다.

[9-1] 理不碍事 事不碍理 卽是雙明 然而理現事隱 事現理隱 却是回途之妙

이(理)가 사(事)에 막힘이 없고, 사(事)가 이(理)에 막힘이 없는 것이 곧 '모두 밝음[雙明]'이다. 그러나 이(理)가 드러나자 사(事)가 숨으며, 사(事)가 드러나자 이(理)가 숨는다. 도리어 이것이 회도(回途)의 묘함이다.

[역주]

① 각(却) : 반대로, 그러나, 도리어. 예상과는 반대가 되어 의외라는 기분을 표현하는 부사.

[9-2] 右第五位

이상은 제5위(겸중도)이다.

[10] 因而立相 用顯其玄 故以序之

이리하여 상(相)을 세움으로써 그 현묘함을 드러낸 것이다. 이런 까닭에 서(序)를 쓰노라.

[10-1] 到這裏 非性非相 非說非默 亦非思慮所及 便盡力大開口 拈出一介正位前圓相〇 而以爲序 故云因而立相 用顯其玄 作

28) 이원섭, 『선시(禪詩)』, 민족사, 1992, 209면.

麼生是正位前圓相 偏正兩位俱不觸 堂堂終不落今時

여기에 이르러서는 성(性)도 아니요 상(相)도 아니며 설(說)도 아니요 묵(默)도 아니며 또한 사려(思慮)가 미칠 바도 아니다. 바로 있는 힘을 다해서 입을 열어 정위전(正位前)의 원상(圓相) ○을 하나 제시함으로써 서(序)를 하는 것이다. 그래서 "이리하여 상을 세움으로써 그 현묘함을 드러낸다"라고 말한 것이다. 어떤 것이 이 정위전의 원상인가? 편정(偏正)의 양위(兩位)에 모두 거슬리지 않으니, 당당(堂堂)해서 끝내 금시(今時)에 떨어지지 않는다.

[역주]

① 원상(圓相): 중생이 본래 지니고 있는 천연 그대로의 심성(心性)을 상징하는 원 모양의 그림(○). 김시습은 '인이입상(因而立相)'의 '상(相)'이 도륭이 그린 '원상(圓相)'이라고 파악하고 있다. 하지만 관점을 바꾸어서 이곳의 '상'은 「조동오위군신도」에서 그려놓은 '오상(五相)'이라고 보는 것도 가능하다. 이렇게 보면 "인이입상(因而立相) 용현기현(用顯其玄)"은 「조동오위군신도」에서 '오상'을 그린 내력을 말한 진술이 되고, "고이서지(故以序之)"는 도륭이 '오상'을 해명하는 글(서문)을 쓴 이유를 밝힌 진술이 된다.

② 촉(觸): 저촉(抵觸)되다. 범(犯)하다.

③ 당당(堂堂): 당당(當當)과도 같은 말. 분명하게 드러나 있는 모양. 또는 출중(出衆)함, 근기가 뛰어나 속박되지 않음.

④ 금시(今時): '지금'이라는 뜻인데 이곳에서는 '구원(久遠), 나변(那邊), 본분(本分, 자기의 본래 모습)' 등과 상대가 되는 말로 쓰였다. 지금 당장의 시절, 수증(修證: 수행과 깨달음)을 거치는 단계를 뜻한다. '낙금시(落今時)'는 선가(禪家)에서는 '새로운 훈습함[新熏]에 떨어진다'라고 풀이한다. 훈습(熏習)이란 마치 향내가 옷에 스며들듯 몸과 말과 뜻으로 일으킨 행위의 기운과 생각이 아뢰야식(阿賴耶識)에 잠재력으로 이식되는 현상이다.

[10-2] 今據本序 第三位論兼中至 第四位論正中來 與曹山次第相異 然大意不戾 互叙無妨

이제 이 서(序)에 의거할 때 제3위는 겸중지(兼中至)를 논하고 있고 제4

위는 정중래(正中來)를 논하고 있어서 조산(曹山)의 차례와는 차이가 있다. 그러나 대의(大意)에는 어그러지지 않으니 순서를 바꾸어 써도 무방하다.

「단하자순선사오위서」의 요해

丹霞子淳禪師五位序

丹霞子淳禪師五位序

단하자순선사가 지은 「오위서」(의 요해)

[역주]

① 단하자순(丹霞子淳, 1064~1117): 중국 송나라 때의 조동종(曹洞宗) 계통의 승려. 단하(丹霞)는 등주(鄧州)에 있는 산의 이름.

② 「오위서(五位序)」: 『인천안목(人天眼目)』에 「오위서(五位序) 단하순(丹霞淳)」으로 실려 있다. 중국 당(唐)나라 때의 승려인 동산양개(洞山良价, 807~869)의 오위(정편오위)에 붙인 서문이다. 동산의 제자 조산본적이 법(法)을 이어 조동종이 성립되었다.

③ 「조동오위요해」에 수록된 첫 번째 글이 「조동오위군신도서요해」인 것을 보면, 김시습은 자신의 글쓰기 방식을 '요해'로 부르고 있음을 알 수 있다. 「단하자순선사오위서」 역시 「조동오위군신도서요해」와 글쓰기 방식이 별반 다르지 않다. 그래서 「단하자순선사오위서」도 「단하자순선사오위서요해」로

부르는 것이 가능하다고 본다. 다만 제목이 너무 긴 편이어서 「단하서요해」
로 약칭하는 것이 좋겠다.

[1] 夫黑白未分 難爲彼此

흑(黑)과 백(白)이 나뉘기 전에는 피(彼)와 차(此)로 되기 어렵다가,

[역주]

① '흑백미분(黑白未分前)'은 [2]의 '현황지후(玄黃之後)'와 대구를 이룬다. 흑
백미분전(黑白未分前)으로 된 경우도 있다. 어떤 차별도 발생하기 이전 무
차별의 경계, 모든 현상의 조짐이 나타나기 이전의 경계를 말한다.

② 뒤에 그려놓은 「주자태극도(周子太極圖)」에서 '흑백미분(黑白未分)'은 '≪태
극(太極)≫'[1)]에 대응하는 것으로 되어 있다. 『종용록(從容錄)』에 따르면 '흑
백미분'은 '정중편'의 자리라고 한다(黑白未分前 猶是正中偏, 57칙).

[1-1] 黑白 陰陽二氣也 ●屬陰 ○屬陽

흑백(黑白)은 음양(陰陽) 두 기운이다. ●은 음(陰)에 해당하고, ○은 양
(陽)에 해당한다.

[역주]

① 정편(正偏)을 그림으로 표현하기도 하는데, 검정색 원(●)과 흰색 원(○)을
사용해서 각각 정과 편을 표현한다. 일찍이 동산양개의 제자인 조산본적이
지은 「오위군신도(五位君臣圖)」에는 '● ◐ ⊙ ○ ●'와 같은 그림을 그려
놓고 있다. 이곳에서 보듯 김시습은 '정편은 곧 음양'이라는 입장에 서 있다.

[1-2] 參同契云 類如雞子 黑白相扶

『참동계』에서는 "마치 (부화하기 전의) 계란과 같은 상태로서 흑백이

---

1) 그림을 그려 넣기가 어려워서 ≪ ≫ 안에 그림의 명칭을 기입하였다. 「周子太極圖」
는 [2-5]에 있다.

(나뉘지 않고) 서로 엉겨 있다"라고 하였다.

[역주]

① 참동계(參同契) : 『주역참동계(周易參同契)』의 약칭. 중국 후한(後漢) 때 사람 위백양(魏伯陽)이 지은 도교 경전으로 연단수선(煉丹修仙)의 요체를 설명한 책이다. 이 책에 대한 주석서로는 중국에서 나온 주희(朱熹)의 『주역참동계고이(周易參同契考異)』, 유염(兪琰, 1258~1324)의 『주역참동계발휘(周易參同契發揮)』, 주원육(朱元育, 18세기)의 『참동계천유(參同契闡幽)』, 그리고 우리나라에서 나온 권극중(權克中, 1585~1659)의 『참동계주해(參同契註解)』와 같은 저작이 있다.2)

② 참동계운(參同契云) : 인용된 부분이 들어 있는 『참동계』의 본문과 번역은 다음과 같다. "달걀과 같고 백(白)과 흑(黑)이 서로 꼭 맞으며 가로 세로 한 치인데, 그로써 시초가 되니, 팔다리와 다섯 내장과 근육과 뼈가 갖추어지기까지 열 달이 지나면 그 포(胞)를 벗어난다. 뼈는 약하여 둘둘 말릴 수 있으며 살은 미끄럽기가 엿과 같다[類如鷄子 黑白相扶 縱橫一寸 以爲始初 四肢五臟 筋骨乃具 彌歷十月 脫出其胞 骨弱可卷 肉滑若飴]."3) 사람이 처음 태내(胎內)에 있을 때는 마치 계란이 부화되기 전에 엉기어 있는 모습과 같다고 한 대목이다. 후대의 내단파(內丹派) 주석가들은 성태(聖胎=內丹)가 처음 엉기게 되는 단계를 비유적으로 표현하고 있다고 해석하는 것이 일반적이다.

[1-3] 未分者太極之稱 太極者極盡之意

'아직 나뉘지 않은 것[未分者]'은 태극을 가리킨다. 태극이란 '그 이상 더할 수 없다[極盡]'는 뜻인데,

[역주]

① 극진(極盡) : 극치(極致)·극한(極限)·극점(極點)이라는 뜻. "太極極盡之稱

---

2) 李允熙 역주, 『參同契闡幽』, 여강출판사, 1989로 번역이 나와 있다. 『참동계』의 원문 번역과 『참동계천유』의 闡幽文 번역이 함께 실려 있다. 王鋼·丁巍·蘇麗湘 輯, 『周易參同契彙刊』, 鄭州 : 中州古籍出版社, 1990에서 여러 주석서를 모아 놓았다.

3) 王鋼·丁巍·蘇麗湘 輯, 위의 책, 297면. 번역은 이윤희, 위의 책, 381면에 있다.

(紀瞻傳)"(『古今事文類聚』前集 권1)

[1-4] 言其理之至極 而不可加也
이치가 지극하여 더할 수 없다는 말이며,

[1-5] 言天地未分之前 元氣渾而爲一 是太初太一也 老子云 道
生一 是也
"천지가 아직 나뉘기 전에 원기(元氣)는 혼연히 하나인데 이것이 태초
태일(太初太一)이다. 노자(老子)가 '도(道)가 일(一)을 낳는다'라고 한 것이
이것이다"라는 말이다.

[역주]
① 공영달(孔穎達, 574~648)의 『주역정의(周易正義)』에서 인용한 말이다. 「계
사상(繫辭上)」 「역유태극(易有大極)」조를 풀이하면서 공영달은 "太極謂天
地未分之前 元氣混而爲一 卽是太初太一也 故老子云 道生一 卽此太極是
也"라고 하였다.
② 태초태일(太初太一): '태초'는 기운의 시작, '태일'은 천지가 분화되기 이전
혼연히 하나인 원기를 가리킨다. "太初者 氣之始也"(『列子』 「天瑞」), "夫禮
必本於太一 [注]太一者 元氣也"(『孔子家語』 「禮運」)
③ 노자운(老子云): 『도덕경(道德經)』 42장에 나온다. "道生一 一生二 二生三
三生萬物"

[1-6] 難爲彼此 言未有天地之時 混混沌沌 馮馮翼翼 如鷄子未
化時 羽毛皮骨之理已具 而不可以形相論 不可以思慮會
'피(彼)와 차(此)로 되기 어렵다[難爲彼此]'는 말은 아직 천지가 있기 전
에는 (음양 두 기운이) 뒤섞여 있고 흐릿한 것이, 마치 계란이 아직 부
화하기 전에 깃털·살가죽·뼈의 이치는 이미 갖추어져 있으나 형상으
로써 논의할 수 없고 사려로써 이해할 수 없는 것과 같다는 말이다.

① 혼혼돈돈(混混沌沌) : 마구 뒤섞여 있는 상태. 천지가 형성되기 전 원기가 분화되지 않은 상태.
② 빙빙익익(馮馮翼翼) : 뿌옇고 흐릿한 모양. 형상(形象)이 분화되기 이전의 상태.

[1-7] 目其太極之源 一元之理湛然不動 名之曰道

그 태극의 근원을 가리켜 일원(一元)의 이치가 고요히 움직임이 없는 것을 이름 붙여서 도(道)라고 한다.

[역주]
① 일원(一元) : 대본(大本). 본원(本源).
② 잠연(湛然) : 고요한 모양.

[1-8] 南華老仙道 道在太極之先 而不爲高 道在太極(*六極)之下 而不爲深 先天地生 而不爲久 長於上古 而不爲老

남화노선(南華老仙)은 "도는 태극 앞에 있어도 높다고 하지 않고 도는 태극(*육극) 아래 있어도 깊다고 하지 않는다. 천지보다 앞서 났어도 오래되었다고 하지 않고 상고(上古)보다 오래 되었어도 늙었다고 하지 않는다"라고 말하였다.

[역주]
① 남화선(南華老仙) : 남화진인(南華眞人), 곧 장자(莊子)를 가리킨다.
② 남화선도(南華老仙道)~ : 『장자(莊子)』「대종사(大宗師)」에 나온 말을 인용하고 있다. 『장자』에는 "夫道 …… 在太極之先 而不爲高 在六極之下 而不爲深 先天地生 而不爲久 長於上古 而不老"로 되어 있다. '육극(六極)'을 '태극'으로 한 점이 다르다. '육극'은 천지사방(天地四方)을 뜻한다.

[1-9] 亦云無極 言其不可極也

또한 '무극(無極)'이라고도 하였는데 '극(極)'이라고 할 수 없다는 말이다.

[역주]

① 불가극(不可極) : 도는 무소부재(無所不在)하고 상하(上下), 내외(內外), 종시
(終始)가 없으니 어떤 한 자리[極]를 상정할 수 없다는 뜻이다.

[1-10] 陰陽萬物皆具於此 而爲品物之根柢也

음양만물(陰陽萬物)이 모두 여기에 갖추어져서 품물(品物)의 근저가 된다.

[역주]

① 품물(品物) : 온갖 물건.

[1-11] 非太極之外復有異名 卽指亙古亙今 常常不碍底消息

(하지만) 태극 이외에 다시 다른 이름이 있는 것은 아니니, 곧 고금에
걸쳐서 항상 막힘이 없는 소식(그런 것)을 가리킨다.

[역주]

① 태극 이외에 다시 다른 이름이 없다고 한 것은, 여기까지의 주석에서 등장시
킨 다양한 이름[名]인 '원기, 도, 무극' 등이 실은 '태극'과 같은 것이라는 뜻
으로 이해된다. 김시습은 '원기, 도, 무극'과 같은 다양한 이름은 '태극'의 어
떤 측면을 부각시켜 말하고자 하기에 필요하다고 본 듯하다.

② 긍고긍금(亙古亙今) : 고금에 걸쳐서. 영구(永久)히. 영원히 변치 않고

[1-12] 此一節 盖以道不容言 纔涉有言 皆落第二義 故淨岩(*淨
嚴)道 朕兆未生誰是主 廖廖全體不曾虧

이 대목은 대개 도는 말을 용납하지 않는다는 뜻인데, 말을 하게 되
는 순간 모두 제이의(第二義)에 떨어지게 된다. 그러므로 정암(*정엄)은
"조짐이 생기기 전에 누가 주인공인가? 고요한 전체는 일찍이 이지러진
적이 없도다"라고 말한 것이다.

[역주]

① 재섭유언(纔涉有言) : 말로 표현하거나 규정하는 순간, 곧 사유작용으로 개념화하는 순간. '재(纔)'는 '~하자마자 바로'의 뜻.

② 낙제이의(落第二義) : '제이의(第二義)'는 '제일의(第一義)'와 상대가 되는 말이다. '제일의'는 '제일의제(第一義諦), 제일의문(第一義門)'의 줄임말로, 언어 표현이나 개념화를 할 수 없는 궁극적인 진리를 뜻한다. 이에 비하여 '제이의'(第二義諦, 第二義門)는 차별적인 중생세계로 내려가서 여러 가지 방편으로 중생의 미혹을 끊고 부처가 되는 길을 제시해 보이는 것을 뜻한다. 결국 '낙제이의'는 '방편(方便)에 떨어지다, 격(格)이 한 단계 내려가다'라는 뜻이 되는데, 방편으로 하는 말이어서 '제일의'를 직접 내보이는 것이 아니라는 점을 지적하는 말이다.

③ 정암(淨岩) : 정엄(淨嚴)의 잘못. 정엄수수(淨嚴守遂, 1072~1147), 곧 대홍수수(大洪守遂)를 말한다. 송나라 때 조동종 계통의 승려이다.

④ 짐조(朕兆)~ : 『선문염송(禪門拈頌)』 1237칙에 정엄의 송(頌)이 나온다. 해당 대목은 다음과 같다.

천복(薦福)이 시중(示衆)하였다. "모름지기 공겁(空劫)일 때 자기를 알아야 되고, 포태(胞胎)가 갖추어지기 전에 깨달아야 된다. 무엇이 공겁일 때의 자기인가? 본래 이름도 자(字)도 없거늘 방편으로 여래의 정법안장(正法眼藏)·열반묘심(涅槃妙心)이라 하느니라."

정엄수(淨嚴遂)가 송하였다.

朕兆未生誰是主	조짐이 생기기 전에 누가 주인공인가?
寥寥全體不曾虧	고요한 전체는 일찍이 이지러진 적이 없도다.
大虛本自無關鑰	큰 허공은 원래부터 자물쇠가 없거늘,
一念參差萬劫違4)	한 생각 어긋날 때 만 겁이나 어긋난다.

⑤ 요요(寥寥) : 고요하다. 적막(寂寞), 적요(寂寥). 번뇌의 열기가 없는 상태를 표현한다.

---

4) 혜심·각운, 김월운 역, 『선문염송·염송설화』 9, 동국역경원, 2005, 400~401면에 번역이 있다.

[2] 玄黃之後 方位自他

현(玄)과 황(黃)으로 나뉜 후에 방(方)·위(位)·자(自)·타(他)가 있게 된다.

[역주]

① 태극의 분화를 묘사하고 있다. 뒤에 나오는 「주자태극도(周子太極圖)」를 보면 '현황지후(玄黃之後)'는 '≪음동양정(陰靜陽動)≫', '방위(方位)'는 '≪양변음합수화목금토자(陽變陰合水火木金土者)≫', '자(自)'는 '≪건도성남곤도성녀(乾道成男坤道成女)≫', '타(他)'는 '≪만물화생(萬物化生)≫'에 각각 대응되고 있다.

② 김시습과는 달리 '방위자타(方位自他)'를 '바야흐로 자(自)와 타(他)가 자리를 잡는다'라고 해석하는 것도 가능하겠다.

[2-1] 玄黃 天地之色 易曰 龍戰于野 其血玄黃 蒼蒼逈遠 故曰玄黃 中央之正色 方 言區域 位 言上下 自 言身心 他 言森羅萬象

'현황(玄黃)'은 천지의 색이다. 『역(易)』에 이르기를 "용이 들에서 싸우니 그 피가 검고 누르도다"라고 하였다. 파랗고 까마득히 멀기에 '현(玄)'이라고 한다. '황(黃)'은 중앙의 정색(正色)이다. '방(方)'은 구역(區域)을 말하고 '위(位)'는 상하(上下)를 말한다. '자(自)'는 신심(身心)을 말하고 '타(他)'는 삼라만상(森羅萬象)을 말한다.

[역주]

① 현황(玄黃) : 검은 하늘빛과 누런 땅 빛. 하늘과 땅.

② 역왈(易曰)~ : 『주역』 「곤괘(坤卦)」의 '괘사(卦辭)'에서 "上六 龍戰于野 其血玄黃"이라고 하였다.

③ 정색(正色) : 섞임이 없이 순수한 빛깔. 청(靑)·황(黃)·적(赤)·백(白)·흑(黑)의 오색(五色)을 이른다. 다섯 방위를 상징하는 오방색(五方色)에서 동쪽은 청색, 서쪽은 흰색, 남쪽은 적색, 북쪽은 흑색, 가운데는 황색이다.

[2-2] 言太極旣判 此道昭著 天淸而上 地濁而下 相合相因 五

氣順 四時行

　태극이 이미 나뉘어 이 도가 밝게 드러나니, 하늘은 맑아 위에 있고 땅은 탁해서 아래에 있어서 서로 합(合)하고 서로 인(因)해서 오기(五氣)가 순조로우며 사계절이 운행한다는 말이다.

[역주]

① 오기(五氣): 오행(五行)의 다섯 가지 기운.

② 사시행(四時行): 사시가 운행하다. 사계절이 돌아가다. "子曰 天何言哉 四時行焉 百物生焉 天何言哉"(『論語』「陽貨」)

③ 오기순(五氣順) 사시행(四時行): 주돈이(周敦頤, 1017~1073)는 「태극도설(太極圖說)」에서 "음양이 서로 변하고 합해져서 수·화·목·금·토를 낳으니, 오기(五氣)가 순조롭게 펼쳐져서 사계절이 운행한다[陰變陽合而生水火木金土 五氣順布 四時行焉]"라고 하였다.

[2-3] 夫然後天地之間 山川日月 空色人物 凡麗於形 墮於數 雖根荄之微 蟣蠓之細 莫逃乎此 此所以成變化 而行鬼神也

　그런 뒤에 천지간 산천일월(山川日月)과 공색인물(空色人物) 같이 무릇 형상을 가지고 수로 헤아리는 것이, 비록 나무뿌리 풀뿌리 같이 미미한 것이나 눈에놀이 같이 작은 것이라도 이에서 벗어날 수 없는 것이다. 이것이 변화를 이루고 귀신을 행하게 하는 것이다.

[역주]

① 공색인물(空色人物): '공색(空色)'은 『반야심경(般若心經)』에 나오는 "색즉시공(色卽是空) 공즉시색(空卽是色)"을 염두에 둔 말이 아닌가 한다. 그렇다면 '공색인물'은 아마도 공이면서 색이고, 색이면서 공인 사람과 만물이라는 뜻으로 볼 수 있을 텐데 분명하지는 않다.

② 여어형(麗於形): 형체에 의지하다. 형체에 기탁하다. "[麗形] 附托形體"5)

---

5) 漢語大詞典編輯委員會·漢語大詞典編纂處 編纂, 『漢語大詞典』 12, 上海: 漢語大詞典出版社, 1993, 1296면. 앞으로 이 책을 인용할 때는 제목과 면수만 밝히기로 한다.

③ 타어수(墮於數) : 하나이던 본체가 분화하여 무수한 분화, 분별, 다양의 세계로 변해 간다는 뜻으로 본다. "有是理 便有是氣 有是氣 便有是數"(『朱子語類』권65) 아래 ⑤ '차소이성변화(此所以成變化)' 해설에 나오는 정이(程頤)의 견해(數 氣之用也)를 참고해서, '타어수'는 '기의 작용 속에 있는 것, 기의 작용으로 말미암은 것'을 뜻한다고 보아도 좋겠다.

④ 멸몽(蠛蠓) : 눈에놀이. 모기와 비슷하며 눈에 띄지 않을 정도로 매우 작은 곤충. 하찮은 존재를 대표하는 것으로 쓰인다.

⑤ 차소이성변화(此所以成變化)~ : 이 구절은 『주역』「계사상」에서 "모든 하늘과 땅의 숫자가 쉰다섯이니, 이것이 변화를 이루고 귀신을 행하게 하는 것이다[凡天地之數 五十有五 此所以成變化 而行鬼神也]"라고 한 데서 따온 것이다. 정이(程頤)는 "이(理)가 있으면 기(氣)가 있고, 기가 있으면 수(數)가 있으니, 귀신을 행하는 것은 수이고, 수는 기의 작용이다[有理則有氣 有氣則有數 行鬼神者 數也 數 氣之用也]"라고 하였으며, 주희(朱熹)는 "귀신은 모든 홀수 짝수의 낳고 완성하는 것의 굴신왕래(屈伸往來)하는 것을 말한다[鬼神謂凡奇偶生成之屈伸往來者]"라고 풀이하였다. 한편 김시습은 「신귀설(神鬼說)」에서 귀신은 기(氣)의 운동 양상을 지칭하는 것이라고 하였다. 기가 차서 나오는 것을 신(神)이라고 하고 텅 비어 돌아가는 것을 귀(鬼)라고 하지만 하나의 기가 나뉘어 달라진 것일 따름이어서 귀신(鬼神)이 기의 운동과 변화에서 벗어나는 것을 가리키는 것이 아니라고 하였다.

[2-4] 今據周子太極圖及朱子解 以示來由 兼標彼此同轍

이제 주자(周子)의 「태극도」와 주자(朱子)의 「태극도해(太極圖解)」에 의거하여 유래를 보이고 아울러 피차가 동철(同轍)임을 드러내 보인다.

[역주]

① 주자태극도(周子太極圖) : 주돈이가 그린 태극도 주돈이는 「태극도」를 그리고 그 해설인 「태극도설(太極圖說)」을 지었다.

② 주자해(朱子解) : 주희가 지은 「태극도해」를 말한다.

③ 동철(同轍) : 말하고자 하는 이치가 같다. 원래 '동철'은 같이 나란히 가는 두 수레바퀴 자국이라는 뜻으로, 같은 길을 이르는 말이다.

[2-5] 周子太極圖

주자(주돈이)의 「태극도」는 이렇다.

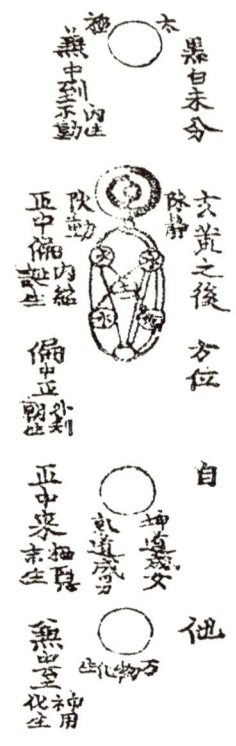

[역주]

그림 안에 문자로 표현된 것을 정리하면 다음과 같다.
편의상 가로 줄 단위로 알파벳을 붙였다.

ⓐ黑白未分	玄黃之後	方位	自	他
ⓑ太極	陰靜·陽動	水·火·木·金·土	坤道成女·乾道成男	萬物化生
ⓒ兼中到	正中偏	偏中正	正中來	兼中至
ⓓ內生	內紹	外刿	棲隱	神用
ⓔ不動	誕生	朝生	末生	化生

① 가로 ⓐ줄은 지금까지 살핀 「오위서」, [1], [2]에 나온 말이다.

② 가로 ⓑ줄은 주돈이의 「태극도」에 있는 말이다.

③ 가로 ⓒ줄은 정편오위의 다섯 가지 위(位)의 명칭이다.

④ 가로 ⓒ줄부터 ⓔ줄까지는 『인천안목』에 실려 있는 「오위공훈도(五位功勳圖)」와 일부 겹친다. 「오위공훈도」는 다음과 같다.6) 편의상 세로 줄 단위로 숫자를 붙였다.

㉠	㉡	㉢	㉣	㉤	㉥	㉦
◗ 正中偏	誕生	內紹	君位	向	黑白未變時(一作未分時)
◖ 偏中正	朝生	外紹	臣位	奉	露
◓ 正中來	末生	樓隱	君視臣	功	無句有句
○ 兼中至	化生	神用	臣向君	共功	各不相觸
● 兼中到	內生	不出	君臣合	功功	不當頭

　　세로 ㉠줄은 조산의 「오위군신도(五位君臣圖)」에 나온 그림이다. 세로 ㉡줄은 정편오위의 다섯 가지 위(位)의 명칭이다. 앞에서 본 ⓒ줄과 같다. 세로 ㉢줄은 왕자오위의 다섯 가지 위(位)의 명칭이다. 세로 ㉣줄은 왕자오위를 부연한 내용이다. 세로 ㉤줄은 군신오위이며7) 세로 ㉥줄은 공훈오위이다. 세로 ㉦줄은 조산(曹山)이 동산(洞山)의 오위에 붙인 '간(揀)'(評釋, 주석)에 나오는 말이다. 조산의 '간'은 「주석동산오위송(註釋洞山五位頌)」 또는 「축위송병주별간(逐位頌並注別揀)」이라는 제목의 글로 전한다.

⑤ 김시습이 그린 그림에 나오는 가로 ⓓ줄의 '내생(內生)'과 ⓔ줄의 '부동(不動)'은 서로 바뀌어야 맞다. '탄생(誕生)·조생(朝生)·말생(末生)·화생(化生)'과 짝을 이루는 것은 '부동(不動)'이 아니라 '내생(內生)'인 것이다. 뒤에 볼 「동산오위(洞山五位)」에서는 '탄생(誕生)·조생(朝生)·말생(末生)·화생(化生)·내생(內生)'으로 맞게 짝지어져 있다.

[2-6] 朱子解

주자의 「해(解)」

---

6) 智昭 集, 『人天眼目』 권3, 『卍續藏經』 제113책, 862면.

7) 『조동오위요해』에 실린 「조동오위도(曹洞五位圖)」에 따를 경우에는 명칭이 조금 다르다. 순서대로 '군향신(君向臣), 신봉군(臣奉君), 군시신(君示臣), 신향군(臣向君), 군신도합(君臣道合)'이다.

≪太極≫ 此所謂無極而太極也 所以動而陽 靜而陰之本體也 然非有以離乎陰陽也 卽陰陽而指其本體 不離*乎陰陽而爲言耳

≪陰靜陽動≫ 此≪太極≫之動而陽 靜而陰也 中≪太極≫者本體也** ≪陽動≫者陽之動也 ≪太極≫之用 所以行也 ≪陰靜≫者 陰之靜也 ≪太極≫之體 所以立也 ≪陰中之陽≫者 ≪陽動≫之根也 ≪陽中之陰≫者 ≪陰靜≫之根也

≪陽變陰合水火木金土者≫ 此陽變陰合 而生水火木金土也 ≪陽變(右脉)***≫者 陽之變也 ≪陰合(左脉)****≫者 陰之合也 ≪水≫ 陰盛故居右 ≪火≫ 陽盛故居左 ≪木≫ 陽穉故次火 ≪金≫ 陰穉故次水 ≪土≫ 冲氣故居中 而水火之≪變合≫ 交系乎上 陰根陽 陽根陰也 水而木 木而火 火而土 土而金 金而復水 如環無端 五氣布 而四時行也 ≪太極≫≪陰靜陽動≫≪陽變陰合水火木金土者≫ 五行一陰陽 五殊二實 無餘欠也 陰陽一太極 精粗本末無彼此也 太極本無極 上天之載 無聲無臭也 五行之生 各一其性 氣殊質異 各一其極*****≪太極≫ 無假借也 ≪眞精妙合≫ 此無極二五所以妙合而無間也

≪乾道成男坤道成女≫ 乾男坤女 以氣化者言也 各一其性 而男女一太極也

≪太極≫ 이것은 이른바 무극(無極)이면서 태극(太極)이라는 것이니, 움직이면 양(陽)이 되며 고요해지면 음(陰)이 되는 바의 본체이다. 그러나 음양에서 떨어져 있는 것이 아니니 음양의 動靜)에 나아가 그 본체가 음양에서 떨어지지 않음을 가리켜서 말한 것이다.

≪陰靜陽動≫ 이것은 ≪太極≫이 움직여서 양이 되고 고요하여 음이 되는 것이다. 가운데 있는 ≪太極≫은 본체이다. ≪陽動≫은 양의 움직임이니 ≪太極≫의 용(用)이 행하는 바요, ≪陰靜≫은 음의 고요함이니 ≪太極≫의 체(體)가 서는 바이다. ≪陰中之陽≫은 ≪陽動≫의 뿌

리요, 《陽中之陰》은 《陰靜》의 뿌리이다.

《陽變陰合水火木金土者》 이것은 양이 변하고 음이 합하여 수·화·목·금·토를 낳는 것이다. 《陽變》은 양이 변함이요 《陰合》은 음이 합함이다. 《水》는 음이 왕성하므로 오른쪽에 있고 《火》는 양이 왕성하므로 왼쪽에 있으며 《木》은 양이 어리므로 화(火) 다음(아래)에 있고 《金》은 음이 어리므로 수(水) 다음에 있으며 《土》는 충기(冲氣 : 中和之氣)이므로 가운데 있다. 수(水)와 화(火)의 《變合》은 서로 위[《陰靜陽動》]에 이어져서 음[水]은 양[陽動]에 뿌리를 두고 양[火]은 음[陰靜]에 뿌리를 둔다. (그리하여) 수(水)가 목(木)을, 목(木)이 화(火)를, 화(火)가 토(土)를, 토(土)가 금(金)을, 금(金)이 다시 수(水)를 낳는 것이 고리와 같이 끝이 없어서 오기(五氣)가 펴져 사계절이 운행한다. 《太極》《陰靜陽動》《陽變陰合水火木金土者》는 오행이 하나의 음양이니 다섯 가지 다른 것[五殊]과 두 가지 알찬 것[二實]이 남거나 모자람이 없으며, 음양이 하나의 태극이니 정밀한 것과 거친 것, 근본과 말단이 피차(彼此)의 구별이 없는 것이다. 태극은 본래 무극이니 하늘이 하는 일[上天之載 : 上天之道]은 소리도 없고 냄새도 없다. 오행이 생겨남에 각각 그 성(性)을 하나씩 가지고 있으니, 기(氣)가 다르고 질(質)이 다르나 각각 하나의 그 극《太極》이니 서로 빌릴 게 없다. 《眞精妙合》 이것은 무극·음양·오행이 오묘하게 합하여 틈이 없는 것이다.

《乾道成男坤道成女》 건도(乾道)는 남성을 이루고 곤도(坤道)는 여성을 이룬다고 한 것은 기화(氣化)하는 것으로 말하는 것이다. 각각 그 성(性)을 하나씩 가지고 있으니, 남녀가 각각 하나의 태극이다.

《萬物化生》 만물이 변화하여 생성한다고 한 것은 형화(形化)하는 것으로 말하는 것이다. 각각 그 성(性)을 하나씩 가지고 있으니, 만물이 각각 하나의 태극이다.

[역주]

① 주희가 쓴 「태극도해」의 전반부이다. 그림을 그려 넣기가 어려워서 ≪ ≫ 안에 그림의 명칭을 기입하였다. 그림의 명칭은 『태극도설술해(太極圖說述解)』(明나라 曹端 撰)에 의거하였다.

② 김시습이 「조동오위」에 배대시킨 바에 의거해서 내용을 다섯 단락으로 나누었다.

③ * : '離'는 『성리대전서(性理大全書)』에는 '雜'으로 되어 있다.

④ ** : '本體也'는 『성리대전서』에는 '其本體也'로 되어 있다.

⑤ *** : (右脉)은 필사본에 첨기(添記) 되어 있는 말이다.

⑥ **** : (左脉)은 필사본에 첨기되어 있는 말이다.

⑦ ****** : '極'은 『성리대전서』에는 나오지 않는다.

[2-7] 右依周子圖朱子解 令行人知陰陽五圈與偏正五圈相配 但識其趣 不必泥於名句 幸甚

이상은 주자(周子)의 「도(圖)」와 주자(朱子)의 「해(解)」에 의거해서, 배우는 사람들로 하여금 '음양오권(陰陽五圈)'과 '편정오권(偏正五圈)'이 서로 짝함을 알게 함이다. 다만 그 뜻만 알면 될 뿐 명구(名句)에 얽매일 필요는 없다. 그렇게 된다면 큰 다행이겠다.

[역주]

① 행인(行人) : 행자(行者). 수행자.

② 음양오권(陰陽五圈), 편정오권(偏正五圈) : 위에서 「태극도」와 「태극도해」를 다섯으로 나누고 조동오위의 각 위(位)에 배대하였음을 보았다. '편정오권(偏正五圈)'은 음양을 흑백으로 도시하는 전례를 본받아서 그린 것으로, 정편오위를 다섯 가지의 그림(◖, ◗, ☉, ○, ●)으로 표현한 것이다.

③ 명구(名句) : 명자(名字)와 언구(言句).

④ 행심(幸甚) : 매우 다행이다.

[3] 於是借黑權正 假白示偏

이에 흑(黑)을 빌어서 정위(正位)를 대치하고 백(白)을 빌어서 편위(偏位)를 보인 것이다.

[역주]
① 검정색 원(●)과 흰색 원(○)을 빌어서 정과 편을 형상으로 나타냈다는 뜻이다.

[3-1] 借 假同意 謂非眞也 黑 陰之氣 白 陽之氣也 權 變也 反常合道之意 示 語也 以事告人也

'차(借)'는 '가(假 : 빌다)'와 같은 뜻이니 참이 아님을 말한다. 흑(黑)은 음(陰)의 기운이요 백(白)은 양(陽)의 기운이다. '권(權)'은 '변(變 : 變通하다. 代置하다)'이니 반상합도(反常合道)의 뜻이다. '시(示)'는 '어(語 : 말하다)'이니 어떤 일로써 사람에게 말해줌이다.

[역주]
① 권(權) : 변통(變通). 권의(權宜). 말이나 형상으로 표현할 수 없는 것을 방편(方便)으로 표현하였다는 뜻이다.
② 반상합도(反常合道) : 언뜻 보면 이치에 맞지 않는 것으로 보이지만 실제로는 도리에 부합하다. 상례를 벗어났으되 도에 부합하다. "權也者, 反常者也"(「周章傳論」『後漢書』 권63)

[3-2] ●正 眞性之體 ○偏 眞性之用 眞性圓融 體用兼該 理事双彰 處萬有而不廣 攝一塵而不窄 萬相頓寂而不隱 不同陰之靜也 千差森列而不露 不同陽之動也 先天地而無其始 後天地而無其終 非名句可數 非言思可及 則亦非經書所論道與太極之稱

●곧 정(正)은 진성(眞性)의 체(體)이고, ○곧 편(偏)은 진성의 용(用)이다. 진성은 원융(圓融)하여 체용(體用)을 아울러 갖추고 있고 이사(理事)가 함께 드러난다. 만유(萬有)에 처하되 넓지 않고 일진(一塵)에 포섭되되 좁

지 않다. 만상(萬相)이 돈적(頓寂)하여도 숨지 않으니 음(陰)의 고요함과 같지 않고, 천차(千差)로 삼렬(森列)해도 드러나지 않으니 양(陽)의 움직임과 같지 않다. 천지보다 앞서 있되 그 시작이 없고 천지보다 뒤에 있되 그 끝이 없으며, 명구(名句)로 셀 수 있는 것이 아니며 언사(言思)로 미칠 수 있는 것이 아니니 또한 경서(經書)에서 논한 바인 도(道)나 태극(太極)이라고 일컫는 것도 아니다.

[역주]

① 진성(眞性) : 참된 본성. 불성(佛性), 법성(法性)이라고 하는 그것. 참고로 영어로 풀이한 것을 보면 "眞性 The true nature; the fundamental nature of each individual, i.e. the Buddha-nature"라고 되어 있다.[8]

② 원융(圓融) : 한데 통하여 아무 차별이 없음. 원만하여 서로 막히는 데가 없음.

③ 체용(體用) : 본체와 그 작용.

④ 겸해(兼該) : 겸비(兼備). 두 가지 이상을 아울러 갖춤. 두루 갖춤. '해(該)'는 '비(備 : 갖추다)'나 '함(咸 : 모두)'의 뜻. 대장경(大藏經)에 '체용겸해'나 '체용겸비(體用兼備)'라는 용례가 다 보인다.

⑤ 이사(理事) : 평등한 진여(眞如)와 차별적인 만상(萬象).

⑥ 쌍창(双彰) : 함께 드러나다. '창(彰)'은 겉으로 드러난다는 뜻.

⑦ 만유(萬有), 일진(一塵) : '만유'는 모든 존재. '일진'은 일미진(一微塵), 곧 아주 작은 티끌이나 먼지.

⑧ 만상(萬相) : 온갖 상(相). '상'은 '성(性)'에 상대해서 쓰이는 말. '성'은 불변(不變)을, '상'은 수연(隨緣 : 인연에 따라 변화함)을 뜻함.

⑨ 돈적(頓寂) : 갑자기 사라져 없어지다. '적(寂)'은 '적멸(寂滅)'의 뜻으로 본다.

⑩ 천차(千差) : 천차만별(千差萬別). 여러 가지 사물이 모두 차이가 있고 구별이 있음.

⑪ 삼렬(森列) : 죽 늘어서다. 빽빽이 늘어서다.

⑫ 진성(眞性)~부동음지정야(不同陰之靜也)~부동양지정야(不同陽之動也) : 앞서 ●을 음기, ○을 양기라고 하였던 것과 아래의 [7-3]에서 "陰者 元氣之

---

8) William Edward Soothill and Lewis Hodous, *A Dictionary of Chinese Buddhist Terms*(http://www. hm.tyg.jp/~acmuller/soothill/soothill-hodous.html).

閫"이라고 한 것을 고려한다면 진성(眞性)은 원기(元氣)와 다름없는 것이 된다. 김시습은 이 '원기=진성'은 음기의 고요함이나 양기의 움직임과는 다르다고 하였다. 이 '원기=진성'은 음이나 양 어느 한쪽도 아니고 그렇다고 해서 음양의 밖에 따로 있지도 않으면서 음양을 아우르는 본체라는 말로 이해할 수 있다.

[3-3] 然佛法只恁麼 便見陸地平沈 豈有燈燈續焰 洞山向猛虎口中奪肉 獰龍頷下穿珠 未免忉忉怛怛 以世所論之事 俯爲初機 權設二圈 衍而爲五 若是沒量大人 未開口已前薦得 如或未然 請須仔細看 只是一圈 咄

그러나 불법(佛法)이 다만 이렇다면 문득 쇠퇴하는 것을 보게 되리니[9] 어찌 등불과 등불이 불꽃을 이을 수 있겠는가. 동산(洞山)이 맹호(猛虎)의 입에서 고기를 빼앗고 영룡(獰龍)의 턱 아래 구슬을 꿰뚫었으나 장황함을 면치 못하고 세상에서 논하는 일로 초심자[初機]를 굽어 살펴 짐짓 이권(二圈)을 만들고 부연하여 오권(五圈)으로 한 것이다. 만약 몰량대인(沒量大人)이라면 입을 열기 이전에 완전히 알 수 있으려니와 만일 혹 그렇지 못하다면 청컨대 자세히 보라. 단지 일권(一圈)일 뿐이다. 돌(咄).

[역주]

① 진제(眞諦)와 속제(俗諦), 이언(離言)과 의언(依言)의 관계론에 입각해서 동산이 제창한 오위의 의의를 평가하고 있다.

② 임마(恁麼) : 이와 같이(은). 그와 같이(은).

③ 육지평침(陸地平沈) : 땅속에 가라앉다. 땅속에 처박히다. '평침(平沈)'은 평지에 묻힌다는 뜻인데, '쇠퇴(衰頹)하다, 영락(零落)하다'의 뜻으로 전의되어 쓰인다. 『벽암록』 76칙 평창(評唱)에 "이는 작은 허물이 아니다. 조사의 일대사(一大事)를 일제히 땅속에 처박히게 한 것이다[此非小過也 將祖師大事 一齊於陸地上平沈却]"라는 말이 있다. 한편 "자기를 위하려다가 불법이 가

9) '便見~'이 '곧 ~라고 알다'의 뜻으로 귀결절을 이끈다고 보는 해석도 있다. 『선어록 읽는 방법』, 145면.

라앉는다[將爲自己 佛法平沈]"(『洞山錄』)라는 말에서 보듯이 '불법평침(佛
法平沈)'이라는 용례도 있다.

④ 등등속염(燈燈續焰) : 불등(佛燈 : 부처의 교법을 어둠을 밝히는 등불에 비유
하여 이르는 말)이 이어지는 것, 곧 전등(傳燈)을 말한다. '등등상속(燈燈相
續)'이라는 말도 있다.

⑤ 맹호구중탈육(猛虎口中奪肉) : 『선문염송』 625칙에 "내게[＝설두중현(雪竇重
顯)] 사나운 범의 아가리에서 사슴을 빼앗고, 주린 매의 발톱 밑에서 토끼를
떼 놓아달라고 하련다[雪竇擬向猛虎口中奪鹿 飢鷹爪下分冤]"라는 구절이
있다. 목숨을 버릴 각오로 깨달음을 추구한다는 뜻.

⑥ 영룡함하천주(獰龍頷下穿珠) : '사나운 용의 턱 아래 있는 구슬[獰龍頷下
珠]'이란 목숨을 걸고 구해야 할 정도로 귀한 것을 비유하는 말로서, 불성
(佛性)·본래면목(本來面目)을 비유한다. 비슷한 표현으로 '여룡함하주(驪龍
頷下珠)'라는 말이 있다. 『장자』 「열어구(列禦寇)」에 나오는 말인데, "천금
의 가치가 있는 구슬은 반드시 아홉 길이나 되는 깊은 연못에 있는 검은 용
의 턱밑에 있는 것이다. 네가 그 구슬을 얻은 것은 반드시 그 용이 자고 있
을 때 가지고 온 것이리라. 만일 그 검은 용이 깨어난다면 네 몸뚱이가 어
찌 남아날 수 있겠느냐[夫千金之珠 必在九重之淵 驪龍頷下 子能得珠者
必遭其睡也 使驪龍而寤 子尙奚微之有哉]"라고 하였다. 「십현담요해」에서
는 『장자』에서 인용한 구절의 뜻이, "한 덩이 밝은 구슬은 쓰려고 하면 나
누어지고 가지려 하면 얻지 못하는 것이, 마치 천금의 가치가 있는 여룡의
구슬을 쉽게 얻을 수 없으며 남에게 쉽게 보일 수도 없는 것과 같다. 비록
그렇지만 사람 개개인은 본래부터 원성(圓成)한 것이며, 본래부터 완전하게
갖추어져 있는 것이다[此言一顆明珠 用之有分 拈之不得 如驪龍珠 價直
千金 不可容易而得 不可容易而示人 雖然如是 人人箇箇 本自圓成 本自
具足]"라고 하였다.[10]

⑦ 도도달달(忉忉怛怛) : 번거롭다. 장황하다. 쓸데없이 말이 많은 것을 형용하
는 말. 또는 근심하는 마음으로 말을 많이 해주는 것을 가리킨다.

⑧ 초기(初機) : 초학자(初學者). '기(機)'는 근기(根機)라는 뜻.

⑨ 권(圈) : 권자(圈子). '이권(二圈)'은 음양을 흑백의 원(●○)으로 도시(圖示)한
것. '오권(五圈)'은 오위(五位)를 다섯 가지의 그림으로 표현한 것. 다섯으로

---

10) 『중편조동오위』, 235면.

표현하든 둘로 표현하든 궁극적으로는 하나의 이치일 따름이므로 '일권(一圈)'일 뿐이라고 하였다.

⑩ 몰량대인(沒量大人) : 깨달음을 얻어서 범인(凡人)의 분별을 초월한 큰 인물. 과량인(過量人), 과량대인(過量大人)과 같은 말이다. '양(量)'은 정량(情量)인데, 범부(凡夫)의 망상분별(妄想分別)을 뜻한다.

⑪ 천득(薦得) : 전부 알아차리다. 완전히 깨닫다.

⑫ 자세간(仔細看) : 똑바로 보라. 자세히 보라.

⑬ 돌(咄) : 쯧쯧. 혀를 차는 소리. '애달프다, 가소롭다, 안타깝다, 슬프다, 아니다' 정도의 뉘앙스를 가진다.

洞山五位

동산이 제창한 오위

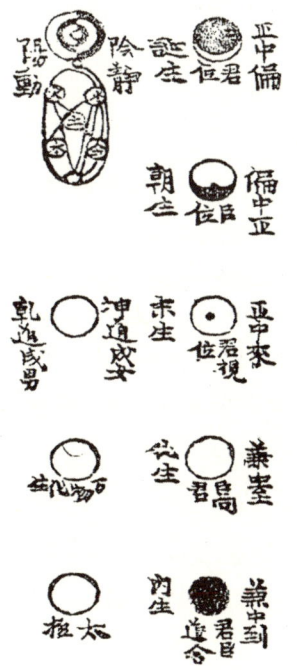

[역주]

그림 안에 문자로 표현된 것을 정리하면 다음과 같다.

㉠	㉡	㉢	㉣
正中偏	君位	誕生	陰靜・陽動
偏中正	臣位	朝生	水・火・木・金・土
正中來	君視位(*君視臣)	末生	坤道成女・乾道成男
兼中至	臣向君	化生	萬物化生
兼中到	君臣道合	內生	太極

가로 ㉠줄은 정편오위의 다섯 가지 위의 명칭, ㉡줄은 군신오위의 위의 명칭, ㉢줄은 왕자오위의 위의 명칭, ㉣줄은 주돈이의 「태극도」에 있는 말이다.

[4] ⬤ 正不坐正

정(正)이 정(正)에 앉지 않으니,

[4-1] 正 是空界 有無不落 中道俱泯 逈絶對待 本來湛寂之妙體
정(正)은 공계(空界)이다. 유무(有無)에 떨어지지 않고 중도(中道)도 함께
여의었으며 대대(對待)를 멀리 끊어 본래 잠적(湛寂)한 묘체(妙體)이다.

[역주]

① 공계(空界) : 허공(虛空), 대공(大空)의 뜻. 걸림이나 장애가 없는 상태, 대립
　이나 차별이 없는 상태를 비유한다. 또는 허공계(虛空界)와 같은 말로서 진
　여(眞如)를 허공에 비유하여 이르는 말이라고 볼 수도 있다.

② 대대(對待) : 대대(待對)와 같은 말. 선(善)과 악(惡), 미(迷)와 오(悟)와 같이
　양자가 대립하거나 의존하면서 서로 불가결의 조건이 되는 것. '절대대(絶對
　待)'는 상대적인 관계(개념)를 끊어버리는 것. 『종용록(從容錄)』 30칙에 "모
　든 상대적인 개념을 끊어 두 끝을 주저앉혔다[絶諸對待 坐斷兩頭]"라는 말
　이 있다.

③ 묘체(妙體) : 현묘한 본체.

[4-2] 不坐云者 坐則失位 如云 金殿玉堂留不住 夜來依舊宿蘆花

"앉지 않는다[不坐]"라고 말한 것은 앉으면 자리[位]를 잃는다는 뜻이다. "금전옥당에 머무르지 아니하고, 밤이면 여전히 갈대밭에서 자노라"라고 말하는 것과 같다.

[역주]
① 금전옥당(金殿玉堂)~ : '금전옥당'은 화려한 거처. 이 시구와 유사한 예로 『종용록』 59칙에 인용되어 있는 현사(玄沙) 화상의 시구에, "불조의 지위에 머무르지 아니하고, 밤이 되면 으레 갈대밭에서 자노라[祖佛位中留不住 夜來依舊宿蘆花]"라는 구절이 있다. '불조위중(祖佛位中)'이 '금전옥당(金殿玉堂)'으로 대체되는 것으로 보아 '금전옥당' 또한 '불조위(佛祖位)', 곧 부처의 경지, 깨달음의 경지를 비유하는 말이라는 것을 짐작할 수 있다. 『선문염송』 184칙에 나오는 불안원(佛眼遠)의 송(頌)에도 "佛祖位中留不住 夜來依舊宿蘆花"라는 구절이 있다. '좌(坐)'는 안주하고 집착한다는 뜻이겠다.

[4-3] 下正字 指湛寂體中 正令當行 觸處皆眞 花灼灼 鳥喃喃 一點靈光 混同太虛 所謂握驪珠於掌上 納萬彙於胸中 拈亦在我 放亦在我 凡所動作 無非正也

아래의 '정(正)' 자는 잠적(湛寂)한 본체 중에 정령(正令)을 시행하여 닿는 곳마다 모두 진실 되니, 꽃이 난만하고 새가 지저귀는데 한 점 신령스러운 빛이 태허(太虛)와 하나 됨을 가리킨다. 이른바 이주(驪珠)를 손바닥에 쥐고 만물을 가슴에 용납하여 집음도 또한 나에게 있고 놓음도 또한 나에게 있어서 무릇 동작하는 바가 '정(正)'이 아님이 없다는 것이다.

[역주]
① 정령당행(正令當行) : 바른 법령을 시행함. 불조(佛祖)의 가르침을 실행함. '정령(正令)'은 '바른 법령'이라는 뜻으로, 불법(佛法) 또는 불조(佛祖)의 올바른 명령, 바른 가르침을 비유하는 말.
② 촉처개진(觸處皆眞) : 어느 곳이나 모두 진여(眞如)여서 진실하지 않은 곳이

없다. 접하는 모든 것이 진실하다. '촉처(觸處)'는 이르는 곳, 접하는 곳이라는 뜻.

③ 화작작(花灼灼): '작작(灼灼)'은 꽃이 활짝 피어 화려한 모양.

④ 남남(喃喃): 재잘거림. 재잘거리는 소리.

⑤ 영광(靈光): 신령스럽고 불가사의한 광명. 중생이 본래 가지고 있는 불성을 가리키는 말.

⑥ 일점영광(一點靈光) 혼동태허(混同太虛): 불성이나 진심(眞心)을 형용하면서, "원만하기가 태허와 같아서 모자람도 없고 남음도 없다[圓同太虛 無欠無餘]"라거나 "누구나 한 점의 신령한 밝음을 갖추고 있는데 그것은 맑기가 허공과 같아서 모든 곳에 두루 미친다[人人具有一點靈明 湛若虛空 徧一切處]"(「眞心直說」)라고 한 용례가 있다. 이에 비추어서 본문의 '일점영광(一點靈光)'은 불성(진여, 진심)을 비유하고, '혼동태허(混同太虛)'는 맑고 고요한 불성이 모든 곳에 편만(遍滿)해 있음을 표현한다고 해석할 수 있다. '혼동(混同)'은 섞이어 구별이 되지 아니한다, 서로 뒤섞이어 하나가 된다는 뜻. 이곳의 '태허(太虛)'는 허공(虛空)과 같은 말. 한편 본문의 '혼동'이 '원동(圓同)'의 잘못이라고 볼 가능성도 있는데, 그렇다고 본다면 "한 점 신령스러운 빛이 원만하기가 저 하늘같다"로 해석해야 한다.

⑦ 이주(驪珠): 검은 용[驪龍]의 턱 아래에 있는 신묘한 구슬.

[4-4] 不坐正云者 言如斯之法 窮之則妙 究之則玄 玄妙之理頓忘 凡聖之情兩祛 圓融無際 古今無間 三世諸佛傳不得 歷代祖師授不得底消息 還會麽 直須向正位前承當始得 咄 放你三十頓棒

"정에 앉지 않는다[不坐正]"라고 말한 것은, 이와 같은 이치[法]는 궁구하면 오묘하고 탐구하면 아득하며 현묘한 이치라는 점도 문득 잊히고 범부와 성인의 정(情)도 다 끊어지며 원융하여 끝이 없고 고금에 끊어짐이 없으니, 삼세제불(三世諸佛)이 전하려 해도 그러지 못하고 역대조사(歷代祖師)가 전수하려 해도 그러지 못한다는 취지를 말한 것이다. 알겠는가? 모름지기 바로 정위전(正位前)에서 알아차려야 옳다 하리라. 돌(咄). 너에게 삼십 돈(頓) 방(棒)을 때릴 것이나 용서해주노라.

[역주]

① '정(正)'은 현묘한 이치이나 탐구해서 알아야겠다고 해서 알 수 있는 것도 아니고 성인의 경지라고 구별해서 말할 수 있는 것도 아니며 다른 사람에게 어떻다 말로 전할 수 있는 것도 아니라고 하였다. '정'은 인식과 언어로 대상화시켜서 파악하거나 전달할 수 있는 것이 아니라는 취지이다. 앞서 [4-3]에서는 '나[我]'의 관점에서 '정(正)'의 의미를 부연하였다면 이곳 [4-4]에서는 '제일의(第一義)'의 관점에서 '정(正)'의 의미를 부연하고 있다.

② 돈망(頓忘) : 까맣게 잊어버림. 갑자기 잊음.

③ 무간(無間) : 끊어짐이 없음. 무간단(無間斷).

④ 삼세제불(三世諸佛) : 전세(前世), 현세(現世), 내세(來世)의 여러 부처.

⑤ 역대조사(歷代祖師) : 석가 이래 대대로 전해져 오는, 불심을 체득하여 사람들을 깨달음으로 이끌 수 있는 수행과 지견(知見)을 갖춘 선승(禪僧).

⑥ 환회마(還會麽) : 알겠는가?

⑦ 직수(直須)~시득(始得) : 모름지기 ~해야 비로소 괜찮다. ~하지 않으면 안 된다. '직(直)'은 '수(須)'의 의미를 강조하는 부사, '득(得)'은 괜찮다는 뜻.[11]

⑧ 승당(承當) : 알아차리다. 받아들이다. 받아들여 자기의 것으로 하다.

⑨ 방니삼십돈방(放你三十頓棒) : 네 뺨을 서른 번 후려치고 싶지만 용서해 주겠다.[12] '돈(頓)'은 횟수를 나타내는 양사(量詞). 한 번[一回]. 1돈이 20방(棒)이라고 하기도 한다. '방'은 주장자(拄杖子 : 선사들이 좌선할 때나 설법할 때에 가지는 지팡이)를 세우거나 주장자로 때리는 것.

[5] 夜半虛明

한밤중이 맑고 밝도다.

[역주]

① 야반(夜半) : 한밤중.

② 허명(虛明) : 맑고 밝다. 청철명량(淸澈明亮).[13]

---

11) 『선어록 읽는 방법』, 53면, 134면.

12) 『선어록 읽는 방법』, 107면, 114면.

13) 『漢語大詞典』 8, 820면.

[5-1] 夜 是黑白未分時 半 是黑白未分時 不落明暗底時節 到
這裏 凡聖不立 體絶偏圓 自古至今 難爲話會

'야(夜)'는 흑과 백이 나뉘지 않았을 때요, '반(半)'은 흑과 백이 나뉘지
않았을 때 명암에 떨어지지 않는 경계[時節]이다. 여기에 이르러서는 범
부와 성인을 구별하지 않으며 체(體)는 편원(偏圓)이 끊어졌기에 예로부
터 지금까지 말하기 어려운 것이다.

[역주]

① 시절(時節) : 시기. 시간. 결정적인 어느 시점.

② 도저리(到這裏) : 여기에 이르러서는. '저리(這裏)'는 구어로 '여기'라는 뜻.

③ 범성불립(凡聖不立) : 범부와 성인을 상대적인 관계[對待]로 세우지 않는다.
범부와 성인을 구별하지 않는다.

④ 편원(偏圓) : 치우침[偏·事]과 원만함[正·理].

⑤ 화회(話會) : 말하다. 설명하다.

[5-2] 虛則非有無 明則泯色空 虛則緣塵無所依 明則根境不能
碍 虛則可以納萬有 明則可以冥本寂 縱是然燈先聖大覺能仁代
出迭興 說法利生 難忘斯義

'허(虛)'하면 유무(有無)가 아니요 '명(明)'하면 색공(色空)을 여읜다. '허'
하면 연진(緣塵)이 의지할 바가 없고 '명'하면 근경(根境)이 장애가 되지
못한다. '허'하면 만유(萬有)를 용납할 수 있고 '명'하면 본적(本寂)에 명
합(冥合)할 수 있다. 설령 연등불과 석가모니 부처가 대를 이어 나오고
번갈아 일어나서 설법하여 중생을 이롭게 할지라도 이 뜻을 잊기 어려
울 것이다.

[역주]

① 연진(緣塵) : 대상이 되어 마음을 어지럽히는 현상.

② 근경(根境) : '근(根)'은 감각 기관과 의식 기능, '경(境)'은 그 기관과 기능의
대상. 근진(根塵)이라고도 한다.

③ 명본적(冥本寂) : '본적(本寂)'은 번뇌가 없어 맑고 고요한 해탈의 경지. 본래
맑고 고요한 본체. '잠연적정(湛然寂靜)'의 경지. [4-1]에 나온 '본래잠적지묘
체(本來湛寂之妙體)'와 상통한다고 본다. '명(冥)'은 명합(冥合)으로, 그윽이
합일(合一)한다는 뜻.

④ 종시(縱是) : 비록 ~라 해도 '시(是)'는 특별한 뜻이 없는 첨가자.

⑤ 연등선성(然燈先聖) : 연등불(練燈佛). 석가모니에게 미래에 성불(成佛)한다
는 예언을 한 부처.

⑥ 대각능인(大覺能仁) : 석가모니 부처. '대각(大覺)'은 위대한 깨달음에 이른
부처. '능인(能仁)'은 석가모니. 여기서 대각은 능인을 수식하는 말.

[5-3] 且道 如何是千聖利生底宗旨 數聲長笛離亭晚 君向瀟湘
我向秦

자, 말해보라. 어떤 것이 천성(千聖)이 중생을 이롭게 하는 종지(宗旨)
인가? 바람결에 피리 소리 들려오는 해 저무는 이정(離亭)에서, 그대는
소상(瀟湘)을 향해, 나는 진(秦)을 향해 떠나야 하네.

[역주]

① 차도(且道) : 자, 말해보라. 그렇다면 일러보라. '차(且)'는 '자아', '어쨌든'이
라고 번역되는 말로서 이 말이 있으면 어조가 부드럽게 된다.14)

② 종지(宗旨) : 가르침의 요지.

③ 천성(千聖) : 일천 성인(聖人). 삼세(三世)의 여러 부처와 조사(祖師).

④ 수성(數聲)~ : 당나라 시인 정곡(鄭谷)의 7언 절구 「회상여우인별(淮上與友
人別)」에 나오는 구절이다. 작품 전편은 다음과 같다. "양자강 언덕에 봄버
들 우거져, 버들개지는 강 건너는 사람 슬프게 하네. 바람결에 피리 소리 들
려오는 해 저무는 이정에서, 그대는 소상을 향해, 나는 진을 향해 떠나야 하
네[揚子江頭楊柳春 楊花愁殺渡江人 數聲風笛離亭晚 君向瀟湘我向秦]."
'이정(離亭)'은 나루터에 있는 건물. 길을 떠나는 사람을 보내는 자리. '소상
(瀟湘)'은 소수(瀟水)와 상수(湘水)를, '진(秦)'은 장안(長安)을 가리킨다. '상
적(長笛)'은 아마도 '풍적(風笛)'의 잘못일 것이다.

---

14) 『선어록 읽는 방법』, 23면.

『벽암록』 51칙을 보면 "피차가 서로 관계가 없다. 그대는 소상을 향해, 나는 진을 향해 떠나야 한다[彼此沒交涉 君向瀟湘我向秦]"라는 말이 있는데, 이를 참고해서 생각해 보면, '일천 성인과 중생 개개인은 피차 서로 관계가 없다. 깨달음은 오직 수행자 개인에게 달려 있는 것이다'라는 뜻을 표현하고 있는 것으로 보인다.

[5-4] 右據太極圖解 ≪陰靜陽動≫ 此≪太極≫之動而陽 靜而陰也 非有以離乎≪太極≫也

이상은 「태극도해」에 의거하면, "≪陰靜陽動≫ 이것은 ≪太極≫이 움직여서 양이 되고 고요하여 음이 되는 것이다"라고 한 데 해당하는데, (음양이) ≪太極≫에서 떨어져 있는 것이 아니라는 뜻이다.

[역주]
정중편(正中偏)이 「태극도」의 제2권(圈)인 ≪陰靜陽動≫과 같은 취지라고 한다.

[6] ◗ 偏不坐偏

편(偏)이 편(偏)에 앉지 않으니,

[6-1] 偏 卽色界 從覺圓淸淨體上 所照染淨萬法 一切諸佛 從 玆而現 一切衆生 由此而出 乃至一切國土山河身心器界 從玆緣 起之妙用也

편(偏)은 곧 색계(色界)니 깨달음이 원만하며 맑고 깨끗한 본체 상에서 비추어 나오는 바 염정만법(染淨萬法)이다. 모든 부처가 이로부터 나타나며 일체 중생이 이로 말미암아 나오며 일체의 국토산하(國土山河)며 신심기계(身心器界)에 이르기까지 이로부터 연기(緣起)하게 되는 묘용(妙用)이다.

① 색계(色界) : '정(正)'을 '공계(空界)'라고 한 것과 대구를 이루는 말. 대상세계. 일체의 존재.

② 염정만법(染淨萬法) : '염(染)'은 번뇌에 물든 것. '정(淨)'은 번뇌에 물들지 않고 청정한 것. '만법(萬法)'은 모든 현상.

③ 국토(國土) : 유정(有情)이 거주하는 장소

④ 신심기계(身心器界) : '기계(器界)'는 기세계(器世界), 기세간(器世間)과 같은 말. 중생이 기댈 곳. 중생들이 거주하는 산하·대지·초목 등의 자연 환경. '신심기계(身心器界)'는 중생이 의지하며 살아가는 국토기세계(國土器世界), 산천초목(山川草木) 등의 환경을 말한다.

⑤ 묘용(妙用) : 신묘한 작용. 무차별·무분별의 경지에서 나오는 걸림 없는 작용. [4-1]의 '묘체(妙體)'에 상대되는 말.

[6-2] 不坐云者 無住 如洞山云 渠今不是我 我今正是渠

"앉지 않는다[不坐]"라고 말한 것은 '머묾 없음[無住]'이니, 동산(洞山)이 이르기를, "그가 바로 지금의 나이지만, 나는 지금 그가 아니다"라고 한 것과 같다.

[역주]

① 무주(無住) : 머묾이 없음. 집착하거나 얽매이지 않음. 대상에 국한하여 보면 일정하게 머무는 고정된 실체가 없다는 뜻이며, 주관의 입장에서 보면 마음이 일정한 대상에 집착하지 않아서 자유롭고 걸림이 없는 작용을 잃지 않는다는 뜻이다.

② 거금불시아(渠今不是我)~ : 동산(洞山)이 물을 건너다가 자기 그림자를 보고 깨닫고 지었다는 게송(이를 흔히 「과수게(過水偈)」라고 함)에 있는 구절 "渠今正是我 我今不是渠"의 착오로 보인다. 그래서 번역도 원문과 달라졌다. '거(渠)'는 3인칭 대명사로 '그'라는 뜻이다. '아(我)'는 자아, '거(渠)'는 세계(타자)를 뜻한다고 본다. 「과수게」의 원문과 번역은 다음과 같다.

切忌從他覓　　결코 딴 데서 찾지 말라

迢迢與我疏　　나와는 점점 더 아득해질 뿐이다.

我今獨自往　　내 이제 홀로 가건만

處處得逢渠　곳곳에서 그를 만나게 된다.
渠今正是我　그는 지금 바로 나지만
我今不是渠　나는 지금 그가 아니다.
應須恁麼會　응당 이렇게 이해해야
方得契如如15)　바야흐로 여여(如如)의 도리에 계합한다.

[6-3] 下偏字 指無量妙用隨處出現 如泓澄大海光影相涵 內而喜則笑 悲則哭 飢則食 渴則飮 外而上是天 下是地 晝則明 夜則暗 春榮秋落 冬寒夏溫 無非偏也

아래의 '편(偏)' 자는 한량없는 오묘한 작용[妙用]이 어디에서나 나타나는 것이 깊고 맑은 대해(大海)에 그림자가 잠기는 것과 같음을 가리킨다. 안으로는 기쁘면 웃고 슬프면 울고 배고프면 먹고 목마르면 마시고, 밖으로는 위는 하늘이요 아래는 땅이며 낮이면 밝고 밤이면 어둡고 봄에 무성하고 가을에 떨어짐과 겨울에 춥고 여름에 따뜻함이 '편(偏)'이 아님이 없다는 것이다.

[역주]

① 무량(無量): 측량할 수 없이 많은 것, 잴 수 없는 것, 무한한 것 등을 의미한다.
② 수처(隨處): 어느 곳에서나.
③ 광영(光影): 빛에 의하여 드리운 그림자. 실체가 없는 것을 비유하는 말로 쓰임.

[6-4] 不坐偏云者 言一切萬法 從心而起 心本無住 萬法何依 法本無依 心從何起 心法兩亡 一味那尋 恁麼則處一塵 而徧法界 含法界 而攝一塵 一多不碍 隱顯無跡 正是巴歌社酒村田樂 不風流處也風流 還會麼 低聲低聲 須向偏位中薦得

"편에 앉지 않는다[不坐偏]"라고 말한 것은, '일체만법(一切萬法)'이 심

---

15) 이원섭, 『선시(禪詩)』, 민족사, 1992, 54~57면에 번역과 풀이가 있다.

(心)으로부터 일어나지만 심(心)이 본래 머묾이 없으니[無住] 만법(萬法)이 어디에 의지하겠는가? 법(法)이 본래 의지할 곳이 없으니 심(心)이 어디로부터 일어나겠는가? 심(心)과 법(法)이 둘 다 없으니 일미(一味)를 어디서 찾겠는가?' 하는 뜻을 말한 것이다. 이러한즉 일진(一塵)에 처하되 법계(法界)에 두루 미치며 법계(法界)를 머금되 일진(一塵)에 포섭되어 하나[一]와 여럿[多]이 방해하지 않으며 숨고 나타나는 것[隱顯]이 자취가 없다. 바로 "파가(巴歌) 사주(社酒) 시골 노래라, 풍류가 없는 곳이 참 풍류로다"라는 것이다. 알겠는가? 조용히 하라, 조용히 하라. 모름지기 편위중(偏位中)을 향하여 알아차려려야 한다.

[역주]
① 일체만법(一切萬法) : 모든 현상.
② 일미(一味) : 평등하여 차별이 없음. 분별이 끊어져 순수함.
③ 일진(一塵) : 하나의 작은 티끌.
④ 법계(法界) : 모든 현상. 광대한 일체 세계.
⑤ 파가(巴歌) : 사천성(四川省) 파현(巴縣)의 노래. 속가(俗歌), 속곡(俗曲)을 가리킴. 전의되어 속인이 알아듣기 쉬운 비근(卑近)한 가르침을 비유하는 말로 쓰임.
⑥ 사주(社酒) : 사일주(社日酒). 토지신 제사에 쓰이는 술.
⑦ 불풍류처야풍류(不風流處也風流) : 『금강경오가해(金剛經五家解)』「응화비진분(應化非眞分) 제32」에는 "巴歌社酒村田樂 不風流處自風流"라고 되어 있는데, 한 번역자는 "천한 노래와 막걸리와 시골의 즐거움들이, 풍류가 없는 곳에서 저절로 풍류롭도다"라고 번역하고 있다.16) "不風流處也風流"는 『벽암록』 67칙에도 나온다. 파격(破格)의 묘미, 규격화 거부, 풍류를 찾는 풍류에 구애되지 않는 데서 느끼는 풍류를 뜻한다고 한다. 여기서 '야(也)'는 집착을 부정하는 태도를 표현하고 있다고 한다.17) 「십현담요해」에는 "홀로

---

16) 無比 譯解, 『금강경오가해』, 불광출판부, 1992, 547면. 앞으로 이 책을 인용할 때는 제목과 면수만 밝히기로 한다.
17) 松原泰道 해설, 최현 역, 『불멸의 禪語百選』, 상아, 1992, 67~68면에 간략한 해설이 있다.

행하고 홀로 걸어 장애가 없으며, 풍류가 아닌 곳이 저절로 풍류로다[獨行獨步無障礙 不風流處自風流]"라는 말이 있다.18)

⑧저성저성(低聲低聲) : 조용히 하라, 조용히 하라.

[7] 天曉陰晦

하늘이 밝아도 흐리고 어둡도다.

[7-1] 天 說文云 至高無上之名字 從一大 一言其體 大言其用 至高則不可及 無上則無對 是淸淨光潔 最尊最勝之稱 喻性體淸淨 一切世間色量不到

'천(天)'은『설문(說文)』에서 이르기를, "지극히 높아서 위가 없는 것에 이름 붙인 글자이니 '일(一)'과 '대(大)'를 합하여 만들었다"라고 하였다. '일(一)'은 그 본체를 말하고 '대(大)'는 그 작용을 말한다. 지극히 높다면 미칠 수가 없는 것이고, 위가 없다면 짝이 없는 것이니, 이는 청정광결(淸淨光潔)하여 가장 존귀하고 가장 뛰어난[殊勝] 것을 일컫는다. 자성(自性)의 본체가 청정(淸淨)하여 일체 세간의 색량(色量)이 이르지 못함을 비유한 것이다.

[역주]
①설문운(說文云) : "至高無上 從一大"(許愼 撰, 徐鉉 增釋,『說文解字』권1상)
②광결(光潔) : 밝고 깨끗하다. "[光潔] 明亮澄澈"19)
③색량(色量) : 빛깔과 크기.『종경록(宗鏡錄)』권16에 "또『밀적경(密跡經)』에 이르기를, '온갖 천인들이 부처님의 빛과 크기를 보되, 어떤 이는 황금·백은 또는 여러 가지 보배 빛 등으로 보기도 하였고……[又密跡經云 一切天人見佛色量 或如黃金白銀諸雜寶等]"라는 말이 나오는데, '불색량(佛色量)'

18)『중편조동오위』, 241~242면.
19)『漢語大詞典』2, 233면.

을 '부처님의 빛과 크기'로 번역한다.[20] 이와 달리 '색(色)'은 빛깔·형상·형태의 뜻이며 '양(量)'은 헤아려 아는 것, 인식의 뜻이므로 '색량(色量)'은 대상에 대한 감각과 인식(사유)의 뜻이라고 해석하는 것도 가능할 것이다.

[7-2] 曉 是明暗初分之時 喩萬法色量不到處 有些靈明炳煥底 道理

'효(曉)'는 명암이 처음 나뉘는 때이다. 만법색량(萬法色量)이 이르지 않는 곳에 신령스럽고 밝고 빛나는 도리가 있음을 비유한 것이다.

[역주]

① 유사(有些) : 약간의 ~가 있다.
② 영명병환(靈明炳煥) : 신령스럽고 밝고 환하고 빛나다. 참고로 "규봉은 말하기를 '마음이란 깊고 허하며 묘하고 순수하며 빛나고 신령스럽게 밝아……' [圭峰云 心也者 沖虛妙粹 炳煥靈明]"(「眞心直說」)라는 용례를 보면 '영명병환(靈明炳煥)'은 마음을 형용하는 말로 쓰이고 있다.

[7-3] 陰者 元氣之闔 閉藏之時 而於兩儀屬地 易之坤☷ 純陰 之卦也 有牝馬貞之象 敦厚載物之體 取承天行健 而資始萬物 厚 重不遷之義 喩法性凝寂 不動解脫也

'음(陰)'은 원기(元氣)의 닫힘[闔]이니 드러내지 않고 감추는[閉藏] 때로서, 양의(兩儀)에서는 지(地)에 속한다. 역(易)의 곤(坤, ☷)은 순음(純陰)의 괘(卦)이다. 빈마정(牝馬貞)의 상(象)과 돈후재물(敦厚載物)의 체(體)가 있으니, 하늘의 운행이 굳건하여 만물이 (乾元에) 의지하여 비롯함을 이어받아서 후중불천(厚重不遷)하는 뜻을 취한 것이다. 법성(法性)이 응적(凝寂)하여 부동해탈(不動解脫)임을 비유한 것이다.

---

20) 『한글대장경』 185, 동국역경원, 1984, 391면.

[역주]

① 양의(兩儀) : 하늘과 땅. 또는 양(陽)과 음(陰).

② 순음지괘(純陰之卦) : 순전히 음(陰)으로 된 괘. 곤괘(坤卦, 重地坤)는 모두 음효(陰爻)로 구성되어 있기에 하는 말이다.

③ 빈마정(牝馬貞) : 『주역』 「곤괘(坤卦)」 「괘사(卦辭)」에 "곤은 크게 형통하니 암말의 바름이 이롭다[坤元亨 利牝馬之貞]"라는 말이 나온다. '빈마(牝馬)'는 암말. 암말이 유순하면서도 씩씩하게 달리는 점을 취해서 곤괘를 표상하였다고 한다.

④ 돈후재물(敦厚載物) : 『주역』 「곤괘」 「단사(彖辭)」에 "땅이 두텁게 만물을 실으니 덕이 경계 없는 데 합한다[地厚載物 德合无疆]"라는 말이 있다.

⑤ 천행건(天行健) : 『주역』 「건괘(乾卦)」 「상사(象辭)」에 "하늘의 운행이 씩씩하니 군자는 이를 본받아 스스로 힘쓰며 쉬지 않는다[天行健 君子以自彊不息]"라는 말이 있다.

⑥ 자시만물(資始萬物) : 『주역』 「건괘」 「단사」에 "크도다! 건원(乾元)이여! 만물이 이것에 의지해 시작하니, 이에 하늘을 거느린다[大哉乾元 萬物資始 乃統天]"라는 말이 나온다.

⑦ 후중불천(厚重不遷) : '후중(厚重)'은 두텁고 무게 있는 것. '불천(不遷)'은 옮기거나 바꾸지 않는 것.

⑧ 법성(法性) : 모든 현상의 있는 그대로의 참모습(본성). 진여(眞如). 불성(佛性).

⑨ 응적(凝寂) : 지극히 고요함.

⑩ 부동해탈(不動解脫) : 움직임 없이 해탈하다. "而此淸淨空寂之心 是三世諸佛勝淨明心 亦是衆生本源覺性 悟此而守之者 坐一如而不動解脫"(知訥, 「修心訣」)

[7-4] 晦 前漢律曆志云 日月相合 月爲日消盡謂之晦 晦卽明生矣 又參同契云 ☷坤乙三十日 東方喪其朋(*明) ●☷節盡相禪與繼體復生龍 ☳☷庚 全陽子發揮云 日月合璧(*朔)之後 陽又受陰之禪 復變爲震 震爲龍 一陽動於二陰之下 震也 重淵之下 有動物 豈非龍乎 喩色空隱顯 不相斷滅之義

'회(晦)'는 전한(前漢) 「율력지(律曆志)」에서 이르기를, "해와 달이 서로 합하여 달이 해에 의해서 소진(消盡)된 것을 회(晦)라고 한다"라고 하였다. 어두우면[晦] 밝음[明]이 생겨나는 것이다. 또 『참동계』에서는 "곤괘(坤卦)에 납(納)되어 있는 을방(乙方)에서 삼십일(三十日)에 동방(東方)이 그 밝음을 잃는다. (●☷) 절도(節度 : 한도)가 다해서 서로 자리를 넘겨주나 체(體)는 없어지지 않고 이어져 다시 용(龍)을 낳게 된다"라고 하였다. (☽☳) 진괘(震卦)에 납(納)되어 있는 경방(庚方)에 대한 대목을 전양자(全陽子)가 『발휘(發揮)』에서 풀이하기를, "해와 달이 합삭(合朔)한 후에 양(陽)이 또 음(陰)의 양보를 받아 다시 변해서 진(震)이 된다. 진(震)은 용(龍)이다. 일양(一陽)이 이음(二陰)의 아래에서 움직이는 것이 진(震)이다. 중연(重淵)의 아래에 동물이 있으니 어찌 용(龍)이 아니겠는가?"라고 하였다. (이는) 색공은현(色空隱顯)이 서로 끊이지 않는다는 뜻을 비유한 것이다.

[역주]

① 율력지운(律曆志云) : 인용된 부분인 "日月相合 月爲日消盡謂之晦"는 「율력지」에서 찾지 못하였다. 해당 부분은 "日月相合 月爲日消盡謂晦"라는 형태로 송나라 사람 포운룡(鮑雲龍, 1226~1296)이 지은 『천원발미(天原發微)』권2하에 들어 있는데, 이는 "漢志言 月從右轉 與先天圖八卦合"이라는 구절에 대한 포운룡의 긴 해설의 일부이다.

② 곤을삼십일(坤乙三十日) : 『참동계』에서는 『주역』의 팔괘(八卦)를 천간(天干), 오행(五行), 오방(五方)에 안배한 기초 위에 해와 달이 차고 기우는 상(象)을 연역해 내었는데, 이를 월체납갑법(月體納甲法)이라고 한다. 월체납갑법에 의하면 건괘(乾卦)는 15일 보름, 동방, 천간(天干)의 갑(甲)과 임(壬)에 대응되고[納], 곤괘(坤卦)는 30일 그믐, 동방, 을(乙)과 계(癸)에 대응된다. 또 진괘(震卦)는 음력 초사흘, 서방(西方), 경(庚)에 대응된다. 30일의 새벽녘에는 동방의 을(乙) 방위에서 달이 그 빛을 전부 잃는데, 이를 팔괘(八卦)에 연결하면 음효로만 된 곤괘(坤卦, ☷)에 해당한다. 곤(坤)의 그믐이 끝나면 진(震, ☳)의 초사흘이 이어지는데 진(震)은 건(乾)의 상(象)을 이어서 다시 일양(一陽)이 생겨난 것이다. 이 일양(一陽)은 용(龍)의 상(象)이라고 한다. 그래서 진(震)은 뭇 음(陰)의 아래에서 용이 처음 생겨나는 상(象)이 된다.21) "東方喪其朋"에서 '붕(朋)'은 '명(明)'의 착오로 보인다.

③ 전양자발휘운(全陽子發揮云) : 중국의 유염(兪琰, 호는 全陽子)이 지은 『주역참동계발휘』를 가리킨다.

④ 일월합벽지후(日月合璧之後) : 인용된 부분은 『주역참동계발휘』 권상에 있으며 "節盡相禪與"를 해설한 대목이다. 원문을 찾아보니 '벽(璧)' 대신 '삭(朔)'으로 되어 있다. '합삭(合朔)'은 달이 태양과 지구 사이에 들어가 일직선을 이루는 때로 달이 빛을 반사하지 않기 때문에 보이지 않는다. 일반적으로 음력 매월 초하루에 해당한다.

⑤ 진위룡(震爲龍)~기비룡호(豈非龍乎) : 원래는 송나라 소옹(邵雍, 1011~1077, 邵康節)이 지은 『황극경세서(皇極經世書)』 권13에 나온다.

⑥ 중연(重淵) : 심연(深淵). 『장자』 「열어구」의 "夫千金之珠 必在九重之淵 而驪龍頷下"에서 나온 말이다. 『장자』의 구절은 [3-3]에서 나왔다.

[7-5] 陰則諸法之所緣 有性而不動 晦則諸法之所起 有自而無相 無相無動 偏中正位 要識偏中正位麼 合掌有時傭問佛 折腰誰肯見王候

'음(陰)'은 곧 제법(諸法)이 인연(因緣)함에 성(性)이 있어 부동(不動)임을, '회(晦)'는 곧 제법이 일어남에 말미암음[自]이 있어 무상(無相)임을 뜻한다. 무상무동(無相無動)이 편중정(偏中正)의 자리이다. 편중정의 자리를 알고자 하는가? 어느 때는 합장하고 부처님께 문안하기도 게을리 하는데, 뉘라서 허리를 굽히고 왕후를 뵈려 하랴.

[역주]

① 무상(無相) : 불변하는 실체나 형상이 없음. 「조동오위군신도서요해」의 [3-1]에 나왔다.

② 합장(合掌)~ : 「운정산승덕부시십수(雲頂山僧德敷詩十首)」 가운데 여섯 번째인 '자락벽집(自樂僻執)'에 있는 구절이다. 『경덕전등록』 권29에 실려 있다.[22]

---

21) 『참동계』의 해당부분 원문은 王鋼 · 丁巍 · 蘇麗湘 輯, 『周易參同契彙刊』, 鄭州 : 中州古籍出版社, 1990, 248면에 있고, 번역은 李允熙 역주, 『參同契闡幽』, 여강출판사, 1989, 129면에 있다. 월체납갑법에 대한 설명은 廖名春 · 康學偉 · 梁韋弦, 심경호 역, 『주역철학사』, 예문서원, 1994, 251~260면에 있다.

[7-6] 右據太極圖解 ≪陽變陰合水火木金土者≫ 此陰變陽合 而
生水火木金土也 又云 五行之生 各一其性 氣殊質異 各一其極
無假借也

이상은 「태극도해」에 의거하면, "≪陽變陰合水火木金土者≫ 이것은
양이 변하고 음이 합하여 수·화·목·금·토를 낳는 것이다"(에 해당
하고) 또 이르기를, "오행이 생겨남에 각각 그 성(性)을 하나씩 가지고
있으니, 기(氣)가 다르고 질(質)이 다르나 각각 하나의 그 극≪太極≫이니
서로 빌릴 게 없다"라고 한 데 해당한다.

[8] ⊙ 全體卽用

온 체(全體)가 용(用)으로 나아가니,

[역주]
① 전체즉용(全體卽用) : '전체(全體)'는 본체(本體) 그대로라는 뜻. 당체(當體)
   와 같은 말. 김시습과는 달리 '즉(卽)'을 '곧'의 뜻으로 보아 '본체 그대로가
   곧 작용이니'로 해석하는 것도 가능하다고 본다.

[8-1] 全 完具也 體 尊貴位也 卽 就 用 妙門也

'전(全)'은 '완구(完具 : 빠짐없이 완전히 갖춤)'요 '체(體)'는 '존귀위(尊貴位 :
존귀한 자리)'이다. '즉(卽)'은 '취(就 : 나아가다)'이다. '용(用)'은 '묘문(妙門)'
이다.

[역주]
① 묘문(妙門) : 열반에 들어가는 문. '묘(妙)'는 열반의 다른 이름이다.

---

22) 역경위원회 역, 『(한글대장경) 傳燈錄』 3, 동국역경원, 1994, 379면이나 원인, 『마하
반야의 노래』, 우리출판사, 1994, 232면에 번역이 있다. 두 곳 모두 "합장하고는 때때로
부처님께 문안하나, 허리를 굽혔다고 뉘라서 왕후께 뵈려 하랴"라고 번역하고 있다.

[8-2] 言這一著子 超四句 絶百非 赤洒洒 乾剝剝 不著於無 奚
墮於有 有無不坐 塊然無寄 是之謂貴位 由其無寄也 故處處逢渠
夫是之謂妙門

이 궁극적인 도리는 사구(四句)를 여의고 백비(百非)를 끊으며, 적쇄쇄
(赤洒洒)하고 건박박(乾剝剝)하여 무(無)에도 집착하지 않는데 어찌 유(有)
에 떨어지겠는가? 하는 말이다. 유무(有無)에 머물지 않고서 의지함이 없
이 홀로 있는데, 이를 일러 '존귀한 자리[貴位]'라고 하며 의지함이 없음
으로 말미암아 곳곳에서 그와 만나게 되는데, 이를 일러 묘문(妙門)이라
고 한다.

[역주]

① 저일착자(這一著子) : 이 한 소식. 이 한 도리. 이 궁극의 한 수. '일착(一著)'
은 원래는 바둑 용어로 '한 수[一手]'라는 뜻.

② 초사구(超四句) 절백비(絶百非) : 사구(四句)의 분별도 떠나고 백비(百非)의
부정도 끊어진 상태라는 뜻. '사구'는 하나의 개념(A), 또는 서로 대립되는
두 개념을 기준으로 해서 모든 현상을 판별하는 네 가지 형식. 곧 제1구 'A
이다', 제2구 '비(非)A이다', 제3구 'A이면서 또한 비(非)A이다', 제4구 'A도
아니고 비(非)A도 아니다.' 예를 들어 유(有)와 무(無)를 기준으로 하면, 유
(有)·무(無)·역유역무(亦有亦無)·비유비무(非有非無)의 사구(四句)가 성
립된다. '백비'는 유(有)와 무(無) 등의 모든 개념 하나하나에 비(非)를 붙여
그것을 부정하는 것을 말한다.

③ 적쇄쇄(赤洒洒) : 말끔하다는 뜻. 번뇌 망상의 진애(塵埃) 없이 맑고 깨끗한
상태. 외물에 구애되지 않는 자유로운 경지.

④ 건박박(乾剝剝) : 보송보송하게 말랐다는 뜻. 내포된 의미는 '마음속의 모든
번뇌 망상을 다 제거하여 아무것도 없는 텅 빈 경계'로 '적쇄쇄'와 상통한다.

⑤ 괴연(塊然) : 홀로 있는 모양. 고독한 모양.

⑥ 처처봉거(處處逢渠) : 곳곳에서 그를 만난다. 동산양개가 지은 「과수게」의
한 구절이다. 「과수게」는 앞서 [6-2]에서 인용한 바 있다.

[8-3] 空王殿上知音頓絶 芳草橋邊褰衣獨步 彼此沒交涉 東西

任往來 到這裏 可謂造逡巡酒 開傾刻花 披毛戴角 服勞爲人 露
胸跣足 乞錢明州 上涌下沒 倒用橫拈 石人把拍 木女吹笙 露柱
唱歌 燈籠起舞

공왕(空王) 궁전 위에 아는 이가 뚝 끊어져, 방초(芳草) 돋은 다리 언저
리에서 옷 걷어 올리고 홀로 걷는 것이니, 피차에 교섭이 없어서 동서
로 마음대로 왕래하는 것이다. 여기에 이르러야 가히 준순주(逡巡酒)를
빚고 경각화(傾刻花)를 피우며, 털을 쓰고 뿔을 이고서 남을 위해 수고하
고, 가슴을 드러내고 발을 벗고 명주(明州)에서 돈을 빌며, 위로 솟았다
가 아래로 잠기기도 하고 이리저리 누비며, 석인(石人)은 쥐고 두드리고
목녀(木女)는 생황을 불며, 노주(露柱)가 노래 부르고 등롱(燈籠)이 일어나
춤춘다고 말할 수 있다.

[역주]

① 공왕(空王) : 부처. 부처는 제법의 공성(空性)을 증득하였기에 이르는 말.

② 방초(芳草) : 향기롭고 꽃다운 풀.

③ 몰교섭 : 무교섭(無交涉). 아무 관계가 없다. 전혀 관계가 없다.

④ 준순주(逡巡酒), 경각화(傾刻花) : 신선술을 익힌 한상(韓湘)이 한유(韓愈) 앞
   에서 읊었다고 하는 시의 한 대목에 "琴彈碧玉 調鑪煉白硃砂 …… 解造逡
   巡酒 能開傾刻花"(『全唐詩』권860 「言志」)라는 말이 나온다. '준순주'는 경
   각주(傾刻酒)라고도 하는데 신선이 순식간에 빚은 좋은 술이며 '경각화'는
   눈 깜짝할 사이에 피운 꽃이다. 한상의 말을 듣고서 한유가 "네가 어찌 조화
   (造化)를 훔칠 수 있단 말이냐"라고 웃으면서 응대하자 한상은 그 자리에서
   곧 술을 빚어내고 꽃을 피웠다고 한다. 『당재자전(唐才子傳)』권8이나 『고
   금사문유취(古今事文類聚)』권30에 한상 이야기가 전한다. 『금강경오가해』
   「구경무아분(究竟無我分) 제17」에 야부(冶父)가 한상의 시구를 활용하여
   "준순주를 만들 줄 알고, 경각화를 능히 피우도다. 거문고로 벽옥(碧玉)의 곡
   조를 타고, 화로에 백주사(白硃砂)를 단련하도다. 몇 가지 기량(伎倆)을 어디
   서 배웠는가? 모름지기 풍류(風流)가 자기 집에서 흘러나옴을 믿을지니라[會
   造逡巡酒 能開傾刻花 琴彈碧玉調 爐煉白硃砂 幾般伎倆從何得 須信風流
   出當家]"라고 한 바 있다.23)

⑤피모대각(披毛戴角): 몸에 털이 나고 머리에 뿔이 남. 즉, 짐승이 된다는 뜻. 갖은 노고를 감수하면서 중생을 위해서 일한다고 하는 보살행을 뜻한다. 이류중행(異類中行), 화광동진(和光同塵) 등과 상통하는 말이다.

⑥노흉선족(露胸跣足): 가슴을 드러내고 발을 벗다. 『금강경오가해』「비설소설분(非說所說分) 제21」, '설의(說誼)'에 "옛사람이 이르되 …… 곧 허다한 세월을 가슴 드러내고 맨발로 진흙을 묻히고 물에 젖으며 고해(苦海)에 빠져 있는 중생을 건져 제도(濟度)하신 이와 같은 공능(功能)이 꿈과 같아서 한 터럭만큼도 가히 더불어 서로 허락할 게 없도다[古人道 …… 則許多年 露胸跣足 拖泥帶水 拔濟沈淪 如是功能 如夢相似 無一毫許可與相許]"라는 말이 있다.24) '설의'를 붙인 조선 초기의 선승 기화(己和, 1376~1433)는 '노흉선족'이라는 표현으로 부처가 몸을 낮추어 고해에 빠져 있는 중생을 제도하는 실천을 묘사하고 있음을 알 수 있다.

⑦걸전명주(乞錢明州): 아직 용례를 확인하지 못하였다. '명주(明州)'는 중국 절강성(浙江省) 동부에 위치한 은현(鄞縣)의 속칭(俗稱)이라고 함.

⑧상용하몰(上涌下沒): 위로 솟았다가 아래로 꺼지다. 출몰이 자재(自在)하여 어느 것에도 구속되지 않는다는 뜻이다. 또는 수단과 방법을 가리지 않고 수행자에게 적절한 지도를 하는 것을 뜻하기도 한다. '동용서몰(東涌西沒)'이나 '남용북몰(南涌北沒)' 등 유사한 표현이 있다. "東涌西沒 南涌北沒 中涌邊沒 邊涌中沒"(『臨濟錄』「示衆」), "至於截斷衆流 東湧西沒 逆順縱橫 與奪自在"(『碧巖錄』 1칙)

⑨도용횡염(倒用橫拈): 횡염도용(橫拈倒用). 가로로 하였다가 거꾸로 하였다가 하다. 자유자재로 다루다.

⑩석인(石人), 목녀(木女): 정식분별(情識分別)을 여읜 경계에 있는 사람을 말한다. 「운정산승덕부시십수(雲頂山僧德敷詩十首)」 가운데 첫 번째인 '어묵난측(語默難測)'에, "돌사람이 널빤지를 들고 구름 위에서 치니, 나무계집은 피리를 물고 물속에서 분다[石人把板雲中拍 木女含笙水底吹]"라는 구절이 있다. 석인이 두드리고 목녀가 분다고 한 것은 무심의 경지에서 나오는 미묘한 작용을 상징적으로 표현한 것이라고 볼 수 있다.

⑪노주(露柱) 등롱(燈籠): '노주'는 벽면에 붙어 있지 않고 전체가 노출되어 있는 독립된 둥근 기둥. '등롱'은 등(燈)을 넣어 밖에 걸거나 들고 다니는 기구.

---

23) 『금강경오가해』, 389면.
24) 『금강경오가해』, 437~438면.

선가(禪家)에서는 공히 생명이 없는 것[無情, 非情]을 나타내는 말로 쓴다. 그러한 노주나 등롱이 노래하고 춤춘다고 한 것은 무정과 유정 등 만물이 차별 없이 일체가 된 경지를 표현하였다고 볼 수 있다.

[8-4] 是什麼底消息 堪笑謝郎伎倆在 一江風雨宿漁舟

이것이 무슨 소식인고? 우습구나, 사랑(謝郎)이 기량이 있어, 온 강에 비바람 몰아치는데 고깃배에서 자는구나.

[역주]
① 감소(堪笑) : 훌륭하다, 멋지다. 혹은 가소롭기 짝이 없다, 딱하기 이를 데 없다.
② 사랑(謝郎) : 『벽암록』 22칙에 "고깃배 위의 사(謝)씨의 셋째 아들이군[釣魚船上謝三郎]"이라는 말이 있다. '사삼랑(謝三郎)'은 당나라 때 승려 현사사비(玄沙師備, 835~908)를 가리킨다. 그는 속성(俗姓)이 사씨였으며 사씨 집셋째 아들이라는 뜻에서 '사삼랑(謝三郎)'이라고 불렸다.
③ 기량(伎倆) : 솜씨. 수완. 선승(禪僧)이 학인을 가르치는 능력이나 수완. '기량진(伎倆盡)', '무기량(無伎倆)'의 꼴로 쓰이는 경우가 많다.

[9] 枯木開花

고목에서 꽃이 피도다.

[역주]
① 고목개화(枯木開花) : 고목에 꽃이 피듯, 온갖 마음의 작용이 없어지는 곳에서 불성이나 본래면목이 도리어 드러나는 일.25) '고목(枯木)'은 죽은 나무라는 뜻인데, 무심(無心)한 경지를 비유하며, 꽃은 무심한 경지에서 전개되는 다양한 작용을 비유한 말이다. 마음이 고요함의 극치에 이르러서 고목과 같이 되었을 때 신묘한 작용이 일어나게 된다. 『벽암록』 2칙에 '고목재생화(枯木再生花)'라는 표현이 있다. 유사한 취지로 김시습은 아래 [9-1]에서 '전신일보(轉身一步)'라는 말을 쓰고 있다.

---

25) 이원섭, 『선시(禪詩)』, 민족사, 1992, 381면.

[9-1] 便是奇妙 枯木 枯朽之木 亭亭者 人伐之 童童者 人憩之 枯朽之木 誰肯盤桓 不逢斤斧創夷 奚慮玄黃委溝 此喩眞如妙性 不隨世間遷謝 雖然向這裏 轉身一步始得

이는 곧 기묘함이로다. '고목(枯木)'은 말라 썩은 나무이다. 정정(亭亭)한 것은 사람이 베고, 동동(童童)한 것은 사람이 (그 아래에서) 쉬지만 죽은 나무야 누가 즐겨 (근처를) 서성거리리오 도끼에 의해 상처를 입지 않으니 어찌 천지간에 버려질 것을 염려하리오 이는 진여묘성(眞如妙性)이 세간을 따라 쇠퇴하지 않음을 비유한 것이다. 비록 그러하나 여기에서 몸을 돌려 한 걸음 옮겨야 비로소 괜찮다.

[역주]
① 정정(亭亭) : 나무가 우뚝하게 높이 솟은 모양.
② 동동(童童) : 무성한 모양.
③ 현황(玄黃) : 현황지간(玄黃之間), 곧 천지간(天地間)의 뜻으로 본다.
④ 위구(委溝) : 도랑에 버려두다.
⑤ 천사(遷謝) : 쇠퇴하다. 쇠락하다. "[遷謝] 衰退敗落"26)
⑥ 향저리(向這裏) : 여기에서. '향(向)'은 장소나 방향을 나타낸다.27)
⑦ 시득(始得) : 비로소 괜찮다. 겨우 괜찮다. [4-4]에 나왔다.

[9-2] 花色可愛 人所景慕 開 敷 喩眞如實性中 出生一切善法 且道 如何是善法 有時醉酒罵人 忽尒燒香禮佛

꽃 빛은 사랑할 만한 것이어서 사람들이 우러러 사모하는 바이다. '개(開)'는 '부(敷 : 펴다)'의 뜻이니, 진여실성(眞如實性) 중에서 일체 선법(善法)이 생겨남을 비유한 것이다. 자, 말해보라. 어떤 것이 선법인가? 때로는 술 취하여 다른 사람을 욕하다가, 홀연히 향을 사르고 부처께 예배한다.

---

26) 『漢語大詞典』 10, 1179면.
27) 『선어록 읽는 방법』, 28면.

[역주]

① 선법(善法) : 청정(淸淨)한 일. 진리에 따르고 자신과 남에게 이익이 되는 일.

② 유시(有時)~ : "有時醉酒罵人 忽爾燒香作禮"(『金剛經五家解』「化無所化分 제25」) '홀이(忽尒, 忽爾)'는 홀연, 돌연이라는 뜻. 「십현담요해」에도 비슷한 구절이 나오는데, "종횡(縱橫)으로나 역순(逆順)으로나 막히고 걸림이 없는 [縱橫逆順 無有隔礙]" 경계[玄機]를 표현하면서, "어제는 술에 취하여 사람을 꾸짖고, 오늘 저녁에는 향을 피우고 예경(禮敬)하는구나[昨日醉酒罵人 今夕燒香作禮]"라고 하였다.[28]

[9-3] 右據太極圖解 ≪乾道成男坤道成女≫ 坤道成女 乾道成男 以氣化者言也 各一其性 而男女一太極也

이상은 「태극도해」에 의거하면, "≪乾道成男坤道成女≫ 곤도(坤道)는 여성을 이루고 건도(乾道)는 남성을 이룬다고 한 것은 기화(氣化)하는 것으로 말하는 것이다. 각각 그 성(性)을 하나씩 가지고 있으니, 남녀가 각각 하나의 태극이다"라고 한 데 해당한다.

[10] ○ 全用卽眞

온(전체) 작용이 곧 진(眞)으로 나아가니,

[역주]

① 全用卽眞 : '전체즉용(全體卽用)'의 경우와 마찬가지로 '작용 그대로가 곧 본체이니'로 해석하는 것도 가능하겠다.

[10-1] 分割山河 手持妙印 宣威沙漠 功著凌烟 此 干城之丕績 體天法地 摧邪立正 綱紀四方 使百辟卿士 不懈于位 天子之嘉謨 然天子不以至治自矜 而歸功於將 將軍不以大功自伐 而歸德於

---

28) 『중편조동오위』, 214면.

帝 此 太平之秋也

　산하를 분할하며 손에는 묘인(妙印)을 가지고 위엄을 사막에 떨쳐서 공적이 능연(凌煙)에 나타난다. 이는 간성(干城)의 큰 공적이다. 하늘[天命]을 따르고 땅을 본받아 삿됨을 꺾고 바름을 세우며 사방에 기강을 세워서 제후와 관리로 하여금 자기 자리에서 게으르지 않게 한다. (이는) 천자의 좋은 계책이다. 그러나 천자는 훌륭한 정치를 자랑하지 않고서 공적을 장군에게 돌리고, 장군은 큰 공을 자랑하지 않고서 덕을 황제께 돌린다. 이는 태평한 시절이다.

[역주]

① 묘인(妙印) : 깊고 미묘한 심인(心印 : 부처의 깨달은 마음 자체). 불교의 도리. 인장(도장)이 그 사람의 확실한 표시가 된다는 점에 근거해서 불교의 도리, 깨달음을 법인(法印), 심인(心印 : 佛心印)이라고 표현한다. “妙印手持煙塞靜 當陽那肯露纖機”(『五燈會元』권5)

② 능연(凌烟) : 능연각(凌煙閣). 중국 당나라 때에, 개국 공신 24명의 초상을 그려 걸었던 누각.

③ 간성(干城) : 나라를 지키는 믿음직한 군대나 인물.

④ 비적(丕績) : 훌륭하게 여길 만한 큰 공적. 대공(大功).

⑤ 체천법지(體天法地) : ‘체천(體天)’은 천명(天命)에 의거하다. ‘법지(法地)’는 땅을 본받다. “聖人在位 體天法地”(唐나라 賈登, 「奉和聖製喜雨賦」), “是以動靜屈伸 體天法地 莫不由乎命也”(宋나라 徐子平 撰, 『珞珠子三命消息賦注』권하)

⑥ 백벽(百辟) : 여러 제후(諸侯).

⑦ 경사(卿士) : 경(卿)과 대부(大夫). 관리(官吏)의 범칭.

⑧ 가모(嘉謨) : 훌륭한 수단. 계책.

⑨ 지치(至治) : 매우 잘 다스려진 정치.

[10-2] 經緯天地 曲成萬物 大小長短 不可凌越 不可改移 此 心之全用 中間一些子 沒巴鼻 能使天天地地 大大小小 短短長長 花花草草 各逞形狀 此 心之眞體 非體爲體 物物皆體 非用爲用

頭頭全用 正當恁麼時 星粲粲 月團團 全體之用曆(*歷)然 水汒
汒 雲片片 全用之體無窮

　천지를 경위(經緯)하여 만물을 곡성(曲成)하되 대소장단(大小長短)을 능
월(凌越)치 못하며 개이(改移)치 못한다. 이는 마음의 온 작용이다. 중간에
한 작은 것이 (있지만) 잡을 곳이 없어서 능히 천지(天地)·대소(大小)·장
단(長短)·화초(花草)가 그대로 각자 자기 형상을 극진히 하게 한다. 이는
마음의 참된 본체이다. 본체가 아닌 것으로 본체가 되니 물물이 모두 본
체이며 작용이 아닌 것으로 작용이 되니 하나하나가 온 작용이다. 바로
이러한 경우에 별은 반짝반짝 달은 둥글둥글, 온 본체의 작용이 또렷하
고, 물은 콸콸 구름은 조각조각, 온 작용의 본체가 무궁하다.

[역주]
① 경위천지(經緯天地), 곡성만물(曲成萬物) : 『주역』「계사상」에 있는, "(성인
　은) 천지의 변화를 본떠 포함[範圍]하는데 실수하지 않고, 만물을 빠짐없이
　완성하여 어떤 것도 남기지 않는다[範圍天地之化而不過 曲成萬物而不遺]"
　라는 구절에서 따온 것으로 보인다. '곡성(曲成)'은 작은 부분까지 빠짐없이
　이루는 것. '경위(經緯)'는 순서를 세워 바르게 다스리는 것.
② 능월(凌越) : 뛰어넘다.
③ 개이(改移) : 옮기다. 옮겨 바꾸다.
④ 사자(些子) : 조금. 약간.
⑤ 몰파비(沒巴鼻) : 손으로 움켜잡을 곳이 없음. 파악할 수가 없음. 무파비(無
　巴鼻).
⑥ 두두(頭頭) : 하나하나. 모두. 온갖 존재, 모든 것을 뜻하는 말로 '두두물물(頭
　頭物物)'이라는 표현이 있다.
⑦ 정당임마시(正當恁麼時) : 바로 이러한 경우.
⑧ 역연(歷然) : 분명히 알 수 있도록 또렷하다. 본문의 '曆'은 '歷'의 잘못이다.
⑨ 운운(汒汒) : 물이 솟구쳐 흐르는 모양. 물이 소용돌이치는 모양.
⑩ 편편(片片) : 잘게 조각난 모양. 또는 가볍게 나는 모양.

[10-3] 如兩刃相逢而善避 明珠在掌而不著 抛正偏位 透有無窠

抽身蒺藜之園 驟步盤紆之徑 凌天帝 折天柱 挾太山 超北海 眞忘
機妙手 看看 妙手畢竟落在什麼 西山巍巍兮聳碧 漳水澄澄兮練色

　　마치 두 칼끝이 서로 만나되 잘 피하며 밝은 구슬이 손아귀에 있되
드러나지 아니함과 같아서, 정편(正偏)의 자리를 내던지고, 유무(有無)의
과굴(窠窟)을 뚫어버린다. 남가새 동산에서 몸을 빼어 꼬불꼬불 얽힌 길
을 뛰어간다. 천제(天帝)를 업신여기고 천주(天柱)를 꺾어버린다. 태산을
끼고 북해를 건너뛴다. 참으로 망기(忘機)의 묘수(妙手)로다. 보아라, 보아
라. 묘수가 필경 어디에 떨어지는가를. 서산(西山)은 높고 높아 푸른 하
늘에 솟았고, 장수(漳水)는 맑고 맑아 비단 빛이로구나.

[역주]

① 양인상봉이선피(兩刃相逢而善避) : 동산양개가 정편오위를 제창하면서 지
　　은 「송」 가운데 하나인 '겸중지'에 "양쪽 칼끝 부딪쳐도 피하지 말라[兩刃交
　　鋒不須避]"라는 구절이 있다. 이 구절은 일차적으로는 상대의 예봉을 피할
　　필요가 없다는 뜻인데, 진정한 도인(道人)은 어떤 위기에 몰린대도 자재로이
　　활로(活路)를 열고 나간다는 뜻을 비유적으로 표현하였다고 풀이한다.[29]

② 명주재장(明珠在掌) : 밝은 구슬이 손바닥 안에 있다. 불성 또는 본래면목(本
　　來面目)이 자기에게 갖추어져 있다. '명주(明珠)'는 마니보주(摩尼寶珠), 보
　　배 구슬. 반야의 지혜(불성·법성·진여·본래면목)를 비유하는 말이다.[30]

③ 과(窠) : 과굴(窠窟) : 새둥지와 짐승의 굴. 과구(窠臼). 학인의 자유롭고 생동
　　하는 사색과 판단을 속박하고 경화시키는 고정화된 틀, 격식, 정설(定說).

④ 질려(蒺藜) : 남가새. 남가과의 한해살이풀. 가시가 있는 열매가 열리는데,
　　'불모(不毛)'를 상징하는 말로 쓰인다.

⑤ 반우(盤紆) : 꼬불꼬불하게 얽힘. 반곡(盤曲).

⑥ 절천주(折天柱) : '천주(天柱)'는 하늘이 무너지지 않도록 괴고 있다는 상상
　　의 기둥. 중국의 신화에 따르면 전욱(顓頊)과 공공(共工)이 부주산(不周山)
　　기슭에서 싸웠는데, 부주산은 마치 거대한 기둥처럼 솟아오른 산으로 하늘
　　을 떠받치는 기둥이었다. 싸움에 진 공공이 분한 김에 부주산을 맹렬하게 들

---

29) 이원섭, 『선시(禪詩)』, 민족사, 1992, 368면.
30) 松原泰道 해설, 최현 역, 『불멸의 禪語百選』, 상아, 1992, 223면.

이받아 버리자 부주산이 무너져 내렸다. 하늘을 떠받치고 있던 거대한 기둥이 부러지자 하늘이 기울어지면서 원래 전욱이 북쪽 하늘에 고정시켜 놓았던 태양과 달, 별들이 그 자리에 그대로 있을 수 없게 되었다. 이렇게 해서 천체의 운행이 이루어지게 되었다고 한다.[31] "其後共工氏與顓頊爭爲帝 怒而觸不周之山 折天柱 絶地維 故天傾西北 日月星辰就焉"(『列子』권5「湯問」)

⑦ 협태산초북해(挾太山超北海):『맹자(孟子)』「양혜왕장구상(梁惠王章句上)」에 나오는 말이다. "(맹자) 말하였다. 태산을 옆에 끼고 북해를 뛰어넘는 것을 사람들에게 말하기를, '내 불가능하다'라고 한다면 이것은 진실로 불가능한 것이거니와……[曰挾太山以超北海 語人曰 我不能 是誠不能也]."

⑧ 망기(忘機): 깨달은 자가 탁월한 기용(機用:言動 또는 言動에 나타나는 미묘한 마음의 작용)을 잊는 것. 깨닫고 깨달음조차 잊어버림. "대(臺)를 만나 응용하는 것은 마치 밝은 달이 맑은 하늘을 비추는 것과 같으며, 그림자를 돌리어 기연(機緣)을 없애는 것은 마치 밝은 구슬이 바다에 숨은 것과 같다[當臺應用 如明月以晶空 轉影泯機 似明珠而隱海]"(「十玄談要解」'(同安常察)序')[32]라고 하였듯이 명주(明珠)를 드러내지 않는다는 말은 '망기(忘機)·민기(泯機)'를 비유하는 표현으로 보인다.

⑨ 묘수(妙手): 뛰어난 솜씨나 교묘한 재주(를 지닌 사람).

⑩ 간간(看看): 잘 보아라. 반복하여 보아라.

⑪ 필경(畢竟): 끝장에 가서는.

⑫ 낙재십마(落在什麼): '(畢竟)落在甚麼處' 형태로 많이 쓰임. 어느 곳으로 떨어지는가? ~에 낙착(落着)되는가? ~(핵심, 의도)가 어디에 있는가?

⑬ 서산(西山)~:『경덕전등록』권29에 실려 있는 「대법안선사문익송십사수(大法眼禪師文益頌十四首)」 가운데 마지막 작품인 '기종릉광승정(寄鍾陵光僧正)'에 나오는 구절이다. '장수(漳水)'는 산서성(山西省)에서 발원하여 운하(運河)로 흘러드는 강이다.[33]

---

31) 위앤커, 전인초·김선자 역,『중국신화전설』1, 민음사, 1999, 116~118면.

32)『중편조동오위』, 183면.

33) '寄鍾陵光僧正'의 전편은 "西山巍巍兮聳碧 漳水澄澄兮練色 對現分明有何極"이다.

[11] 芳叢不艶

방총(芳叢)이 곱지 않도다.

[역주]
① 방총(芳叢) : 꽃이 만발한 풀숲.

[11-1] 芳 香氣 叢 草聚生貌 喩眞性能聚種智 艶 花美貌 喩妙
心能運大悲

'방(芳)'은 향기요 '총(叢)'은 풀이 무리지어 나는 모습이니 진성(眞性)이
일체종지(一切種智)를 갖추고 있음을 비유한 것이다. '염(艶)'은 꽃이 고운
모습이니 묘심(妙心)이 대자비(大慈悲)를 낼 수 있음을 비유한 것이다.

[역주]
① 종지(種智) : 일체종지(一切種智). 모든 현상의 있는 그대로의 평등한 모습과
   차별의 모습을 두루 아는 부처의 지혜. 모든 현상의 전체와 낱낱을 아는 부
   처의 지혜.
② 묘심(妙心) : 청정한 마음의 본체. 마음의 본체가 불가사의한 것이기에 묘심
   이라고 함.
③ 대비(大悲) : 대자대비(大慈大悲). 중생을 불쌍히 여겨 괴로움을 덜어주려는
   부처나 보살의 마음. 부처나 보살이 중생의 괴로움을 자신의 것으로 여기는
   그지없이 넓고 커다란 마음.

[11-2] 大智無生 大悲無緣 無生而生 智量不窮 無緣而緣 悲心
不曷 故賢首云 見色卽空 成大智 而不住生死 見空卽色 成大悲
而不住涅磐(*涅槃) 以色空境不二 悲智念無殊 成無住處行 正是
此位

대지(大智, 큰 지혜)는 남이 없고 대비(大悲)는 인연함이 없다. 남이 없이
나므로 지혜[智量]가 다함이 없으며 인연함이 없이 인연하므로 자비심
이 막힘이 없다. 그러므로 현수(賢首)가 이르기를, "색이 곧 공임을 보아

대지(大智)를 이루어서 생사(生死)에 머무르지 않는다. 공이 곧 색임을 보아 대비(大悲)를 이루어서 열반에 머무르지도 않는다. 색과 공의 경계가 둘이 아니기에 자비와 지혜의 생각이 다르지 않고, 머무름이 없는 실천을 이룬다"라고 하였다. (이는) 바로 이 자리를 말한 것이다.

[역주]

① 무생(無生) : 분별작용이 일어나지 않는 경지. 의식분별이 끊어진 상태. '무(無)'는 무분별(無分別), 무위(無爲)와 통한다.

② 무연(無緣) : 이곳에서는 분별이 끊어진 상태를 뜻함. 절대적인 자비는 대상을 분별하거나 구별하지 않고 베풀기 때문에 '무연자비(無緣慈悲)'라고 한다.

③ 현수운(賢首云)~ : '현수(賢首)'는 당나라 때의 화엄종 승려인 법장(法藏, 643 ~712). 현수의 말은 다음 부분에서 가져온 것이다. "二 見色卽空 成大智而不住生死 見空卽色 成大悲而不住涅槃 以色空境不二 悲智念不殊 成無住處行"(「般若波羅蜜多心經略疏」)

④ 열반(涅磐) : '涅槃'꼴로 쓰는 것이 일반적이다.

⑤ 무주처행(無住處行) : 집착하지 않는 실천. '무주처(無住處)'는 마음이 어떤 것에 집착하지도 않고 어디에 머물지도 않는 자재한 상태를 말한다. '행(行)'은 행위, 실천.

[11-3] 要識不艶底樣子麼 惆悵夜來寒月上 幾家絃管幾人愁

곱지 않은 모습을 알고자 하는가? 슬프구나! 밤이 되어 차가운 달이 뜨니, 몇 집의 관현(管絃)이며 몇 사람의 수심(愁心)인가?

[역주]

① 한월(寒月) : 겨울의 달. 차가워 보이는 달.

[11-4] 右據太極圖解 ≪萬物化生≫萬物化生 以形化者言也 各一其性 而萬物一太極也

이상은 「태극도해」에 의거하면, "≪萬物化生≫ 만물이 변화하여 생성한다고 한 것은 형화(形化)하는 것으로 말하는 것이다. 각각 그 성(性)을 하나씩 가지고 있으니, 만물이 각각 하나의 태극이다"라고 한 데 해당한다.

[12] ● 摧殘兼帶

겸대(兼帶)를 꺾어버리고,

[역주]

① 최잔(摧殘) : 꺾어버리다.

② 겸대(兼帶) : 함께 묶음. 두 가지를 하나로 함. 이곳에서는 동산(洞山)이 말한 '상겸대래(相兼帶來)'를 줄인 말로 보이는데, 조산(曹山)은 이를 '겸중도(兼中到)'로 개칭하였다. 정위와 편위 두 가지를 함께 지니면서 어느 것에도 기울지 않는 것. 정위와 편위가 독자성을 유지하면서 원융하게 함께 있는 경지를 가리킨다. 「동산오위현결(洞山五位顯訣)」에, "혹은 겸대(兼帶)해서 오는 자(相兼帶來者)도 있으니 이 가운데서는 말이 있고 없고를 논하지 않는다. …… 작가(作家 : 탁월한 역량과 수완을 가진 선승)에게도 언어가 없지는 않으나 말이 있고 없고에 관계치 않는다. 이것을 겸대어(兼帶語)라고 하는데 겸대어에는 무엇인가를 확실하게 지적하는 말이 전혀 없다[或有相兼帶來者 這裏不說有語無語 …… 作家中不無言語 不涉有語無語 這個喚作兼帶語 兼帶語全無的的也]"라는 대목이 있다. 이러한 동산의 언급에 대해서 조산이 풀이한 말 가운데, "'겸대해서 온다[兼帶來]'라고 한 것은 말이 있고 없고에 떨어지지 않음을 뜻한다[揀云 相兼帶來者 不落有語無語]"라는 말이 있고, 광휘(廣輝)가 해석한 말 가운데, "(겸대어는) 원만하게 작용하여(圓轉) 어디에도 저촉되지 않는 언어를 뜻한다[釋云 圓轉不觸之語也]"라는 말이 있다. 이로 미루어 볼 때 '겸대'는 유어(有語)와 무어(無語) 등과 같이 상대적인 둘을 원만하게 아우르면서 동시에 어느 하나에 걸리거나 얽매이지 않는 것을 뜻함을 짐작할 수 있다.[34]

---

34) 「洞山五位顯訣」 해당 부분은 『중편조동오위』, 49~52면에 번역이 있다.

[12-1] 古之也伊麼 今之也伊麼 古之今之 左之右之 摠亦伊麼
伊麼也不得 不伊麼也不得 伊麼不伊麼也摠不得 有時喚露柱作
燈籠 有時喚燈籠作露柱 可謂摧殘兼帶

고(古)도 또한 이러하며 금(今)도 또한 이러하며 고금좌우(古今左右)에
도 모두 또한 이러한 것이다. 이래도 안 되고 이러하지 않아도 안 되며
이러하고 이러하지 않아도 모두 안 된다. 어느 때엔 기둥[露柱]을 불러
서 등불[燈籠]이라 하고 어느 때엔 등불을 불러서 기둥이라 한다. (이래
야) 겸대(兼帶)를 끊어서 버려두었다고 말할 수 있다.

[역주]
①'겸대'(라는 의식)마저도 넘어서는 경지를 말하고 있다.
②이마(伊麼) : 이와 같은. 이처럼.
③이마야부득(伊麼也不得) : 이래도 안 된다. 그렇게 해도 되지 않는다.
④불이마야부득(不伊麼也不得) : 이러지 않아도 안 된다. 그렇게 하지 않아도
　되지 않는다. "恁麼也不得 不恁麼也不得 恁麼不恁麼總不得"(『大慧普覺
　禪師語錄』권8)의 꼴이 보인다.
⑤유시(有時)~ :『금강경오가해』에 비슷한 표현이 나온다. "[說誼] 雖然如是
　法法本來安本位 誰喚燈籠作露柱"(「究竟無我分 제17」)

[12-2] 摧 挫折 謂割斷 殘 餘也 謂棄之 不復拈起 兼 幷 帶 相
結也 謂偏正有無 一切回互收放 凡有機關兼帶 棄之 不復拈起也
是什麼時節 家有白澤圖 必無如是怪

'최(摧)'는 '좌절(挫折 : 꺾다)'이니 베어서 끊는 것이다. '잔(殘)'은 '여(餘 :
남겨두다)'이니 버려두고 다시는 집어 들지 않는 것이다. '겸(兼)'은 '병(幷
: 어우르다)'이고 '대(帶)'는 '상결(相結 : 함께 묶다)'이다. (최잔겸대란) 편정
(偏正)·유무(有無)(를 비롯해서), 일체(一切)의 회호(回互)·수방(收放)에 무
릇 기관(機關)이 있음을 함께 묶어서 그것을 버려두고 다시는 집어 들지
않음을 말한다. 이것은 무슨 시절인가? 집에 백택(白澤) 그림이 있으니,

반드시 이 같은 요괴는 없을 것이다.

[역주]
① 할단(割斷) : 베어서 끊음.
② 회호(回互) : 대립하는 두 존재, 혹은 존재하는 일체가 서로 밀접한 관계를 가지고 융화하는 것. 상즉상융(相卽相融). 상호전환(相互轉換).
③ 수방(收放) : 거두는 것과 놓는 것. 취사(取捨).
④ 기관(機關) : 제자를 지도하는 스승의 수단이나 방법. 스승이 학인(學人)을 깨우치기 위해 베푸는 교화 방편.
⑤ 가유백택도(家有白澤圖)~ : 보리심이 있다면 결코 삿된 생각이 일어나지 않을 것이라는 의미. '백택도(白澤圖)'는 백택이라고 하는 신수(神獸)를 그린 것. 요괴를 막는 부적 기능을 하였다고 한다. 전의되어 보리심(菩提心, 깨달은 마음)을 뜻하는 말로 쓰인다. "家有白澤之圖 必無如是妖怪"(『從容錄』 권2) 같은 구절이 「십현담요해」에도 있다.[35]

[13] 及盡玄微

현미(玄微)한 것까지 다함이니,

[역주]
① 급진(及盡) : 궁구하여 없애다. 모두 없애다. '급진거야(及盡去也)'라는 말이 있다. '거(去), 야(也)'는 조자(助字).
② 현미(玄微) : 헤아리기 어려울 만큼 깊고 미묘함.

[13-1] 直得三世諸佛呵呵失笑 歷代宗師進退忘機 可謂是文彩全收 鋒頭不露 鍊之又鍊 月冷風淸 洗之又洗 江澄夜朗
　삼세제불(三世諸佛)이 껄껄 웃음이 터져 나오고 역대종사(歷代宗師)가 진퇴함에 깨달음조차 잊게 되었으니 문채(文彩)를 모두 거두어서 칼끝이

---

35) 『중편조동오위』, 239면.

드러나지 않는다고 말할 수 있다. 단련하고 또 단련하니 달 차갑고 바람 맑고, 씻고 또 씻으니 강 맑고 밤 환한 것이다.

[역주]

① 직득(直得) : ~라고 하는 결과가 되고 말았다.[36]

② 삼세제불(三世諸佛) : 과거세·현재세·미래세의 모든 부처.

③ 종사(宗師) : 덕행이 높아서 후학의 모범이 되는 선사.

④ 문채(文彩) : 존재에 감추어져 있는 정체. 본분의 소식을 드러내는 특징. 숨겨져 있는 선승의 마음.

⑤ 연지우련(鍊之又鍊), 세지우세(洗之又洗) : '세련(洗鍊, 洗練)'을 나누어 쓴 표현으로 보인다. '세련'은 (마음을) 깨끗이 씻고 다듬는다는 뜻. '월랭풍청(月冷風淸)'과 '강징야랑(江澄夜朗)'은 그렇게 '세련'된 정신적 경지를 표현한 구절로 보인다.

[13-2] 若是沒量大人從容恣步 鈍置瞎漢未免籧篨 要識這介麼 癡人面前不得說夢

만일 몰량대인(沒量大人)이라면 한가로이 자유롭게 거닐겠지만 둔치할한(鈍置瞎漢)이라면 거저(籧篨)를 면치 못하리라. 이를 알고자 하는가? 어리석은 사람의 면전에선 꿈 이야기를 할 수 없도다.

[역주]

① 둔치할한(鈍置瞎漢) : '둔치(鈍置)'는 '둔치(鈍致)'라고도 쓰며 어리석고 완고하다, 생각이나 말 따위가 우둔하다는 뜻이다. '할한(瞎漢)'은 애꾸, [불법(佛法)에 대한] 안목이 없는 사람이라는 뜻이다.

② 거제(籧篨) : 거저(籧篨). 가슴이 불거지는 병에 걸려 몸을 구부릴 수 없는 사람, 또는 그 병. 새가슴.[37] 『매월당시집』 권6에 있는 「상사가정이수(上四佳亭二首)」에는 "抱病年來與世疎 籧篨夢幻又籧篨"라는 구절이 있다.

---

36) 『선어록 읽는 방법』, 134면.

37) 탄허는 번역문에 '조잡(粗雜)'이라고 부기해 놓았다. 金吞虛, 『周易禪解』3(중판), 교림, 1994, 419면.

③ 치인(癡人)~ : 어리석은 사람은 꿈 이야기가 사실이라고 믿어버릴 염려가 있기 때문이다. 식견(識見)이 얕은 사람에게는 해서는 안 될 말이 있는 법이다. "頌曰 癡人面前 不可說夢"(『無門關』 4칙)

[14] 玉鳳金鸞 分疎不下

옥봉(玉鳳)과 금난(金鸞)도 설명할 수 없도다.

[역주]

① 옥봉(玉鳳) : 봉황. 옥과 같이 아름답기 때문에 옥봉이라고 한다. 전의되어 양변(兩邊)을 초월하는 큰 깨달음을 얻은 사람을 비유하는 말로 쓰인다.
② 금난(金鸞) : '난(鸞)'은 난새. 중국 전설에 나오는 상상의 새. 모양은 닭과 비슷하나 깃은 붉은빛에 다섯 가지 색채가 섞여 있으며, 소리는 오음(五音)과 같다고 한다.
③ 분소불하(分疎不下) : 원래 재판용어로 변명할 수 없다는 뜻.38) 설명하지 못한다. 알지 못한다. 해석할 수 없다.

[14-1] 金玉無情 而有光輝 世之寶也 鸞鳳有情 而有文彩 世之瑞也 喩正位尊貴也

금옥(金玉)은 무정(無情)이로되 광휘(光輝)가 있으니 세간의 보배이다. 난봉(鸞鳳)은 유정(有情)이로되 문채가 있으니 세간의 상서(祥瑞)이다. (이는) 정위(正位)의 존귀함을 비유한 것이다.

[역주]

① 무정(無情) : 감정이 없는 초목·산하·대지 등을 말함.
② 광휘(光輝) : 환하고 아름답게 빛나는 빛.
③ 유정(有情) : 감정이 있는 생물.
④ 서(瑞) : 상서(祥瑞). 길조(吉兆).

---

38) 『선어록 읽는 방법』, 134면.

[14-2] 玉鳳金鸞 喻無語中有語 若欲强分 玉鳳溫潤 喻本智 金鸞鮮輝 喻妙行 又玉鳳 喻普賢大人境界 金鸞 喻文殊妙德吉祥

옥봉(玉鳳)과 금난(金鸞)은 무어중유어(無語中有語)를 비유한다. 만일 억지로 나누고자 한다면, 옥봉의 온윤(溫潤)함은 본지(本智)를 비유하고 금난의 선휘(鮮輝)는 묘행(妙行)을 비유한다(고 할 수 있다). 또 옥봉은 보현보살의 대인경계(大人境界)를 비유하고 금난은 문수보살의 묘덕길상(妙德吉祥)을 비유한다(고 할 수 있다).

[역주]

① 무어중유어(無語中有語) : 말 없는 가운데 말이 있다. 「동산오위현결」의 '정위중래(正位中來, 곧 正中來)'에 있는 말. 정위(正位)는 절대의 진실을 말한다. 이 진실은 언어 이전의 사실이기 때문에 '무어(無語)'라고 말한다. '유어(有語)'란 언어로 설명하고 드러내는 차별의 세계이다. 현실의 일체 사실은 무한절대의 진실 가운데 있는 것이기 때문에 '무어중유어(無語中有語)'라고 한다.[39] "或有正位中來者 是無語中有語"(『重編曹洞五位』 권상)

② 온윤(溫潤) : 따뜻하고 윤기가 있다. 전의되어, (마음이) 너그럽고 화기롭다.

③ 본지(本智) : 근본지(根本智). 무분별지(無分別智). 모든 분별이 끊어진 지혜.

④ 선휘(鮮輝) : 선명한 빛[光輝]. 선명하게 빛남.

⑤ 묘행(妙行) : 신(身)·구(口)·의(意)에 있어 청정한 행위, 또는 선한 행위[善業]. "致持是經者 必以本智爲體 妙行爲用 智行兩全 乃得流通 堪報佛恩"(김시습, 「妙法蓮華經別讚」, '普賢菩薩勸發品讚曰')

⑥ 보현(普賢) : 보현보살(普賢菩薩). 석가모니불의 오른쪽에서 보좌하는 보살로, 한량없는 행원(行願 : 다른 이를 구제하고자 하는 바람과 그 실천 수행)을 상징한다.

⑦ 대인경계(大人境界) : '대인(大人)'은 부처와 보살 등과 같이 이상적 인격을 갖춘 위대한 인물을 통틀어서 일컫는 말. '경계(境界)'는 (능력의) 범위, 영역을 뜻함.

⑧ 문수(文殊) : 문수보살(文殊菩薩). 묘덕(妙德)·묘수(妙首)·묘길상(妙吉祥)이라고도 한다. 부처의 왼쪽에서 보좌하는 보살. 모든 보살 중 지혜 제일로

---

39) 禪學大辭典編纂所 編, 『(新版) 禪學大辭典』, 東京 : 大修館書店, 1985, 1203면.

칭해진다.

⑨ 묘덕길상(妙德吉祥) : '묘덕(妙德)'은 매우 뛰어나고 불가사의한 덕. '길상(吉
祥)'은 상서로운 것. '묘덕'은 '문수'로, '길상'은 '사리(師利, 舍利), 시리(尸
利)'로 음사한다.

[14-3] 分疎不下云者 到這裏 風不入 水不著 明月藏露 銀盌盛
雪 色類不齊 靑山不愛白雲 白雲不戀靑山 寒山拾得相笑失聲 相
笑失聲白雲千里

"설명할 수 없도다[分疎不下]"라고 말한 것은 여기에 이르러서는 바람
도 들어가지 않고 물도 스며들지 않으며, 밝은 달은 백로를 숨겼고 은
주발에는 눈을 수북이 담았으니 색(色)은 같되 가지런하지 않다는 뜻이
다. 청산(靑山)은 백운(白雲)을 사랑하지 않고 백운은 청산을 그리워하지
않는다. 한산(寒山)과 습득(拾得)이 서로 웃으며 소리치네, 서로 웃으며
소리침에 백운이 천리로구나.

[역주]

① 풍불입(風不入) 수불착(水不著) : '풍취불입(風吹不入) 수쇄불착(水洒不著)'를
줄여 쓴 표현. 바람도 불어 넣을 수 없고, 물을 적셔도 스며들지 않는다. 조
금의 틈도 없는 바위의 견고함을 표현하는 말이다.[40] 조금도 틈이 없고, 아
무도 파고들어 갈 수 없는 세계가 나타나고 있다는 뜻으로 보기도 한다.[41]
② 명월장로(明月藏露)~색류부제(色類不齊) : "은 주발에는 눈을 수북이 담았
고, 밝은 달은 백로를 숨겼다. 종류는 같지 않으나 뒤섞이면 제자리를 안다
[銀盌盛雪 明月藏鷺 類之不齊 混則知處]"라는 구절이 동산양개가 지은 「보
경삼매(寶鏡三昧)」에 나온다.[42] 이로 보건대 원문의 '로(露)'는 '로(鷺)'의 잘
못이고, '색류부제(色類不齊)'가 '유지부제(類之不齊)'와 상통한다고 보면 '혼

---

40) 古賀英彦 編著, 『禪語辭典』, 京都 : 思文閣出版, 1991, 407면. 앞으로 이 책을 인용
할 때는 제목과 면수만 밝히기로 한다.
41) 入矢義高・溝口雄三・末木文美士・伊藤文生 譯注, 『碧巖錄』(中), 東京 : 岩波書
店, 1994, 52~53면.
42) 백련선서간행회 역, 『조동록』, 장경각, 1989, 87~93면에 「寶鏡三昧」의 번역이 있다.

즉지처(混則知處)'가 생략되어 있는 것으로 추측된다. '명월장로(明月藏鷺)'는 평등한 가운데 차별이 있는 것을 비유한다. 명월도 백로도 모두 흰색이라는 점에서는 같지만 그 사이에는 저절로 차별이 있다는 뜻이다. '은완성설(銀盌盛雪)'은 평등이 곧 차별이고 차별이 곧 평등이라는 뜻을 표현한다. 백색 은 주발에 눈을 수북이 담으면 둘이 일체가 되지만 같은 속에 차이가 있고 차이가 있는 속에 같은 점이 있는 상태가 된다.[43] '은완성설'을 개별의 상대성이 소멸하여 흔적을 남기지 않은 것을 비유한 말로 풀이하기도 한다.[44]

③ 한산(寒山) : 생몰연대 미상. 당나라 때의 승려.

④ 습득(拾得) : 생몰연대 미상. 당나라 때의 거사(居士).

[14-4] 且道 是何境界 頌曰 風靜江如練 雨晴山欲暮 兩岸夾蘆花 月明光矞矞 若執圓成有 依舊夢顚倒 天逈鳥飛遠 山高曙色早 良哉觀世音 全身入荒草

자, 말해보라. 이것이 무슨 경계인가? 송(頌)은 다음과 같다. 바람이 잠자니 강물은 비단과 같고, 비가 개이니 산은 저물고자 하는구나. 양쪽 기슭으로 갈대꽃 끼고, 달 돋으니 빛이 환하구나. 만일 원성(圓成)이 있다고 집착한다면 여전히 꿈같은 전도(顚倒)로다. 하늘 아득하니 새 멀리 날고, 산이 높으니 새벽빛이 이르구나. 좋구나, 관세음(보살)이여! 온몸이 황초(荒草)로 들어가는구나.

[역주]

① 송(頌) : 선지(禪旨)를 담은 간결한 운문(韻文).

② 원성(圓成) : 원만하게 이루어짐. 또는 그렇게 이룸. 「조동오위군신도서요해」[4-1]에 나왔다.

③ 전도(顚倒) : 거꾸로 되다. 뒤집히다. 번뇌 때문에 잘못된 생각을 갖거나 현실을 잘못 이해하는 일.

④ 황초(荒草) : 거칠게 마구 자라서 무성한 풀. '황초리횡신(荒草裏橫身)'이라는 말이 있는데, 거친 풀 속에 몸을 눕힌다는 뜻이다.[45] "[古則]宣州興福可

---

43) 禪學大辭典編纂所 編, 『(新版) 禪學大辭典』, 東京 : 大修館書店, 1985, 239면.

44) 『禪語辭典』, 95면.

動禪師 頌云 秋江淸且淺 白鷺和煙 島良哉觀世音 全身入荒草"(『禪門拈
頌』 권29, 1366칙)

[14-5] 右據太極圖解 《太極》 此所謂無極而太極也 所以動而
陽 靜而陰之本體也 然非有以離乎陰陽也 卽陰陽而指其本體 不
離乎陰陽而爲言耳

이상은 「태극도해」에 의거하면, "《太極》 이것은 이른바 무극(無極)
이면서 태극(太極)이라는 것이니, 움직이면 양(陽)이 되며 고요해지면 음
(陰)이 되는 바의 본체이다. 그러나 음양에서 떨어져 있는 것이 아니니
음양(의 動靜)에 나아가 그 본체가 음양에서 떨어지지 않음을 가리켜서
말한 것이다"라고 한 데 해당한다.

[15] 是故 威音那畔 休話如何

이런 까닭에 위음나반(威音那畔)은 어떻다 말하기를 그쳐야 하지만,

[역주]

① 위음나반(威音那畔) : 위음이전(威音以前). 위음왕불(威音王佛)이 이 세상에
출현하기 이전이라는 뜻. 위음왕불은 무한한 과거에 처음으로 이 세상에 출
현한 부처. 그 이전이라고 하는 것은 자기라든가 세계·우주가 나타나기 이
전, 천지개벽 이전, 일체의 사량분별(思量分別)을 끊어 완전히 무(無)가 되어
버린 것을 비유한 말. 공겁이전(空劫已前), 짐조이전(朕兆已前), 부모미생이
전(父母未生已前)이라고도 한다.

[15-1] 是故 牒上摧殘語 威音 佛號 空劫已前出世 那畔 彼畔
謂不落言語前畔際也 休 止也 話 善言也 如何 指上黑白偏正回
互摧殘也 言由抛一切方便故 空劫前事 不可以善語諄諄示人也

45) 『禪語辭典』, 136면.

所以古人道 鴛鴦繡出從君看 不把金針度與人

'시고(是故)~'는 위에 나온 '최잔어(摧殘語)'를 받아서 부연한 것이다. '위음(威音)'은 부처의 이름인데, (이 부처는) 공겁이전(空劫已前)에 세상에 나왔다. '나반(那畔)'은 '피반(彼畔 : 저쪽)'이니 언어전(言語前) 반제(畔際)에 떨어지지 않음을 말한다. '휴(休)'는 '지(止 : 그치다)', '화(話)'는 '선언(善言)', '여하(如何)'는 위에 나온 '흑백편정의 회호최잔[黑白偏正回互摧殘]'을 가리킨다. 일체 방편을 내던지는 까닭에 공겁 이전의 일은 좋은 말솜씨로 순순(諄諄)하게 (말하여) 사람들에게 보여주지 못한다는 말이다. 옛사람이 이르기를, "원앙새 수놓은 솜씨는 보여줄지라도 바늘을 남에게 주지는 말라"라고 한 까닭이 여기에 있다.

[역주]

① 공겁이전(空劫已前) : 천지가 열리기 전. 이 세계가 분화되기 이전. 인간이 인지할 수 없는 영원한 과거. '공겁(空劫)'은 성(成)·주(住)·괴(壞)·공(空)의 사겁(四劫) 가운데 하나. 이 세계가 무너져 사라지고 다시 성겁(成劫)에 이르기까지의 20중겁(中劫)을 이른다.

② 반제(畔際) : 경계(境界). 변제(邊際).

③ 선언(善言) : 말을 매우 잘하다[善語]. 교묘하게 말하다. 또는 좋은 말. 유익한 말.

④ 순순(諄諄) : 타이르는 태도가 아주 다정하고 친절하다.

⑤ 원앙(鴛鴦)~ : 수를 놓은 솜씨는 남에게 보여주되 수를 놓는 방법은 말해주지 않아, 보는 사람으로 하여금 궁리하여 스스로 터득하도록 한다는 뜻이다. 원래는 금(金)나라 사람 원호문(元好問, 1190~1257)의 「논시삼수(論詩三首)」 가운데 세 번째 작품에서 따온 구절이다. 원호문 작품의 전문은 이렇다. "暈碧裁紅點綴勻 一回拈出一回新 鴛鴦繡了從教看 莫把金針度與人"(『遺山集』 권14) 선가에서 활용한 예도 하나 들어 본다. "拈拄杖曰 鴛鴦繡出從君看 不把金針度與人"(『五燈會元』 권14)

[16] 曲爲今時 由人施設

찬찬하고 자세히 금시(今時)를 위하여 금시인(今時人)을 말미암아 베푸는 것이라.

[역주]
① 곡(曲) : 위곡(委曲). 찬찬하고 자세하다.
② 금시(今時) : 바로 지금의 시기·처지. '금시'는 '본분(本分)'과, '금시인(今時人 : 지금의 사람)'은 '본분인(本分人 : 본분의 경지에 도달한 사람)'과 대(對)가 된다. '본분'은 자기의 본래 모습. '본분인'은 자기 본래의 모습으로 되돌아간 사람.

[16-1] 曲 詳悉也 今時則方有言語施設敷陳 言雖不可以語言形容 然非言語者 亦是帶病 須假今時人施設始得

'곡(曲)'은 상세함이다. '금시(今時)'는 바야흐로 언어로 베풀고 자세히 말함이 있는 것이다. 비록 언어로 형용하지는 못하지만 언어 아닌 것도 또한 이 병통을 띠는 것이니, 모름지기 금시인(今時人)을 빌어 베풀어야 옳다는 말이다.

[역주]
① 상실(詳悉) : 상세하여 빠짐이 없다. 상진(詳盡), 상세무유(詳細無遺).[46]
② 부진(敷陳) : '부(敷)'는 '부연(敷衍 : 이해하기 쉽도록 설명을 덧붙여 자세히 말함)', '진(陳)'은 '진술(陳述 : 일이나 상황에 대하여 자세하게 이야기함)'의 뜻.

[16-2] 昔風穴因僧問 語默絶離微 如何通身不犯 穴云 常憶江南三月裏 鷓鴣啼處百花香

전에 풍혈은 어떤 승려가 "말도 침묵도 이미(離微)와 관계를 짓는데, 어떻게 하면 이미에 통하고 그것을 범하지 않습니까?"라고 묻기에, "항

---

46) 『漢語大詞典』 11, 205, 207면.

상 강남의 춘삼월을 생각하는데, 자고(鷓鴣)가 우는 곳에 백화(百花)가 향기롭더라"라고 대답하였다.

[역주]

① 풍혈(風穴) : 풍혈연소(風穴延沼, 896~973). 송나라 때의 임제종 계통의 승려.

② 풍혈(風穴因僧問)~ :『무문관』24칙에는 "風穴和尙 因僧問 語默涉離微 如何通不犯 穴云 長憶江南三月裏 鷓鴣啼處百花香"으로 되어 있고『선림승보전』권3「汝州風穴沼禪師」조에는 "又問 如何是人境俱不奪 日 常憶江南三月裏 鷓鴣啼處百花香"으로 되어 있고『오등회원』권11에는 "問 語默涉離微 如何通不犯 師日 常憶江南三月裏 鷓鴣啼處百花香"으로 되어 있다. 이로 보건대 본문의 "어묵절이미(語默絶離微)"에서 '절(絶)'은 '섭(涉)'의 잘못으로 추측된다. 본문의 '통신(通身)' 자리는 대개 '통(通)'으로만 되어 있다. '통(通)'은 막힘없이 자유자재하다의 뜻이고[47], '통신(通身)'은 '전신(全身 : 온몸)'의 뜻이다. '장억(長憶)'으로 한 경우도 있고, '상억(常憶)'으로 한 경우도 있다.

'이미(離微)'는 승조(僧肇)의『보장론(寶藏論)』「이미체정품(離微體淨品) 제2」에 나오는 말이다. 일체의 색상(色相)을 끊은 평등의 체가 있는 곳을 '이(離)'라고 하며 현상의 차별로 나타난 용(用)이 있는 곳을 '미(微)'라고 한다. 그래서 '이미'는 평등[離]과 차별[微]이 하나로 융합되어 있는 진리의 세계를 뜻한다. '어묵섭이미(語默涉離微)'란 말을 하면 '미'에 떨어지고 가만히 있으면 '이'에 떨어져서 모두 진리의 한 쪽밖에 통하지 않는 것이 된다는 뜻이다. 그래서 '어떻게 하면 이미에 통하여 그것을 범하지 않을 것인가?' 하는 의문이 나오게 된다.[48]

[17] 略陳管見 以示方隅 冀諸同心 幸毋撫掌

간략히 관견(管見)을 진술하여 모퉁이를 보이노니, 바라건대 마음을 같이하는 모든 이들은 아무쪼록 손뼉 치며 웃지 마시라.

---

47) 곽철환 편저,『(시공) 불교사전』, 시공사, 2003, 707면.
48)『선어록 읽는 방법』, 157~158면.

① 관견(管見) : 대롱 구멍으로 사물을 본다는 뜻으로, 좁은 소견이나 자기의 소
견을 겸손하게 이르는 말. 관규(管窺)와 같은 뜻.
② 방우(方隅) : 모퉁이.

[17-1] 略 猶簡也 陳 布也 管見 小解 楊子云 以管見窺天 方隅
顯露處也 冀 望 同心 同志之人也 毋 無通 撫掌 撫掌大笑也

'략(略)'은 '간(簡 : 간략하다)'이다. '진(陳)'은 '포(布 : 펴다)'이다. '관견(管
見)'은 보잘것없는 견해[小解]이다. 양자(楊子)가 이르기를, "관견(管見)으
로 하늘을 본다"라고 하였다. '방우(方隅)'는 겉으로 드러나는 곳(顯露處)
이다. '기(冀)'는 '망(望 : 바라다)'이다. '동심(同心)'은 뜻을 같이 하는 사람
(同志之人)이다. '무(毋)'는 '무(無 : ~말라)'와 통한다. '무장(撫掌)'은 손뼉 치
며 크게 웃는 것이다.

[역주]

① 양자운(楊子云)~ : 아직 전거를 확인하지 못하였다. '以管見窺天'은 아마도
'以管窺天(대롱 구멍으로 하늘을 엿보다)'의 잘못일 것이다.

[17-2] 序者 謙辭 兼有意味 到這裏 直饒解齊龍樹 說並馬鳴 天
花亂墜 頑石點頭 猶是管見 直饒刹說塵說法界說衆生說佛說菩
薩三世一時說 窮劫不盡 亦是管見 未審 將何離管見 明年更有新
條在 惱亂春風卒未休

'서(序)'는 겸사(謙辭)인데 더불어 의미도 있다. 여기에 이르러서는 가
령 앎이 용수(龍樹)와 같고 말씀이 마명(馬鳴)과 나란해서, 하늘 꽃이 수
북이 떨어지고 무정(無情)한 돌이 머리를 끄덕인다고 하더라도 이는 도
리어 관견(管見)이다. 가령 국토가 말하고 티끌이 말하고 법계(法界)가 말
하고 중생이 말하고 부처가 말하고 보살이 삼세일시(三世一時)에 말하여
겁(劫)을 다하도록 끝내지 않는다고 하더라도 이 또한 관견이다. 도대체

무엇을 가지고 관견을 벗어나는가? 명년(明年)에 또다시 새 가지가 돋아
서, 봄바람에 어지러움 끝내 쉬지 않으리라.

[역주]

① 직요(直饒) : 가령 ~라고 하더라도

② 용수(龍樹) : 2~3세기 경 남인도 출신의 승려. 어려서부터 여러 학문에 밝았
고, 출가해서는 남인도 지역에 있던 불교 문헌을 섭렵하였다. 중인도에 가서
대승 경전을 연구하고 말년에는 고향으로 돌아갔다. 『중론(中論)』, 『십이문
론(十二門論)』 등을 지었다.

③ 마명(馬鳴) : 1~2세기 경 중인도 사위성(舍衛城) 출신의 승려. 『불소행찬(佛
所行讚)』을 지었다고 한다.

④ 완석점두(頑石點頭) : 중국 동진(東晋) 때 승려인 축도생(竺道生, ?~434)이 호
구산(虎丘山)에서 돌을 향해서 일천제(一闡提 : 성불할 가능성이 없는 중생)라
도 성불한다는 취지의 설법을 하자 돌이 감동해서 고개를 끄덕였다고 한 데서
나온 말이다. 뒤에 감화력이 깊은 사람을 비유하는 말로 쓰이게 되었다.[49]

⑤ 찰설(刹說)~ : 『화엄경(華嚴經)』 「보현행원품(普賢行願品)」에 나온 말이다.
"佛說菩薩說 刹說衆生說 三世一切說"(『(60권)大方廣佛華嚴經』 권33) 이
를 보건대 '일시(一時)'는 '일체(一切)'의 잘못인 듯하다.

⑥ 찰(刹) : 국토 찰토(刹土).

⑦ 궁겁(窮劫) : 미래겁(未來劫)이 다하도록, 또는 미래제(未來際)가 다하는 무
한한 앞날의 시간.

⑧ 미심(未審) : 원래 '아직 ~을 못보고'의 뜻이나, 의문문의 머리에 와서 '도대
체, 대관절' 정도의 어투를 나타낸다.[50]

⑨ 명년(明年)~ : 언제까지고 바람에 휘날려 끝날 때가 없다는 뜻이다.[51] '명년
(明年)' 대신 '내년(來年)'으로 된 곳이 많다. "明年更有新條在 惱亂春風卒
未休"(『禪門拈頌』 권5, 162칙)

---

49) "[頑石點頭] 東晉僧竺道生之故事 相傳道生嘗於虎丘山聚石爲徒 講涅槃經 闡述
'闡提成佛'之說 時群石皆爲點頭 故後世有'生公說法 頑石點頭'之語 今人每用以比
喻感化力之深者"(『佛祖統紀』 卷二十六) 佛光大藏經編修委員會, 『佛光大辭典』 6,
臺灣 : 佛光出版社, 1988, 5702면.

50) 『선어록 읽는 방법』, 266면.

51) 『禪語辭典』, 466면.

曹洞五位君臣圖

「조동오위군신도서요해」의 구성, 전거, 위상

1. 머리말

필자는 연전에 한 학회의 학술 발표회에 지정 토론자로 참여한 일이 있다. 토론을 맡은 것은 『금오신화』를 중심에 두고 김시습(金時習, 1435~1493) 문학사상 연구사를 비판적으로 검토하는 내용의 발표에 대해서였는데, 발표문에서 김시습의 「조동오위요해(曹洞五位要解)」가 거론되었으며 필자의 논문이 집중적인 검토 대상이 되었다.[1] 발표회장에서 뿐만 아니라 발표를 마치고 이어진 자리에서도 상당히 열띤 토론이 있었는

---

1) 2003년 부산에서 열린 국제어문학회 가을 학술대회였으며 발표는 안동준 교수가 맡았다. 발표 논문의 제목은 「한국소설의 서사논리와 철학−「금오신화」의 서사논리와 그 사상적 기반에 대한 연구사적 고찰」이다. 안동준 교수는 발표문을 손질하여 「김시습 문학사상에 대한 연구사적 검토」, 『南冥學硏究』 18집, 경상대 남명학연구소, 2004로 게재하였다.

데 필자는 대략 세 가지가 중점적으로 논의되었던 것으로 기억한다. 첫째는 「조동오위요해」에 나타난 김시습의 사상이 기(氣)를 중심으로 한 것인가, 곧 필자의 주장처럼 기일원론(氣一元論)인가 하는 문제였다. 둘째는 「조동오위요해」가 김시습 저작들 가운데 어떤 위치를 점하고 있으며 역사적으로 어떻게 자리매김 되어야 하는가, 곧 텍스트의 위상에 관한 문제였다.[2] 그리고 셋째는 「조동오위요해」 텍스트의 독해 문제였다. 텍스트 자체가 독해하기 힘들어서 연구가 지지부진한 측면이 있다는 점을 발표자뿐만 아니라 여러 참석자가 지적하였다. 세 가지 문제 모두 지금 이 시점에도 해결을 기다리는, 그래서 여전히 유효한 문제들이다.

「조동오위요해」에 담겨 있는 김시습의 사상이 기(氣)를 중심으로 한 것이라는 것이 필자가 연전에 내놓은 견해였다.[3] 발표문을 미리 받아보고서 필자의 입론의 근거를 보충할 필요가 있겠다고 생각하고 새로 텍스트 내적인 근거를 네댓 가지 찾아 질의서를 작성해서 제시하였다.[4] 몇 가지 근거를 제시했지만, 사실 김시습의 사상이 어느 쪽이냐 하는 논란은 지금까지 상당한 두께의 논쟁사를 가진 것이어서 쉽게 결론이 날 성질의 것이 아니라고 할 수 있다. 텍스트를 더 면밀히 따지고 들어가면 필자가 이전에 발표한 논문에서 미처 제시하지 못했던 근거들을 더 발견할 수 있을 것이라고 생각하는데, 그런 만큼 첫 번째 문제는 텍스트의 면밀한 독해가 필요하다는 데로 귀착된다고 하겠다.

두 번째 문제에 대해서도 필자는 선행 연구에서 간략하게나마 논의한 바 있다.[5] 글쓰기의 관점에서 김시습을 원효(元曉)·권극중(權克中)·

---

2) 한 참석자는 김시습이 고심한 문제는 『미라래빠의 十萬頌』에서 다 다루어졌으며 이미 해결을 보았다고 하였다. 그렇다면 김시습은 괜한 일을 한 사람이라고 해야 하고 김시습 글쓰기가 고려 후기~조선 전기 사상사와 맺고 있는 역사적 관련성 또한 말하기 어렵게 된다.
3) 최귀묵, 『김시습의 사상과 글쓰기』, 소명출판, 2001.
4) 자세한 내용은 이 책에 수록된 다음 논문에 있다.

박지원(朴趾源)과 비교하고 일본의 만실조개(卍室祖价), 중국의 영각원현(永覺元賢)과 비교하였다. 그런데 발표회장에서 여러 가지 질문을 받고 보니 「조동오위요해」를 근저에서 규정하고 있는 문제의식이 무엇인지 좀 더 분명하게 논의해야 하겠다는 생각이 들었다. 「조동오위요해」 글쓰기의 근거를 규정하는 문제의식이 규명될 때, 자연스럽게 다른 저술과 구별되는 독자적인 성격이나 위상이 논의될 수 있을 것이라고 생각한다.

「조동오위요해」는 '김시습 사상의 정화가 결집되어 있는' 중요한 저작이지만 동시에 난해한 저작이기도 하다.[6] 그 녹녹치 않음으로 말미암아 연구자들은 자꾸만 우회하곤 한다. 구두를 떼기가 힘들다거나 번역이 되어 있지 않아서 어렵다는 말은 아니다. 민영규(閔泳珪) 선생에 의해 교록본(校錄本)이 나온 것이 1989년의 일이고,[7] 중요한 부분이 김탄허(金呑虛)에 의해서 번역되어 나온 것이 1994년의 일이다.[8] 그런데도 십 수 년이 지나도록 연구가 답보 상태인 것을 보면 구두점 찍고 번역한 것만 가지고서는 석연히 이해가 되지 않는다고 보아야겠다. 필자는 그렇게 된 일차적인 이유는 텍스트 곳곳에서 낯선 구절과 마주치게 되기 때문이라고 본다. 낯선 구절은 많은 경우 인유(引喩)라고 할 것들인데, 김시습이 전거(典據)를 밝혀 주지 않고 가져다 썼기 때문에 오늘날 연구자들

---

5) 최귀묵의 앞의 책 제1부 5장 「논의의 확장 가능성」과 제2부 「조동오위(曹洞五位)와 유불 교섭」에서 중국, 일본의 사례와 비교 검토한 바 있다.

6) "「조동오위요해」는 최귀묵의 연구에서 밝힌 바와 같이 유불선 삼교사상이 결집된 저술로서, 그의 나이 40대의 것으로 추정된다. 김시습 사상의 정화가 여기에 결집되어 있다고 단언해도 좋으리만큼 중요한 저작이고, 난해한 저술이다. 필자는 이에 대한 연구에 한계를 느끼고 김시습 사상의 총체성 여부에 대해 부정적인 태도를 취하였다고 앞서 언급하였다."(안동준 발표문, 25면)

7) 애초에 「조동오위요해」에는 농산(洞山), 조산(曹山) 이하 도륭(道隆), 단하(丹霞) 등의 착어(着語)와 김시습 자신의 주석이 섞여 있었다. 그래서 민영규(閔泳珪) 선생이 이를 교록(校錄)해서 발표한 것이다.

8) 金呑虛, 『周易禪解』 3(중판), 교림, 1994, 405~421면에 「조동오위요해」에 들어 있는 두 편의 글이 번역되어 있다.

이 보기에는 아주 낯선 느낌을 주는 글이 되어 있다. 그러니 만일 「조동오위요해」 곳곳에 삽입되어 있는 구절들의 전거를 밝히고, 김시습의 문맥 속에 녹아들기 이전에 가졌던 원의(原義)를 파악한다면 독해가 한결 용이해질 것이다.

본고는 이상과 같은 세 가지 문제를 해결하기 위한 모색의 일환으로 작성된다. 필자는 이전의 연구에서 김시습의 사상과 글쓰기를 총체적으로 해명한다는 구도 하에서 첫째와 둘째 문제에 대해서 주로 논의했는데 이제는 셋째 문제까지 고려하면서 텍스트를 좀 더 세밀히 따져 보아야 한다는 요구에 부응하고자 한다. 물론 세 가지 과제를 한꺼번에 해결한다는 것은 벅찬 일이므로 하나하나 필요한 논의를 축적해 가면서 이전에 했던 연구의 성과를 재음미하고 보완해 보고자 한다.

이를 위해서 우선 「조동오위요해」의 맨 처음에 나오는 「조동오위군신도서요해(曹洞五位君臣圖序要解)」의 텍스트 구성 양상을 살피는 데서 실마리를 발견하고자 한다. 독해를 가로막는 전거들의 출처와 원의를 파악하는 것은 물론 긴요한 일이다. 그런데 출처와 원의를 파악하기만 해서는 논의가 파편화되고 텍스트가 부분(요소)으로 해체되고 만다. 그렇게 되지 않기 위해서는 텍스트 구성의 양상과 원리, 그리고 전거 수사가 삽입되는 양상을 상호 조명해야 하겠다는 것이 필자의 판단이다. 김시습의 저술 의도를 짐작하면서 전거를 살펴야 텍스트의 부분(요소)과 전체를 관련시켜 이해할 수 있게 된다고 보는 것이다.

요컨대 순서상 「조동오위요해」의 처음 글인 「조동오위요해군신도서요해」를 검토 대상으로 삼아서 앞서 제기한 세 가지 문제 가운데 둘째와 셋째 문제에 대한 해결 방안을 가능한 범위에서 모색해 보자는 것이 본고의 과제이다. 이번에 첫째 문제가 제외된 것은 김시습이 ― 필자는 의도적으로 그렇게 하였다고 짐작하고 있는데 ―「조동오위군신도서요해」에서는 이기철학(理氣哲學)의 논의는 없이 불교 내적인 논의에 한정시켰기 때문이다. 차후에 두 번째 글인 「단하자순선사오위서요해(丹霞子淳禪

師五位序要解)」(「단하서요해」로 약칭함)를 검토할 때는 첫째 문제가 중점적으로 검토될 것이다. 다만 필자가 선행 연구에서 「단하서요해」를 검토해서 얻은 결과와 이곳에서 「조동오위군신도서요해」를 검토해서 얻은 결과를 비교하는 논의까지는 본고에 포함시키기로 한다. 그렇게 하면 「조동오위군신도서요해」의 성격이 더욱 분명해진다고 보기 때문이다.9)

2. 구성

「조동오위군신도서요해」는 다음과 같이 제목과 저자를 밝히면서 시작된다.

曹洞五位君臣圖序要解
仁宗聖帝敕秦州大中寺道隆禪師述

첫줄을 보고서 「조동오위군신도서」(앞으로 「서」로 약칭함)의 저자와 「조동오위군신도서요해」(「서」에 붙은 '요해' 부분을 앞으로 「요해」로 약칭함)의 저자가 다르다고 판단하는 것은 상식적으로 납득할 수 있다. 제목은 「서」를 요해하였다는 말이며 요해는 '주석'에 가까운 말로 보이기에 그렇다. 그런데 이렇듯 맨 첫줄에 글의 제목을 「조동오위군신도서요해」라고 해 놓고 바로 아랫줄에 '도륭선사술'이라고 밝혀 놓아서, 언뜻 「조동오위군신도서요해」 전체가 도륭의 저작이라는 말이 아닌가 하고 의심할 수 있다. 제목 아래에 찬술자의 이름을 적는 것이 관례이기에 그렇다. 또

---

9) 국립중앙도서관에 소장된 목판본 「단하서요해」를 자료로 삼는다. 표제는 『曹洞五位君臣圖序要解』로 되어 있으며 청구기호는 '한貴古朝21-162'이다.

동산(洞山)을 이어서 조동종을 개창한 조산(曹山)에게 「오위군신도서」라는 저작이 있으니, 「서」는 조산본적의 저술이고 「요해」는 도륭의 저술이라고 생각해볼 여지도 충분하다. 이런 의심이 정당하다면 이 글의 저자가 누구인지, 김시습이 지은 부분이 어디인지가 모호해진다. 그래서 조산, 도륭, 김시습의 글이 어느 자리에 놓여 글이 구성되고 있는지 명확히 해둘 필요가 있다.

우선 조산이 「서」의 저자일 가능성은 없어 보인다. 조산이 「오위군신도」, 「오위군신도서」, 「오위군신도송」을 지었지만 어느 것 하나 「조동오위군신도서요해」에서 볼 수 있는 것이 아니다.10) 또 조동종(曹洞宗)이라는 명칭이 동산(洞山, 807~869)과 조산(曹山, 840~901)의 앞 글자를 각각 따서 붙여졌다는 통설이 있고 보면, 조산이 생존했을 때는 '조동종'이나 '조동오위'와 같은 말이 쓰일 수 없었을 것이고, 따라서 그 때문에라도 「서」는 조산의 저작일 수 없다.

「서」와 「요해」의 저자가 누구인지 말해주는 단서는 글 내부에서 찾을 수 있다. 글의 말미에 있는 주석 부분에 보면 다음과 같은 진술이 있다. 「서」의 경우에는 원문을 본문에 보이기로 하고, 「요해」의 경우에는 번역을 본문에 보이고 원문은 각주에서 밝히기로 한다.

---

10) 송나라 지소가 편찬한 『인천안목(人天眼目)』에는 「조산오위군신도송병서(曹山五位君臣圖頌幷序)」가 실려 있다. 다음에 보듯이 서(序)·도(圖)·송(頌)이 차례로 구분된다. 첫줄에 있는 "夫正者 …… 故有森羅萬象隱顯妙門也"는 서(序, 「五位君臣圖序」)이고 그 아래 좌측에 있는 그림이 도(圖, 「五位君臣圖」), 우측에 오언(五言)으로 된 시구가 송(頌, 「五位君臣圖頌」)이다. 서(序)를 제외한 도(圖)와 송(頌)을 합해서 「오상도송(五相圖頌)」이라고도 한다. 조산본적(曹山本寂)이 작자이므로 『인천안목』에서는 「조산오위군신도(曹山五位君臣圖)」로 불렀다. 「조동오위군신도서요해」와 직접 겹치는 부분은 없다는 것을 확인할 수 있다.
　"夫正者 黑白未分 朕兆未生 不落諸聖位也 偏者 朕兆興來 故有森羅萬象隱顯妙門也
　　● 白衣雖拜相 此事不爲奇 積代簪纓者 休言落魄時
　　◐ 子時當正位 明正在君臣 未離兜率界 烏雞雪上行
　　⊙ 焰裏寒冰結 楊花九月飛 泥牛吼水面 木馬逐風嘶
　　○ 正宮初降日 玉兎不能離 未得無功旨 人天何太遲
　　● 混然藏理事 朕兆卒難明 威音王未曉 彌勒豈惺惺"

[10] 因而立相 用顯其玄 故以序之

[10-2] 이제 이 서(序)에 의거할 때 제3위는 겸중지(兼中至)를 논하고 있고 제
4위는 정중래(正中來)를 논하고 있어서 조산(曹山)의 차례와는 차이가 있다.
그러나 대의(大意)에는 어그러지지 않으니 순서를 바꾸어 써도 무방하다.[11]

조동오위의 명칭은 조산에 의해 확립되었다고 하며 '정중편(正中偏)·
편중정(偏中正)·정중래(正中來)·겸중지(兼中至 또는 偏中至)·겸중도(兼中
到)'라고 하는 것이 일반적이다.[12] 이때 정중래는 세 번째에, 겸중지는
네 번째에 온다. 그런데 주석자가 보기에 이 「서」에서는 세 번째에 겸
중지, 네 번째에 정중래에 대한 서술이 나와서 조산이 정한 순서와 다
르게 되어 있다. 그렇지만 대의(大意)는 통하니 순서를 바꾸어도 무방하
다는 것이 주석자의 생각이다.

이로써 「서」의 저자와 「요해」의 저자가 다르다는 점을 재차 확인할
수 있다. 윗줄의 "故以序之"는 「서」를 쓴 사람이 하는 말이고, 아랫줄의
"今據本序 (……)"는 「서」에 주석을 단 사람, 곧 「요해」를 쓴 사람이 하
는 말이라고 보아야 문리가 통한다. 또 윗줄이 「서」인 것이 분명하니 아
랫줄은 「요해」일 수밖에 없다. 따라서 중국 송나라 사람인 도륭의 「서」
에 조선사람 김시습이 「요해」라는 명칭으로 주석을 붙였다고 판단하는
것이 자연스럽다.[13]

「요해」와 같은 형식의 또 다른 저술이 김시습에게 있음은 이미 알려져
있다. 곧 동안상찰(同安常察, ?~961)의 「십현담(十玄談)」에 대해서 김시습이
주석('悅卿註')을 달아 놓은 「십현담요해(十玄談要解)」라는 저술이 『매월당

---

11) "今據本序 第三位論兼中至 第四位論正中來 與曹山次第相異 然大意不戾 互叙無
妨"

12) 정편오위(正偏五位)를 비롯한 조동오위의 명칭에 대해서는 김호귀, 「曹洞五位의 構
造와 傳承」, 『韓國禪學』 제1호, 한국선학회, 2001에 자세한 설명이 있다.

13) 또한 「서」가 조산과는 상이한 순서로 오위를 제시하였다고 했으니, 「서」는 조산의
저술일 수가 없는 것이다. 따라서 「서」는 조산이, 「요해」는 도륭이 지었다고 보는 것
은 불가하다.

전집』에 실려 있는 것이다. 이런 사정들을 고려해서 판단하건대 「서」는 도륭의, 「요해」는 김시습의 저작이라고 보는 것이 타당하다. 더불어 「조동오위군신도서요해」라는 제목에 있는 「오위군신도」는 조산의 저작을 지칭한다고 볼 가능성이 크다고 본다. 조산이 그린 「오위군신도」가 제목에 수용된 점과 김시습이 「요해」에서 '조산차제(曹山次第)'를 언급한 점을 중시한 판단이다. 요컨대 「조동오위군신도서요해」는 조산의 「오위군신도」와 밀접한 관련을 가지는 도륭의 「조동오위군신도서」에 김시습이 「요해」라고 칭한 주석을 가한 형식으로 구성되어 있다.

지금까지 「조동오위군신도서요해」의 전체적인 구성, 곧 「서」와 「요해」의 나뉨과 각각의 저술자에 대해서 논의하였다. 이제는 텍스트 안으로 좀 더 들어가서 텍스트를 분절하는 양상을 통해서 전체적인 구성 방식을 살피기로 한다.

김시습은 「서」의 [1]~[9]를 다섯 대목으로 나누고 있다. "右第~位"가 분절의 표지인데, 곧 [1](제일위), [2](제이위), [3]·[4](제삼위), [5]·[6]·[7](제사위), [8]·[9](제오위)의 다섯 대목이다. 「서」를 저술한 동기를 밝힌 [10]까지 합하면 총 여섯 대목으로 나눈 셈이다. 앞 절에서도 보았듯이 [1]~[9]를 위와 같이 나누고 보면 통상적인 순서로는 정중래 다음에 오는 편중지(겸중지)가 정중래에 앞서 나와 있게 된다. 그것을 의식해서 김시습은 조산이 정한 차례와는 다르지만 대의를 훼손하지 않으므로 바꾸어도 무방하다고 하였다.

연속된 문장으로 된 「서」에는 오위에 따라서 나뉜다고 볼 수 있는 외형적인 표지가 없다. 따라서 「서」의 어느 절이 오위의 어디에 해당한다고 본 것은 오위를 이해하는 큰 틀이 전제되어 있고, 그 틀에 따라서 「서」를 해석하고 절을 나누었다는 말이 된다. 김시습은 「서」를 분석하고 주석을 가하되 자신의 조동오위 이해 방식을 투영해서 분석하고 주석을 가하였다고 보아야 할 것이다. 김시습의 이러한 태도는 「요해」의 내용

구성 방향도 결정하게 된다. 예컨대 [5]·[6]·[7](정중래, 제사위)을 한 대목으로 보는 것은, 그 대목의 주석은 자신이 이해하고 있는 정중래에 관한 설명으로 수렴되는 방향을 갖도록 작성하였다는 것을 의미한다. 「요해」가 그저 단순한 어구 풀이인 주석에 그치지 않고 김시습 자신의 철학을 내보이는 글쓰기가 되는 것은 이 때문이다.

주석의 좀 더 세부적인 부분으로 들어가서 구성 양상을 보기로 하자. 「요해」의 주석을 보면 뚜렷한 패턴이 발견된다. [8] 주석에 있는 한 부분을 보면서 그 점을 확인해 보도록 한다.

　　[8] 如斯玄妙 由乖眞理之門
　　[8-2] ㉠'괴(乖)'는 '위려(違戾 : 어그러지다)'이다. ㉡진리의 문은 사람마다 들어갈 수 있지만 지금은 겹겹이 막혀서 서로 관계가 없다. 여기에 이르러서는 부처가 와도 또한 들어가지 못하고 조사(祖師)가 와도 또한 들어가지 못하며 또는 천하의 큰스님들도 또한 들어가지 못한다. 이것이 '어그러짐[乖]'이다. ㉢이러한즉 어떻게 들어갈 수 있는가? 들어갈 곳을 알고자 하는가? 조각달 그림자는 천 갈래 강에 비치고, 외솔 소리는 사철 바람결에 맡긴다. 청컨대 이곳을 좇아서 들어갈지라.14)

㉠앞의 생략된 [8-1] 부분에는 '如斯玄妙' 부분에 대한 주석이 나온다. 인용한 부분은 '由乖眞理之門'에 대한 주석이다. 뚜렷하게 성격이 구별되는 것으로 판단되는 부분을 ㉠㉡㉢으로 나누어 보았다.

㉠은 「서」에 나온 낱글자의 뜻을 풀이해 준 부분이다. '괴(乖)'는 '위려(違戾)', 곧 '어그러지다'의 뜻이라고 하였다. ㉡은 진리의 문에 어그러진다는 말이 무슨 뜻인지를 해석하고 있는 부분이다. 짐작컨대 김시습

---

14) "乖 違戾也 眞理之門 人人可入 今則重重縫鏁 各不相涉 到這裏 佛來也不入 祖來也不入 乃至天下老和尚 亦不得入 是乖也 伊麼則如何得入 要知入處麼 片月影分千澗水 孤松聲任四時風 請從這裏入"

의 해석은 다음과 같은 의미가 아닌가 한다. 진리의 문에는 누구라도 들어갈 수 있다. 모든 중생이 불성을 가졌다고 하지 않던가? 그렇지만 진리의 문에 들어가서 깨달음을 얻는 것은 누가 대신해 줄 수 있는 것이 아니라 오로지 자신이 돌파해서 이루어야 하는 것이다. 부처, 조사, 천하노화상이라도 이 문제에 관한한('到這裏') 나를 대신할 수 없으니 진리의 문에 어그러질 수밖에 없는 노릇이다. 그렇다면 어떻게 들어가야 하는가? 들어갈 곳을 알고자 하는가? ⓒ에서 이렇게 의문을 제시하는 것은 당연한 수순으로 보인다. 그런데 말한 답이 "片月影分千澗水 孤松聲任四時風"으로 시구로 되어 있다.

「요해」의 주석을 보면, 전체가 위와 같이 세 부분으로 구성되는 것으로 패턴화되어 있음을 알 수 있다. 그 패턴을 정리해 보면 다음과 같다.

> ㉠어휘의 사전적 의미 풀이 부분
> ㉡구절 전체의 의미 풀이 부분
> ㉢구절 풀이에 시구를 대응시키는 부분

㉠은 어휘 낱낱의 일차적인 의미를 풀이한 부분이다. 축자적인 의미 해석이어서 이해하는 데 별다른 어려움은 없는 부분이다. ㉠은 그 상세함이 특징이다. [1] 주석을 통해서 ㉠부분 어휘 풀이의 세밀함이 어느 정도까지 이르고 있는지 보기로 한다.15)

> [1] 夫耳目藏於胎殼 宮商玄象徒施 半夜亡於暗明 乃有君臣父子
> [1-1] '부(夫)'는 기어사(起語辭)이다. '이목(耳目)'은 보고 듣는 기관이다. 물건을 간직하여 두고 드러내 놓지 않는 것을 '장(藏)'이라 한다. '태(胎)'는 '포태(胞胎)'이니 사람과 길짐승이 거기서 성장하고, '각(殼)'은 '난각(卵殼)'이니 날짐승과 곤충이 거기서 부화한다. (…중략…)16)

---

15) [1] 부분은 최귀묵, 앞의 책, 154~155면에서도 검토한 바 있다. 본고에서는 관점을 조금 바꾸어 보완적인 논의를 한다.

[1-2] '궁상(宮商)'은 오음(五音)의 이름이다. 볼 수 없는 것을 '현(玄)'이라고 하고 볼 수 있는 것을 '상(象)'이라고 한다. '도(徒)'는 '공(空 : 한갓)'이요 '시(施)'는 '설(設 : 베풀다)'이다. '반야(半夜)'는 정위(正位)이니 '한 생각도 생기지 않은 때[一念不生時]'이다. '망(亡)'은 '민(泯 : 없어지다)'이다. '명암이 없다[亡於明暗]'는 것은 헤아릴 수 없다는 뜻이요, '군신과 부자[君臣父子]'는 항포(行布)한다는 뜻이다. (…중략…)17)

　어휘 풀이에서 빠진 것은 '於·乃·有' 세 글자뿐이다. 한문 해석의 기본 지식만 가지고 있는 사람이라면 굳이 해석해 줄 필요가 없는 말들이다. ㉠은 지극히 세밀한 훈고학자의 주석을 무색하게 할 정도로 상세하다. 이렇게 ㉠은 흔히 보는 불교 저작에서 찾아보기 힘들 정도로 미세한 주석이며 또 김시습은 여기에 상당한 분량을 할애하고 있다는 점을 특기해 두고자 한다. 설령 이 글이 교가(敎家) 교학자(敎學者)의 글이라고 하더라도 유례를 찾기 힘들 정도로 상세하다. 독해 자체를 위한 어휘 풀이를 이렇게까지 상세하게 하는 것을 선가(禪家)에서는 분명 교가(敎家)의 병폐라고 지목할 것이다.

　㉠부분이 유의어를 제시하는 수준의 주석이라면 ㉡부분은 구절의 의미를 해설하는 수준의 주석인 점이 다르다. 그런 차이는 다음 예문을 보아 금세 알 수 있다.

　[6] 芍藥經霜翠色存
　[6-1] ㉡작약(芍藥)은 꽃이 고와서 볼 만한 것이니 대용(大用)이 왕성함을 표현한다. "서리를 맞는다[經霜]"라는 말은 제법(諸法)을 탕진(蕩盡)했다는 뜻이다. ㉢"취색이 있다[翠色存]"라고 한 것은 겁화(劫火)가 훨훨 타서 털끝마저 다하되, 청산(靑山)은 백운(白雲) 가운데 변함이 없다(는 말이다).18)

---

16) "夫者 起語之辭 耳目者 視聽之府 儲物不露曰藏 胎 胞胎 人畜所成 殼 卵殼 禽虫所化"
17) "宮商 五晉之名 不可見謂之玄 可見謂之象 徒 空 施 設也 半夜 是正位 一念不生時 亡 泯也 亡於明暗 是沒摸揉底消息 君臣父子 是行布底消息"

주석을 붙이고 있는 것이 '작약(芍藥)'이나 '경상(經霜)'의 일차적인 의미가 아니라는 것은 '표(表~, ~라는 뜻을 표현한다)'나 '~의(義, ~라는 의미이다)'라는 말이 해석을 이끌거나 마무리하고 있다는 데서 분명해진다. 뒷부분인 '翠色存云者' 이하는 시구로 표현한 것이어서 ㉢ 방식으로 전환된 부분으로 보아야 할 것이다.

㉡은 어휘를 구절 단위로 묶어서 의미를 풀이하고 있는 부분인데, ㉠에서 조각으로 나누어 의미를 파악하였다면 ㉡에서는 조각들을 다시 묶어서 개념의 결합으로 이루어지는 철학적인 논의로 발전시키고 있다. ㉡에서 철학적 논의를 펼치면서 김시습은 몇몇 경우 선행 텍스트를 인용하고 있다. 보통 말하듯이 전고(典故)가 사용된 것이다. 그 인용의 출처와 내용을 검토해야 독해의 어려움을 줄일 수 있다.

[6] 주석에서처럼 ㉡부분은 많은 경우 「서」에서 사용된 비유적 표현의 의미를 해설하는데 할애되고 있다. 「서」 자체가 선종의 일파인 조동종의 종지를 서술한 글과 그림에 붙인 것이어서 비유적이고 상징적인 표현을 동반한 것은 자연스럽다. 김시습은 「서」에 나오는 비유와 상징을 일일이 풀이하고 있음을 어렵지 않게 확인하게 된다. 그런데 그러한 비유와 상징을 일일이 해설해서 직설적인 문장으로 표현하는 것을 선가(禪家)에서는 즐겨하지 않고 교가(敎家)의 방식이라고 치부하였다는 사실을 상기할 필요가 있다. 선가의 일반적인 방식이라면 아마도 원문에 상응하는 비유적이고 상징적인 짤막한 표현인 착어(着語)를 붙일 것이다.

㉢은 ㉠이나 ㉡으로 이해한 바를 시구로 바꾸어 표현하고 있는 부분이다. '흡사(恰似)', '소이도(所以道)~', '임마즉(恁麼則)', '작마생(作麼生)'과 같이 이끄는 말이 나오는 경우가 많다. '흡사(恰似)'는 글자 그대로 비유적 표현으로 이끄는 말로 쓴 것이고, '소이도(所以道, 그래서 다음과 같이 말한다)' 역시 다른 표현으로 바꾸기 위해 이끄는 말로 쓴 것이다. '임마즉

---

18) "芍藥 華艶可見 表繁興大用 經霜 蕩盡諸法義 翠色存云者 劫火洞然毫末盡 靑山依舊白雲中"

(恁麼則)'이나 '작마생(作麼生)'과 같은 말은 '이렇다면, 이러한즉', '어떤가, 어떻게'의 뜻인데 'ㄴ에서 해설한 바와 같다면'이라는 뉘앙스를 가지고 있다.

「조동오위군신도서요해」의 독해가 어렵게 느껴지는 것은 특히 이 ㄷ 부분이 있기 때문이기도 한데, 제시한 시구가 낯선 것들이다. 그렇지만 ㄷ 부분은 대개 김시습이 창작한 것은 아니고, 이미 있던 시구를 다시 이용한 것이기 때문에 만일 그 출처가 밝혀진다면 어려움이 절반으로 줄어들게 될 것이다. 그래서 독해를 위해서는 발품을 팔아서 출처를 일일이 찾는 작업을 하지 않으면 안 된다.

이제껏 편의상 ㄱㄴㄷ이라고 하고 특징을 논의했는데, 특징이 어느 정도 파악이 되었으므로 주석의 구성 요소 ㄱㄴㄷ에 적절한 명칭을 부여할 수 있게 되었다. ㄱ은 사의(詞義)를 해석(解釋)한 부분이니 '석사(釋詞)'라고 하고, ㄴ은 문의(文義)를 해석(解釋)한 부분이니 '석의(釋義)'라고 하고, ㄷ은 주로 선가(禪家)의 시구(詩句)이니 '선구(禪句)'라고 지칭하고자 한다.

몇몇 절에서는 석사, 석의, 선구가 다 나와서 석사+석의+선구로 된 경우도 있지만19) 모든 절이 그런 것은 아니다. 석사+석의로 된 경우,20) 석의+선구로 된 경우,21) 석의만으로 된 경우22)가 있다. 이를 종합해서 석사만으로 된 경우는 없으며, 석의는 어느 경우에나 있고, 선구는 석의를 동반하고서 나오는 것이 구성상의 특징이라고 파악할 수 있겠다. 또 석사와 석의의 비중이 크다는 점도 구성상의 특징으로 특기해 두고자 한다.

이제까지 세 부분으로 나누어 「조동오위군신도서요해」의 구성 방식

---

19) [2], [5], [8]이 해당한다.
20) [1], [3]이 해당한다.
21) [4], [6], [7], [10]이 해당한다.
22) [9]가 해당한다.

을 전체적인 데에서 부분적인 데로 옮겨 가면서 살펴보았다. 「요해」는 도륭의 「서」에 김시습이 주석을 가한 것이며, 주석은 조동오위에 대한 김시습의 이해에 입각해서 진행되었음을 알았다. 또 석사, 석의, 선구가 결합하여 일정한 패턴을 이루는 방식으로 구성되어 있으며, 선가의 입장에서는 교가의 글이라고 폄하할 수 있는 석사와 석의의 비중이 크다는 점도 알았다.

3. 전거

이 장에서는 앞 장에서 논의한 성과를 딛고 텍스트 안으로 한 걸음 더 들어가 보기로 한다. 텍스트를 구성하는 중심 내용인 석의, 선구의 각 부분에서 내용 파악을 힘들게 하는 구절들의 전거를 밝히고, 인용구의 대체적인 의미를 파악해 보기로 한다. 석사 부분은 앞 절에서 살핀 것 이상으로 특기할 내용은 없기에 제외한다.

전거를 확인해야 할 석의 부분으로 우선 다음과 같은 대목이 있다.23)

[1] 夫耳目藏於胎殼 宮商玄象徒施 半夜亡於暗明 乃有君臣父子
[1-2] (…중략…) 言最初一念不生時 但有圓融 豈有明暗二種 雖然當體湛寂 諸法緣性本自具足

여기에서 주목되는 것은 "雖然當體湛寂 諸法緣性本自具足"이라는 말이다. '당체(當體)'는 본성(本性) 또는 본체(本體)를 뜻하는 말이다. 「서」나 「요해」의 어세로 보아서 '본체' 쪽에 더 무게가 가는 말로 보인다.

---

23) 여기에서 인용한 원문의 번역은 이 책의 '역주편'으로 미룬다.

'잠적(湛寂)'은 잠연상적(湛然常寂) 정도의 뜻이며 본체의 맑고 고요한 상
태를 표현한다. 이어지는 "諸法緣性本自具足"은 잠연상적한 본체가 그
자체로 일체의 묘용(妙用)을 구비하고 있다는 말일 것이다.[24]

　　문제가 되는 것은 '제법연성(諸法緣性)'이라는 말이다. 필자가 찾아본
범위에서 이 말은 『대반야바라밀다경(大般若波羅蜜多經)』에 나오는 말로
확인될 뿐이다. 권333에 한 군데, 권453에 세 군데, 권 518에 두 군데 나
온다. 중복되더라도 사례 모두를 보이면 다음과 같다.

> 當知諸法緣性與諸菩薩摩訶薩衆 (권333)
> 諸法緣性亦是菩薩眞善知識　諸法緣性及緣起支亦與菩薩摩訶薩衆　當學諸
> 法緣性及緣起支 (권453)
> 諸法緣性亦是菩薩眞淨善友　諸法緣性及緣起支亦與菩薩摩訶薩衆 (권518)

　　'모든 법의 인연 성품[緣性]이 보살의 참되고 훌륭한 벗'이라는 뜻이
라고 한다. 권333에서는 번뇌를 끊는 것, 부처의 자비, 평정한 마음 등
'보살의 참되고 훌륭한 벗'이라고 무수히 열거된 것 가운데 하나가 '제
법연성(諸法緣性)'이다. 이처럼 등장하는 문맥이 체용(體用) 논의와는 관
계가 없으므로 경전에서 사용된 의미가 김시습의 주석에 그대로 전이
되었다고 하기는 어려울 것이다.

　　다음은 [2]의 전반부이다.

　　[2] 離暗去暗 逐明隨明 明暗交馳 還同水乳
　　[2-1] 離暗 不屬於無 去暗 不屬於有 逐明 不滯於色 隨明 不落於空 離 背
去 向也 逐 棄 隨 追也
　　[2-2] 明暗交馳者 從無入有 從有入無 色卽是空 空卽是色 回互不已 恰似

---

24) "설잠은 정중편의 경지를 원래의 뜻대로 당체담적으로 보면서도 제법연성이라는 현
　　실이 본래 스스로 구족하다는 입장을 밝히고 있다."(한종만, 『韓國曹洞禪史』, 불교영
　　상, 1998, 172면)

借婆衫子拜婆門 (…중략…)

[2-1]은 석사 부분이고 [2-2]로부터 석의 부분이 시작된다고 할 수 있으며 '흡사(恰似……)'에서는 선구 부분으로 전환되고 있다고 하겠다. 이 석의 부분은 「서」 구절의 비유적 의미를 풀이하는 역할을 하고 있는데, 낯이 익은 구절을 동반하고 있다. 그것은 바로 '색즉시공(色卽是空) 공즉시색(空卽是色)'이라는 구절이다. 주지하다시피 이 구절은 당나라 사람 현장(玄奘)이 옮긴 『반야심경(般若心經)』에 나온다. '명암교치'라는 「서」의 표현은 유무(有無), 공색(色空) 어디에도 걸림 없다는[回互] 뜻이라고 풀이하면서 『반야심경』의 구절을 끌어들였다. '색즉시공(色卽是空) 공즉시색(空卽是色)' 정도야 웬만한 불교인이라면 알 수 있는 익숙한 구절이니 전거를 굳이 밝힐 필요가 없다고 하겠지만 다음과 같은 경우는 사정이 많이 다르다.

[3] 若顯無功之用 妙在體前
[3-1] 常境無相 常智無緣 無緣而緣 無非三觀 無相而相 三諦宛然 蘋末風吹 水漲舡高 卽是無功之用

「서」의 '무공지용(無功之用)'을 풀이하기 한 대목인데, 4언으로 이어지는 여덟 구는 '즉시무공지용(卽是無功之用)'에 걸리고 있다. 그래서 '무공지용자(無功之用者)'로 시작할 것을 도치시키고 있다고 파악할 수 있다. 그런데 이곳의 여덟 구 가운데 뒤의 두 구는 어딘지 모르게 이질적이다. 앞의 여섯 구와는 달리 시적 표현으로 되어 있기 때문이다.

어쩐지 이질적인 구절을 연접시킨 것 같다는 느낌이 그릇된 것이 아니라는 것은 구절의 전거를 조사한 결과 알게 되었다. 이곳의 "常境無相 常智無緣 無緣而緣 無非三觀 無相而相 三諦宛然"은 그대로 수(隋)나라 관정(灌頂)의 「천태팔교대의(天台八敎大意)」나 고려(高麗) 체관(諦觀)의

「천태사교의(天台四教儀)」에 나오고 있는 말이다.

이제 「선구」의 전거를 본문에 나오는 순서대로 하나씩 살펴보기로 한다. 전거가 여럿일 경우가 있다. 이때는 김시습이 참조했을 것이라고 판단되는 문헌을 앞세우는 것이 타당할 것이다. 그래서 『인천안목(人天眼目)』,[25] 『벽암록(碧巖錄)』, 『경덕전등록(景德傳燈錄)』, 『선문염송(禪門拈頌)』, 『선문염송설화(禪門拈頌說話)』, 『오등회원(五燈會元)』, 그리고 제가어록(諸家語錄)의 순서로 찾아보았다. 만일 내용이 조금씩 다를 경우에는 「요해」와 완전한 일치를 보이는 것을 가장 앞세우기로 한다.

[2-2] 借婆衫子拜婆門

'노파의 적삼을 빌려 입고 노파의 문 앞에서 절한다'는 뜻이다. 조사한 범위에서 완전한 일치를 보이는 문헌은 발견할 수 없었지만 다음과 같은 유사한 용례는 찾을 수 있었다.

借婆裙子拜婆年 (『인천안목』, 『선문염송』 제13칙)
借婆裙去拜婆年 (『선문염송』 제5칙)
借婆帔子拜婆年 (『大慧普覺禪師普說』 권15, 권17)

문헌상의 쓰임으로는 '군자(裙子)' 자리에는 '피자(帔子)', '삼자(衫子)', '군거(裙去)'가 교체되어 들어가기는 하지만 '배파년(拜婆年)'을 '배파문(拜婆門)'으로 한 것은 확인하지 못하였다. 아마도 '借婆裙子拜婆年'이 널리 쓰인 형태였을 것으로 판단된다. 이때는 '노파의 옷을 빌려 입고 노파에게 세배하다'의 뜻이 되는데, 상대의 물건을 빼앗아서 그 상대를 공격한다는 뜻의 '기적마간적(騎賊馬趕賊, 도적의 말을 타고 도적을 쫓다)'과

---

25) 『인천안목』을 제일 앞에 둔 것은 『梅月堂集』에 「誠之來學人天眼目」이라는 시가 있다는 점에 근거를 둔다.

상통하는 말이다.26) 모두 상대의 본령(本領)을 그대로 응용(應用)하여 상대를 제압하는 것을 비유한다.27)

　　[2-3] 白雲乍可來青嶂 明月難敎下碧潭

'백운(白雲)은 잠깐 청장(青嶂)에 올 수 있지만, 명월(明月)은 벽담(碧潭)에 내려오게 하기 어렵다'는 뜻이다. 청장(青嶂)은 연이어 늘어선 높고 푸른 산봉우리, 벽담(碧潭)은 푸른빛이 감도는 깊은 못이다.

　　白雲乍可來青嶂 明月難敎下碧天 (韜光,「謝白樂天招」,『全唐詩』권823)
　　白雲乍可來青嶂 明月那敎下碧天 (『경덕전등록』권18)
　　白雲乍可來青嶂 明月難敎下碧天 (『선문염송』제164칙)

'벽천(碧天)'을 '벽담(碧潭)'으로 바꾸기는 했지만 당나라 때 승려인 도광(韜光)의 시를 끌어다 쓴 것임을 알 수 있다.28) 「요해」를 보면 김시습은 '유무(有無)에 막히지 않고', '하나이면서 둘이고 둘이면서 하나인' 경지, 그래서 언설(言說)로 일컬을 수 없는 경지를 어떻게 이해할 것인가 하는 의문에 대한 답으로 도광의 시구를 제시하였다. 그렇다면 김시습은 도광의 시구를, 이치와 이치를 깨닫고자 하는 수행자 사이의 관련을 말한 것으로 받아들였다고 생각된다. 수행자가 '명월(明月)'과 '벽담(碧潭)' 사이의 거리를 뛰어 넘는 일대 전환을 이룩해야 한다는 의미가 담겨있다고 본 것이다. 『경덕전등록』권18의 사례를 위시해서 '도리[道]와 사람[人]'의 관계를 말하면서 역시 도광의 시구를 인용하고 있는 사례가 있으니 그렇게 볼 충분한 근거가 있다고 생각한다.29)

---

　26) "此所謂借婆裙子拜婆年 騎賊馬趕賊也"(『선문염송설화』제13칙)
　27) 古賀英彦 편저,『禪語辭典』, 京都 : 思文閣出版, 1991, 192면.
　28) 작품 전문은 다음과 같다. "山僧野性好林泉 每向巖阿倚石眠 不解栽松陪玉勒 惟能引水種金蓮 白雲乍可來青嶂 明月難敎下碧天 城市不能飛錫去 恐妨鶯囀翠樓前"
　29) "鏡清因僧問 如何是人無心合道 師云 你何不問道無心合人 僧云 如何是道無心合

[3-1] 蘋末風吹 水漲舡高

'부평초 위로 바람이 스치고, 물이 불어나니 큰 배가 뜰 수 있다'는
뜻이다. 김시습은 이 구절이 '무공지용(無功之用)'을 표현한 구절이라고
하였다. '무공용(無功用)'은 '공(功)이라고는 없는 용(用)'이라는 말인데, 무
엇을 얻겠다, 무엇을 깨닫겠다, 무슨 목적을 이루겠다는 따위의 인위나
조작이 개입하지 않은 수행과 실천을 뜻한다. 참된 불도(佛道)의 수행은
무공(無功)의 수행이어야만 한다.[30]

> 水長船高 泥多佛大 (『벽암록』 제29칙)
> 水漲船高 泥多佛大 (『선문염송』 제168칙)
> 泥多佛大 水長船高 (『法演禪師語錄』 권상)

'물이 불어나면 배는 높이 뜨고, 진흙이 많으면 큰 불상을 만들 수 있
다'는 말이다. '땅이 비옥하니 가지가 크다[地肥茄大]'고 하기도 한다.[31]
이때 '수장(水長)'(혹은 '水漲'), '이다(泥多)', '지비(地肥)'는 각각 '선고(船
高)', '불대(佛大)', '가대(茄大)'의 전제가 된다. 그런데 '빈말풍취(蘋末風吹)'
라고 하게 되면 그러한 논리 구조가 깨지게 된다. 어떻게 보아도 '빈말
(蘋末)'이 '풍취(風吹)'의 전제가 된다고 볼 수는 없기 때문이다. 아마도
김시습은 '어떤 조작도 하지 않고 자연 그대로인 상태'를 표현하는 시
구로 변개한 것이 아닌가 생각된다. 수초 끝에 바람이 불고 물이 불어
나 배가 높아진 것은 누가 억지로 그렇게 해서 되는 것이 아닌 것이다.

人 師云 白雲乍可來靑嶂 明月那教下碧天"(『선문염송』 제699칙)
30) 무공(無功), 무공용(無功用)에 대해서는 禪學大辭典編纂所 편, 『新版 禪學大辭典』,
東京：大修館書店, 1985, 1202면 참조.
31) 松原泰道, 『禪語百選』, 東京：祥傳社, 1972, 216~217면. 이 부분의 번역이 柳淞月
選解, 『禪名句二百選』, 홍신문화사, 1979, 184~185면이다. 『신판 선학대사전』, 1182면
에 '水漲船高泥多佛大' 항목이 있다.

[4-1] 一徑森森人不到 黃金殿上綠苔生

　'한 가닥 길이 우거져 사람이 이르지 않으니, 황금 궁궐 위에 푸른 이끼가 돋았다'는 뜻이다. 김시습은 일체의 유위(有爲)인 복탁(卜度)·언어(言語)·견해(見解)를 날로 탕진한다는 뜻을 표현하기 위해서 썼다. 본고에서 검토한 범위 내의 문헌에서는 '옥전태생(玉殿苔生)' 정도의 용례가 보인다.

　　亘云 王居何位 南泉曰 玉殿苔生 問師 玉殿苔生意旨如何 師曰 不居正位 (『曹山錄』)

　육긍대부(陸亘大夫)가 남전(南泉)에게 "왕은 어느 자리에 거처합니까?"라고 묻자 남전이 "옥전(玉殿)에 이끼가 끼었습니다"라고 대답하였다. 이를 두고 조산(曹山)과 한 승려가 대화를 나누었는데, 조산은 '옥전태생(玉殿苔生)'은 '정위에 자리하지 않는다'는 뜻이라고 하였다. 이로 미루어본다면 '황금전상록태생(黃金殿上綠苔生)' 역시 '불거정위(不居正位)'의 취지를 은유적으로 표현한 것이라고 해석할 수 있겠다.
　『조산록』에 보이는 '옥전태생'보다 더 일치하는 용례를 찾을 수는 없었다. 아마도 김시습의 창작이 아닌가 한다. '심경태생(心徑苔生)'(『曹山大師語錄』)이라는 말이 있는 것을 보면, 마음[黃金殿]에 일체의 유위(有爲)가 끊어졌음[人不到]을 표현한다고 해석할 수 있는 길이 열려 있다고 본다.

　[5-2] 須踏金剛圈 吞栗棘蓬 駕泥牛於海底 鞭木馬於火裏

　'모름지기 금강권(金剛圈)을 밟으며 율극봉(栗棘蓬)을 삼켜서, 진흙소를 바다 밑바닥에서 타고 나무말을 불 속에서 채찍질해야 한다'는 뜻이다.

　　金剛圈栗棘蓬 作麼生吞透 (『인천안목』)

栗棘蓬 你作麽生呑 金剛圈 你作麽生跳 (『선문염송』제1402칙)
且道 透金剛圈 呑栗棘蓬底是甚麽人 (『오등회원』권20)

　'금강권(金剛圈)'은 금강으로 된 우리라는 말로서, 번뇌 망상 등의 견고한 굴레를 비유하는 말이다. 김시습이 '답금강권(踏金剛圈)'이라고 한 것은 『선문염송』에 비추어 볼 때 '도금강권(跳金剛圈, 금강의 우리에서 뛰어나오다)'과 같은 뜻으로 풀이해야 할 것이다.

　'율극봉(栗棘蓬)'은 가시 돋친 밤송이로, 도저히 삼키기 힘든 것이니 돌파하기 어려운 관문을 비유한다. 그래서 '透金剛圈呑栗棘蓬'은 돌파하기 어려운 관문을 돌파해서, 일체의 속박에서 벗어나 자유롭게 되었다는 뜻이 된다. 또 종횡으로 자재한다는 뜻도 된다.

　구절이 정확히 일치하지는 않지만 진흙 소가 바다에 들어가고 목마가 불 속에 들어간다는 발상은 낯설지 않다. 진흙으로 만든 소를 물에 넣으면 무너져 내리고, 나무로 만든 말은 불에 넣으면 타버리고 만다. 그런데도 바다 밑에서 진흙소를 타고 불 속에서 목마를 채찍질한다고 했으니 중생의 소견을 넘어선 경지에서 보이는 행동이라고 보아야 할 것이다.

　[5-2] 一毛孔裏現寶王刹 一微塵中轉大法輪

　'한 터럭 끝에 보왕(寶王)의 세계를 드러낼 수 있으며, 미세한 티끌 속에서 큰 법륜(法輪)을 굴린다'는 뜻이다. 보왕은 부처, 보왕의 세계는 곧 불국토(佛國土)이다.

於一毛端現寶王刹 坐微塵裏轉大法輪 (『大佛頂首楞嚴經』권4)
便於一毫端上現寶王刹 向微塵裏轉大法輪 (『벽암록』제78칙)
以一毛端裏 有無量諸佛轉大法輪 於一塵中現寶王刹 (『경덕전등록』권21)

『능엄경』 구절의 변형임을 금세 알 수 있다. 『능엄경』의 앞뒤 구절을 보면, 큰 것과 작은 것에 구애되지 않아서 작은 것 가운데 크고 무량한 것을 나타내는 부처의 불가사의한 능력[威神]을 표현한 말이다.

[6-1] 劫火洞然毫末盡 靑山依舊白雲中

'겁화(劫火)'가 훨훨 타서 털끝마저 다하되, 청산(靑山)은 백운(白雲) 가운데 변함이 없다'는 뜻이다. '겁화(劫火)'는 세상이 파멸할 때 일어난다고 하는 큰불이다.

世界壞時云云者 劫火洞然毫末盡 靑山依舊白雲中也 (『선문염송설화』 제468칙)
劫火洞然毫末盡 靑山依舊白雲中 (『오등회원』 권17)
劫火洞然毫末盡 靑山依舊白雲中 (『圓悟佛果禪師語錄』 권2)

세 곳 모두 글자의 출입이 없이 완전히 일치함을 확인할 수 있다.

[7-1] 撒手那邊千聖外 回程堪作火中牛

'천성(千聖) 밖 어디에서 손을 놓고서, 길을 돌려 불 속의 소가 되는구나'의 뜻이다. '살수(撒手)'는 손에 쥐고 있던 것을 놓아버리는 것, 기성의 것을 내던지는 것을 말한다. '천성외(千聖外)'는 천성부전(千聖不傳)의 경지를 뜻한다. 수천의 부처나 조사(祖師)도 엿보거나 언어문자(言語文字)로 전하거나 할 수 없는, 수행자 스스로가 체험한 깨달음의 절대적 경지를 말한다. '화중우(火中牛)'는 보살이 생사의 고통 속에 들어가 중생을 구제하는 것이다.[32]

撒手那邊千聖外 廻程堪作火中牛 (『경덕전등록』 권29 「同安察禪師十玄談」

---

32) 「현기(玄機)」에 대한 해설은 이원섭, 『선시』, 민족사, 1992, 217~222면을 참조하였다.

가운데 「玄機」)

良久云 還會麽 撒手那邊千聖外 迴程堪作火中蓮 (『선문염송』 제1006칙)

김시습의 「십현담요해」에서 "撒手那邊千聖外 回程堪作火中牛"에 대한 주석을 보면, 일천 성현의 비단 방석에 앉지를 않고서 문득 손을 떨치고 돌아와서 남을 위하여 수고하는 것이라고 하였다. 또 '회정(廻程)'은 정위(正位)에도 거(居)하지 않고 편위(偏位)에도 있지 않는 것을 말한다고 풀이하고 있다.[33]

[8-2] 片月影分千澗水 孤松聲任四時風

'조각달 그림자는 천 갈래 강에 비치고, 외솔 소리는 사철 바람결에 맡긴다'는 뜻이다.

片月影分千澗水 孤松聲任四時風 (『경덕전등록』 권29)

『경덕전등록』에 승윤(僧潤)의 시 세 편이 실려 있는데, 세 번째 작품인 「증선객(贈禪客)」에 들어 있는 구절이다.[34] 필자가 조사한 범위에서는 『경덕전등록』에서 보일 뿐이다.

[10-1] 偏正兩位俱不觸 堂堂終不落今時

'편정(偏正)의 양위(兩位)에 모두 거슬리지 않으니, 당당(堂堂)해서 끝내 금시(今時)에 떨어지지 않는다'로 해석된다. '금시(今時)'는 지금이라는 뜻인데 이곳에서는 '구원(久遠), 나변(那邊), 본분(本分)' 등과 대가 되는 말

---

33) 매월당집에는 '회정(廻程)'으로 되어 있다. 『梅月堂全集』, 성균관대 대동문화연구원, 1973, 400면.

34) 작품 전문은 다음과 같다. "了妄歸眞萬慮空 河沙凡聖體通同 迷來盡似蛾投焰 悟去皆如鶴出籠 片月影分千澗水 孤松聲任四時風 直須密契心心地 休苦勞生睡夢中"

로 쓰였다.

智云 霜眉雪火中出 堂堂終不落今時 (『인천안목』)
如何是佛向上人 師曰 不帶容問 凡有展拓 盡落今時 (『오등회원』 권6)

지금까지 석의와 선구 부분에 나타난 인용구의 출처를 확인하고 의미를 간략히 풀이해 보았다. 인용된 구절들이 김시습의 글 속에 들어와서 의미가 계승되는지 아니면 어떤 의미를 새롭게 창출하는지 따져 보아야 할 텐데 그것은 본고에서 다루고자 하는 범위를 넘어서므로 차후의 연구에서 감당하고자 한다.

4. 위상

조동오위의 세 번째 자리에 정중래가 오건 겸중지가 오건 대의를 손상하지 않으니 무방하다고 한 것을 앞 장에서 보았는데, 이 점은 조동오위를 이해하는 김시습의 독특한 관점과 관련해서도 음미되어야 할 것이다.[35] 왜냐하면 조동오위가 '정중편—편중정—정중래—겸중지—겸중도'로 전개되며, 이것은 곧 인식과 실천이 전환되고 심화되어 가는 단계를 함축한다고 보는 관점을 받아들인다면 순서가 바뀐 것은 중대한 차질이 된다고 할 것이기 때문이다. 또 논자에 따라서 정중래가 오위를 통어하는 관건이 되는 자리에 있다는 관점을 취하기도 하는데, 그럴 경우에는 순서를 바꾼 것이 더더욱 잘못되었다고 하게 될 것이다.[36]

---

35) 한종만, 앞의 책, 177면에서는 '설잠의 입장에서는 오위설(五位說) 전체를 상즉의 원리와 격외선의 도리로 파악하고 있기 때문에 순서가 바뀌었어도 문제가 안 된다는 것이다'라고 하였다.

김시습이 오위의 순서가 바뀌어도 무방하다고 한 것은, 자신은 오위가 인식과 실천에 있어서 단계적이고 점진적인 어떤 정해진 순서(위계)를 의미한다고 보지 않는다는 뜻으로 해석할 수 있다. 바꾸어 말하자면 오위는 불교의 이치에 대한 인식과 실천이 가질 수 있는, 서로 대등한 다섯 가지 가능태를 범주화한 것으로 본다는 뜻이다. 김시습과 같은 관점에 서고 보면 오위에 어떤 중심이나 최종적인 도달점이 있다고 하기는 어렵다.

앞에서 본 바와 같이 「요해」의 선구 부분은 거의가 이미 있는 표현을 가져다 쓴 것이다. 선구 부분에서 인용의 대상이 된 문헌으로는『경덕전등록』・『인천안목』・『벽암록』・『선문염송』등이 있다. 김시습이 창작한 것으로 보이는 선구라고 해도 이미 있는 표현의 조합이라고 해도 크게 틀리지 않을 정도의 것이다. 석의 부분에서 경전이나 논서를 인용하는 것은 빈도가 그리 높은 편이 아닌데, 선구 부분에서는 그렇지 않다. 선구 부분은 인용으로 점철되어 있다고 보아야 하고, 또 그런 만큼 김시습은 이미 있는 표현을 덧붙이는 자리를 의도적으로 마련한 것이 아닌가 하고 추측하게 된다. 이러한 면모를 어떻게 해석해야 할 것인가?

선구 부분에서 보인 특징적인 면모는 김시습이『경덕전등록』・『벽암록』・『선문염송』과 같은 저작이 요청되고 널리 보급된 시대에 살았던 인물이라는 점을 염두에 두어야 이해할 수 있다고 생각한다. 김시습은『벽암록』・『경덕전등록』・『선문염송』이 나오기에 이른 동아시아 선종사의 흐름 속에 위치하고 있다.『경덕전등록』과『벽암록』은 선문답이나 선사상을 세련된 고전으로 정형화한, 그래서 화려한 문자선(文字禪)의 길을 연 저작이며[37]『벽암록』은 중국에서『선문염송』은 고려에서 만들

---

36) 이런 견해에 대해서는 최귀묵, 앞의 책 제2부에 실린 논문「조동오위와 유불 교섭」에서 한 번 살펴보았다.

37) 柳田聖山, 안영길・추만호 역,『禪의 思想과 歷史』, 민족사, 1989, 250~252면.

어낸 문자선의 결정판이라고 할 저작이다. '우주의 진리와의 그윽한 결합을 지향하는 것은, 반드시 거기에서 흥취 나는 한 구절을 토로하지 않고는 못 배기게'[38] 하는데, 이들 저작은 그런 시구를 한데 모아놓은 것이기에 시(詩) 정신으로 충만해 있다. 문자선의 시대에는 이들 저작에 나오는 시구를 음미하고 활용하고 전승하는 풍조가 뚜렷한 흐름을 형성하였다.

김시습이 문자선의 자장(磁場) 속에 놓여 있다는 말은 곧 승려들이 설법을 한다거나 착어(着語)를 할 때, 또 선구를 제시할 상황에 맞닥뜨렸을 때에는 이들 공안집에 나오는 말을 끌어다 쓰는 관습이 자리 잡은 시대에 김시습이 살았다는 뜻이 된다. 수많은 선구들을 모아 놓은『벽암록』이나『선문염송』은 가져다 쓸 표현의 저장고라고 할 수 있다. 그 저장고를 활용해서 적절한 표현을 제시하는 것은 승려의 능력을 가늠하는 척도의 하나였을 것이다.

앞에서 본 바와 같이「요해」의 석사 부분은 분량이 상당하고 풀이가 세밀하다. 글자마다 일일이 풀이해 주려고 하는 자상함이 느껴진다. 또 의심의 여지는 다 없애겠다고 하는 집요함 같은 것도 느껴진다. 또「요해」의 석의 부분에서는 산문으로 개념을 풀이하면서 필요에 따라서는 경전이나 논서에서 구절을 따와서 인용하기도 하였다. 석의 부분에서 인용된 문헌을 열거해 보면『대반야바라밀다경』,『반야심경』,「천태사교의」등이다.[39] 선가(禪家)의 글임이 분명한「서」에 주석으로 붙여진 글인「요해」가 이렇듯 세밀한 사전적 풀이를 갖추고(석사 부분), 산문으로 개념을 풀이하고 경전과 논서를 인용함으로써(석의 부분) 교가(敎家)의

---

38) 위의 책, 253면.
39) 석의 부분에서처럼 경전이나 교종의 저술을 인용하고 있는 것은『매월당전집』에 실린「십현담요해」에서도 마찬가지이다. 거기에 보면『화엄경』·『능엄경』·『열반경』등이 수차에 걸쳐 인용되고 있다. 또 김시습은「華嚴釋題」와 같이 경전에 대한 '석제(釋題)'를 쓰기도 했고 의상의「법계도」에 주석을 붙이기도 하였다.

글에 근사하게 된 것을 어떻게 이해하면 좋을까?

석의 부분에서 경전이나 교학의 성과를 인용하고 있는 것은 대개 선구 앞에서 이루어지고 있다는 사실이 의문을 해결하는 관건이라고 본다. 석사에 이어지는 석의, 그것과 선구의 결합은 김시습이 교학의 안목을 가지고 주석을 붙이고 있다는 것을 알게 하는 동시에, 「서」의 내용을 석의의 방식으로 이해할 수도 있고 선구의 방식으로 이해할 수도 있다는 것을 보이고 있어서, 두 방식의 효용성이 모두 긍정되고 있다는 것을 알게 한다. 이해 방식뿐만 아니라 표현 방식에 대해서도 같은 말을 할 수 있는데, 김시습은 석의와 같은 글쓰기 방식과 선구와 같은 글쓰기 방식이 그것대로의 의의가 있으며 두 글쓰기 방식의 결합이 이해를 증진시키는데 기여한다고 보았음을 알 수 있다.[40]

김시습이 「요해」에서 보인 것처럼 경전이나 교가의 저술을 이용해서 자기 생각을 전개하는 것을 선가에서는 어떻게 평가할까? 다음은 『벽암록』 제78칙에 있는 대목인데, 그 문제와 관련해서 시사하는 바가 적지 않다.

> 「본칙(本則)」 : 옛날에 열여섯 보살이 있었는데, 스님들을 목욕시킬 때 여느 때처럼 욕실에 들어갔다가 홀연히 물의 인연을 깨쳤다. 모든 선덕(禪德)들이여, 저네들이 "오묘한 감촉 또렷이 빛나며 부처님의 아들이 되었네"라고 말했는데, 이를 어떻게 이해해야 하는가? 모름지기 종횡으로 자재해야 만이 비로소 그처럼 할 수 있다.
>
> 「평창(評唱)」 : (……) 설두 스님은 교학(教學)의 이야기를 들어 사람들이 오묘한 감촉이 있는 곳을 이해하도록 하였다. 교학의 안목을 발휘하여 송(頌)을 함으로써, 사람들이 교학의 그물[教網]에 덮여 반은 취하고 반은 술 깬 그 상태에서 벗어나 대뜸 말끔하고 고준한 경지로 나아가게 해 주었다. 송은 다음과 같다.
>
> 「송(頌)」 : (생사의) 일을 마친 납승은 한 사람이다.

---

40) 「조동오위요해」에 나타난 김시습 철학 사상의 중심 명제인 '一而二 二而一', '回互 不回互' 등은 이해의 방식이나 글쓰기의 방식에 대한 생각도 포괄하고 있다고 본다.

긴 침상 위에 다리 펴고 누웠네.
꿈속에서 원통(圓通)을 깨달았다 말하니
향수로 씻었다 해도 낯짝에 침을 뱉으리라.[41]

이곳의 「본칙」과 「송」은 설두중현(雪竇重顯, 980~1052)이 썼고, 「평창」
은 원오극근(圜悟克勤, 1063~1135)이 썼다. 설두중현이 「본칙」과 「송」을
모아서 『송고백칙(頌古百則)』을 엮었는데, 원오극근이 거기에 「평창」을
덧붙여서 만든 것이 『벽암록』이다.

인용한 제78칙의 「본칙」은 『능엄경(楞嚴經)』에 있는 이야기를 끌어와
서 제시한 것이다. 김시습은 경전이나 논서에서 가져온 말로 석의 부분
을 채우고 곧바로 이어서 선구를 제시하고 있는 데, 이 점은 설두중현
이 『능엄경』에서 따온 이야기로 「본칙」을 구성하고 바로 이어서 「송」
을 제시한 것과 상통한다고 생각된다. 여기서 특히 주목해서 볼 대목은,
교학의 안목을 발휘하여 송을 함으로써 사람들이 교학의 그물에서 벗
어나 고준한 경지로 나아가게 해주고 있다는 원오극근의 평가이다. 설
두중현이 제기한 「송」은 교학의 굴레를 벗어나, 선종에서 추구하는 바
인 깨달음을 얻게 한다는 평가인 것이다.

원오극근의 말은 교학에 대한 선학의 우위를 확신하는 입장을 반영
한다고 할 수 있다. 그런 원오극근의 입장에서 석의 부분을 본다면 김
시습은 '교학의 그물'에 걸려들어 있다고 평가할 것이다. 석사 부분까지
고려하면 그물도 이만저만 단단한 그물이 아니라고 말할 것이다. 그런
데 만일 석사와 석의를 '교학의 그물'로 생각했더라면 「요해」와 같은

---

41) 번역은 백련선서간행회, 『벽암록』하(선림고경총서 37), 장경각, 1993, 70면에 있다.
"「本則」擧 古有十六開士 於浴僧時 隨例入浴 忽悟水因 諸禪德 作麼生會他道 妙觸
宣明 成佛子住 也須七穿八穴始得 「評唱」(…중략…) 雪竇拈他敎意 令人去妙觸處
會取 出他敎眼頌 免得人去敎網裏籠罩 半醉半醒 要令人直下灑灑落落 頌云 了事衲
僧消一箇 長連床上展脚臥 夢中曾說悟圓通 香水洗來驀面唾" 원문은 번역본 뒤에
부록으로 영인되어 있으며 44~48면에 있다.

글은 애당초 성립하지 않았을 것이다. 그런데도 「요해」와 같은 글이 이루어졌고 게다가 「요해」 전체에서 석사와 석의가 차지하는 비중이 아주 크니 김시습은 원오극근과는 선명하게 구별되는 입각점을 가졌다고 보아야 할 것이다. 원오극근의 종파적 태도와는 달리 김시습은 교가의 이해 방식과 글쓰기 방식을 그것대로 존중하려는 태도를 취하고 있는 것이 아닌가 한다.

「요해」 어디에도 교가의 이해 방식과 글쓰기 방식에 대한 부정적인 진술이 없는 것은 물론이려니와 다음과 같은 대목에서는 교가의 그것과 선가의 그것을 아주 자연스럽게 결합시키려 하고 있다는 느낌을 강하게 준다.

> [3] 若顯無功之用 妙在體前
> [3-1] 영원한 경계는 모습이 없고 영원한 지혜는 인연함이 없다. 인연함이 없으면서 인연하므로 삼관(三觀)이 아닌 것이 없고, 모습이 없으면서 모습이 있으므로 삼제(三諦)가 완연하다. 부평초 위로 바람이 스치고, 물이 불어나니 큰 배가 뜰 수 있다. 이것이 곧 '무공의 작용'이다.42)

앞에서 확인한 바와 같이 「천태사교의」에서 따온 구절을 제시하고, 네 자씩 이어지는 흐름을 받으면서 "蘋末風吹 水漲舡高"라는 상당히 이질적인 구절을 덧붙이고 있다. 본고의 이해에 따르면 석의 방식에서 자연스럽게 선구 방식으로 넘어가고 있는 것이다. '무공지용'은 "常境無相 …… 三諦宛然"이라는 철학적 개념의 논리적 연쇄로 풀이할 수도 있지만 "蘋末風吹 水漲舡高"라는 시구에 의한 메타포로 표현할 수도 있다고 보는, 곧 석의 방식과 선구 방식이 다 쓰일 수 있다고 보는 것이 김시습 주석의 독특한 입장이라는 것을 잘 드러내주고 있다고 생각된

---

42) "常境無相 常智無緣 無緣而緣 無非三觀 無相而相 三諦宛然 蘋末風吹 水漲舡高
即是無功之用"

다. 연속되는 여덟 구는 "即是無功之用"의 풀이로 수렴되고 있으며, 그 점에서 석의 방식과 선구 방식은 서로 보완적이라고 해야 한다. 이렇게 교학과 선학의 소통 내지 회통은 「요해」를 저술한 김시습 문제의식의 중핵을 이루는 것이었다고 보는 것이 필자의 판단이다.

교학과 선학의 회통이라는 문제의식은 어디에서 말미암은 것인가? 그것은 한국 불교의 특색을 이루는 문제의식이 아니었던가? 필자는 김시습이 석의와 선구를 자연스럽게 연결시키면서 「서」를 이해하는 두 가지 방식으로 인정하고 있는 것은 김시습 사상과 글쓰기의 한국적인 면모를 보인 것으로 이해해야 한다고 본다. 이 말은 김시습의 사상과 글쓰기가 조선 전기까지 이어온 한국 불교의 문제의식을 계승하고 있다는 데서 역사적 위상을 찾고자 한다는 뜻이다. 석의 부분을 통해서 얻을 수 있는 깨달음, 그것을 한국 불교사에서 도드라지게 쓰인 용어로 지칭한다면 아마도 지눌(知訥, 1158~1210)이 즐겨 쓴 '해오(解悟)'라는 말에 근사할 것이다. 김시습은 완전한 이해, 깨달음인 '증오(證悟)'에 도달하기 위해서 지적인 이해에 근거한 '해오'가 필요하다는 생각을 가졌다고 평할 수 있다. 그 점에서 김시습은 전혀 지눌 이후 한국불교의 문제의식을 계승하고 있다고 할 수 있다. 「천태사교의」 글쓰기와 『선문염송』 글쓰기가 「요해」에서 결합한 것은 한국 불교 고유의 문제의식이 김시습을 만나서 이루어 낸 독창적인 장면이라고 평가하고 싶다.[43]

김시습이 교학과 선학의 소통 내지 회통이라고 하는 고려 말 이래의 한국 불교 고유의 문제의식을 계승하였다고 했지만 그 둘이 서로 완전히 대등하다고 보았다는 뜻은 아니다. 석의를 통해서 얻을 수 있는 '해오'는 엄연히 한계가 있는 것이라는 것이 김시습의 생각이었다. 석의의

---

43) 이 가설이 타당한 것으로 입증되기 위해서는 교학 쪽에 가까운 석의 부분과 선학 쪽에 가까운 선구 부분이 내용적으로도 소통 내지는 회통된다는 것까지 보여야 한다. 그렇지만 본고에서는 이해 방식, 글쓰기 방식에서 발견할 수 있는 회통의 면모를 확인할 따름이고 구체적인 내용 검토를 할 여유를 가지지 못한다. 그것은 후속 논문에서 다룰 과제로 미루어 둔다.

한계에 대해서 말한 것으로 다음 부분이 아주 선명하다.

[2] 離暗去暗 逐明隨明 明暗交馳 還同水乳

[2-3] 이와 같다면 언설로도 이르지 못하며 현묘(玄妙)(한 지혜)로도 이해하지 못한다. 이 같은 경우에는 어떻게 이해할까? 백운(白雲)은 잠깐 청장(靑嶂)에 올 수 있지만, 명월(明月)은 벽담(碧潭)에 내려오게 하기 어렵다.44)

중간에 생략되어 있는 [2-2]는 석의에 해당한다. 아무리 사량분별(思量分別)에 의해서 '지해(知解)'를 얻은들 어떻다 말로 표현할 수도 없고 현묘한 도리라고 하고 말 수도 없는 경지가 있다. 그렇게 언설도 아니고 현묘도 아닌 경지는 어떻게 아는가? 김시습의 답을 보면, 교학의 산문적인 언설이 아니고 표면적인 해석으로는 하나도 현묘할 것이 없는 선구로 제시하는 수밖에는 없다고 하고 있다. 설명하고 설명을 뛰어 넘고, 논리를 직관적 통찰로 넘어서고, 산문으로 말한 바를 시로 넘어서고, 직설의 폐쇄성을 메타포의 개방성으로 넘어서는 것이다. 석의의 공능을 인정하고 그 공능을 다하도록 해야겠지만 선구로 넘어서야 한다. '지해'에서 출발하는 '해오'를 인정하면서도 '증오[頓悟]'의 체험으로 넘어가야 함을 말하는, 지눌 이래 한국 불교의 문제의식이 계승되고 있음을 여기서도 분명히 확인하게 된다. 한 가지 더 첨언하자면 세밀하기 그지없는 석사 부분이 있다는 것은 점진적 이해와 비약적 이해를 결합시키려는 의도가 얼마나 진지하고 강력한 것이었는지를 도리어 잘 보여준다고 하겠다.

김시습은 교학과 선학의 소통 내지 회통이라고 하는 한국 불교 고유의 문제의식을 내면화하고 있었으며 그것이 (석사+)석의와 선구의 결합이라는 방식으로 표출되고 있음을 살펴보았다. 「요해」를 이어서 「조

---

44) "伊麼則不可以言說稱 不可以玄妙會 正當恁麼時 作麼生解會 白雲乍可來靑嶂 明月難教下碧潭"

동오위요해」에서 두 번째로 나오는 글인 「단하서요해」에서는 불교와 유학(성리학)의 회통이라는 문제의식이 전면화한 것이 특징이다.[45] 김시습은 「조동오위요해」를 이루는 두 글을 통해서 교학과 선학, 불교와 유학의 회통을 이루려는 야심에 찬 시도를 한 것이다. 교학과 선학, 불교와 유학의 회통은 고려 후기에서 조선 전기까지 우리 사상계를 이끈 문제였다고 할 때, 「조동오위요해」를 통해서 사상과 글쓰기에서 김시습이 어느 정도로 당대의 문제에 진지하게 대응하고자 했는지를 알게 된다.

이 절에서 크게 세 가지로 나누어 논의한 바를 한번 정리해 보자. 김시습은 조동오위의 오위가 인식과 실천의 대등한 양상을 다섯으로 범주화한 것으로 이해하였다. 이것이 조동오위 해석에서 차지하는 김시습의 위상이다. 김시습은 표현의 저장고라 할 수 있는 공안집에서 선구를 가져다가 활용하였다. 동아시아 공안선(문자선)의 흐름 속에 김시습이 놓여 있다. 김시습은 교학과 선학의 소통 내지 회통이라는 한국 불교의 문제의식을 계승하고 있다. 이러한 점들이 김시습이 한국 불교사상과 글쓰기에서 차지하는 위상이다. 「요해」라는 짧막한 한 편의 글을 통해서 전에 볼 수 없었던 글쓰기 방식을 실험하고, 동아시아 불교사의 흐름을 수용하면서도 한국 불교의 문제의식을 계승한 성과를 뚜렷하게 보인 것이 김시습의 공로이자 사상과 글쓰기의 역사적 위상이라고 하겠다.

5. 맺음말

지금까지 「조동오위군신도서요해」의 구성 방식을 파악하고, 글 속에

---

45) 「단하서요해」에서 어떤 방식으로 불교와 유학의 회통을 꾀했는가는 필자의 선행연구에서 자세히 다룬 바 있다.

들어 있는 구절들의 전거를 확인하고, 글을 기저에서 떠받치고 있는 문제의식을 확인해 보았다. 그러면서 김시습 사상과 글쓰기의 위상도 드러내게 되었다.

석사·석의·선구로 이루어져 있다는 것을 보여 글의 구성상 특징을 확인하였다. 석사, 석의 부분에 인용된 구절들의 전거를 하나하나 확인함으로써 독해를 가로막는 요인 가운데 큰 것 하나가 해소되었다고 생각한다. 김시습은 동아시아 선종 글쓰기를 계승하면서 한국 불교 글쓰기의 과제인 교선의 회통이라는 과제를 의식하고 있었다는 것을 밝힐 수 있었다. 교선의 회통을 딛고서 「단하서요해」에서는 불교와 유학의 회통을 말할 수 있었다. 필자는 그러한 시도가 기일원론을 모색하는 것으로 귀착되었다고 보는데, 그러한 판단의 적부를 떠나서 김시습의 문제의식의 폭과 역사성을 확인한 것은 작지 않은 성과라고 생각한다.

김시습이 교선의 회통이라는 문제의식을 가졌다는 것은 글의 구체적 내용을 검토해서 입증되기 전까지는 가설일 따름이다. 본고에서는 「조동오위군신도서요해」의 구성, 전거, 위상을 살폈지만 구체적인 내용 검토에 이른 것은 아니다. 전거는 어디까지나 전거일 뿐이라고 할 수 있다. 다른 글에서 가져온 구절들이 김시습의 글 속에서는 어떤 의미를 새롭게 창출하는지, 김시습의 사상은 어떻게 정리되어 가는지 살피는 연구에 이르러야 표면이 아닌 내면으로 더 깊이 들어갈 수 있을 것이다. 김시습이라면 개념을 논리적으로 분석하고 용어를 엄밀하게 구사하면서 많은 유보 조건을 다는 근대 논문 글쓰기를 이용하면서도 넘어서야 한다고 할 텐데 이 글은 그런 소망스러운 경지와는 거리가 아주 멀다. 이 글이 그런 데까지 나아가기 위한 작은 징검다리가 될 수 있기를 소망한다.

「단하서요해」에 나타난 기(氣)에 대한 김시습의 견해

1. 머리말

　필자는 그동안 김시습(金時習, 1435~1493)의 「조동오위요해(曹洞五位要解)」를 대상으로 한 연구를 진행하여 왔다. 「조동오위요해」를 근거로 삼아서 김시습의 사상과 글쓰기의 관련성을 검토하였고,[1] 「조동오위요해」를 구성하고 있는 첫 번째 글인 「조동오위군신도서요해(曹洞五位君臣圖序要解)」의 구성·전거·위상을 검토한 바 있다.[2] 이러한 연구를 통해서 「조동오위요해」에서 김시습은 기(氣)를 중심에 놓고 자기 사상을 정립하였으며, 김시습의 사상과 글쓰기는 교선(敎禪)의 회통이라는 한국 불

---

1) 최귀묵, 『김시습의 사상과 글쓰기』, 소명출판, 2001.
2) 최귀묵, 「「曹洞五位君臣圖序要解」 연구－구성, 전거, 위상에 대한 논의」, 『先淸語文』 32집, 서울대 국어교육과, 2004.

교의 문제의식을 수용한 위에서 마련되었다는 결론을 얻을 수 있었다.

하지만 「조동오위요해」에 나타난 김시습의 사상이 기(氣)를 중심으로 한 것인가, 곧 필자가 주장하듯이 기일원론(氣一元論)인가 하는 점에 대해서는 여전히 논란이 있어서 논거를 보완할 필요가 있다.3) 이에 더해서 근래에 김시습의 사상을 선불교 쪽에서 접근해서 해명한 결과 '선불교적 현실주의'라고 할 수 있다는 견해가 제출되어 역시 함께 검토할 필요가 있다.4) 이 글에서는 여러 동학들의 선행 연구를 염두에 두면서 김시습의 사상을 어떻게 파악할 것인가 하는 논란에 새로운 각도에서 접근해 보고자 한다.

김시습의 기에 대한 견해가 어떠하며, 그것이 불교 사상과는 어떠한 관계가 있는지 논의하기에 가장 적합한 자료가 「조동오위요해」에 두 번째로 수록된 글인 「단하자순선사오위서(丹霞子淳禪師五位序)」일 것이다. 「단하자순선사오위서」는 조동종(曹洞宗)의 개조(開祖)인 동산양개(洞山良价, 807~869)가 제창한 정편오위(正偏五位)에 북송 때의 선승 단하자순(1064~1117)이 붙인 「서」를 김시습이 '요해(要解)'한 내용이다. '요해'는 요체를 밝힌 간략한 글이라는 말일 텐데, 기본적으로 주석 글쓰기 방식으로 된 글이어서 수미(首尾)를 갖춘 체계적인 논설이라고 하기는 어렵다. 그렇지만 좀 더 세밀하게 읽을 때, 기에 대한 김시습의 독특한 주장을 발견하게 되고, 기에 대한 관점을 불교 이해에 적용할 경우 김시습의 불교 해석은 새로운 방향으로 뻗어나갈 잠재적인 힘을 갖게 되었다는 것이 필자가 가지고 있는 가설이다. 이 글을 통해서 필자가 그런 가설을 세우게 된 경과를 보이고자 한다.

구체적인 논의에 앞서서 검토 대상 자료에 대해서 한 가지 부기(附記)

---

3) 안동준, 「김시습 문학사상에 대한 연구사적 검토」, 『南冥學硏究』 18집, 경상대 남명학연구소, 2004에서는 필자를 비롯해서 김시습의 사상을 氣一元論이라고 하는 논자들의 주장을 비판적으로 검토하였다.

4) 오대혁, 「김시습의 선불교적 현실주의와 『금오신화』」, 『한국 서사문학과 불교적 시각』(조현설 외), 역락, 2005.

해 둘 사항이 있다. 이곳에서 검토할 자료는 「단하자순선사오위서」인데,[5] 필자는 「단하서요해」로 줄여서 부르고자 한다. 「조동오위요해」에 수록된 첫 번째 글이 「조동오위군신도서요해」인 것을 보면, 김시습은 자신의 글쓰기 방식을 '요해'로 부르고 있음을 알 수 있다. 「단하자순선사오위서」 역시 「조동오위군신도서요해」와 글쓰기 방식이 별반 다르지 않다.[6] 그래서 「단하자순선사오위서」도 「단하자순선사오위서요해」로 부르는 것이 가능하다고 본다. 다만 제목이 너무 긴 편이어서 「단하서요해」로 약칭하는 것이 좋겠다.

2. 진성(眞性)과 원기(元氣)

「단하서요해」에서 집중적으로 검토할 부분의 원문·번역·역주를 다음에 제시한다. 원문 앞에 붙인 번호는 논의의 편의상 단락을 나누기 위해서 필자가 붙였다.

> [3-2] ●正 眞性之體 ○偏 眞性之用 眞性圓融 體用兼該 理事双彰 處萬有而不廣 攝一塵而不窄 萬相頓寂而不隱 不同陰之靜也 千差森列而不露 不同陽之動也 先天地而無其始 後天地而無其終 非名句可數 非言思可及 則亦非經書所論道與太極之稱
>
> ●곧 정(正)은 진성(眞性)의 체(體)이고, ○곧 편(偏)은 진성의 용(用)이다. 진성은 원융(圓融)하여 체용(體用)을 아울러 갖추고 있고 이사(理事)가 함께 드러

5) 국립중앙도서관에 소장된 목판본 「단하서요해」를 자료로 삼는다. 표제는 『曹洞五位君臣圖序要解』로 되어 있으며 청구기호는 '한貴古朝21-162'이다.
6) 최귀묵, 「「曹洞五位君臣圖序要解」 연구―구성, 전거, 위상에 대한 논의」에서 「조동오위군신도서요해」는 釋詞, 釋義, 禪句의 결합으로 이루어졌다고 하였는데, 「단하서요해」 또한 같은 방식으로 구성되어 있다.

난다. 만유(萬有)에 처하되 넓지 않고 일진(一塵)에 포섭되되 좁지 않다. 만상(萬相)이 돈적(頓寂)하여도 숨지 않으니 음(陰)의 고요함과 같지 않고, 천차(千差)로 삼렬(森列)해도 드러나지 않으니 양(陽)의 움직임과 같지 않다. 천지보다 앞서 있되 그 시작이 없고 천지보다 뒤에 있되 그 끝이 없으며, 명구(名句)로 셀 수 있는 것이 아니며 언사(言思)로 미칠 수 있는 것이 아니니 또한 경서(經書)에서 논한 바인 도(道)나 태극(太極)이라고 일컫는 것도 아니다.

[3-2]를 온전히 이해하기 위해서는 이 대목이 어떤 위상을 갖는지 먼저 따져 보아야 한다. 「단하서요해」의 [1]부터 [3]까지는 무슨 내용을 담고 있으며 그런 내용을 해석('요해')하는 김시습의 관점은 어떠한지 먼저 알아보아야 한다는 뜻이다. 이 대목은 어떤 맥락에서 나온 말이며 김시습은 어떤 의도를 가지고 이런 말을 한 것인지 가늠한 다음에 구체적인 내용을 따져야 이해가 빗나가지 않을 수 있다.

단하자순이 쓴 「오위서」의 [1]부터 [3]까지는 다음과 같다.

> [1] 夫黑白未分 難爲彼此 [2] 玄黃之後 方位自他 [3] 於是借黑權正 假白示偏
> [1] 흑(黑)과 백(白)이 나뉘기 전에는 피(彼)와 차(此)로 되기 어렵다가, [2] 현(玄)과 황(黃)으로 나뉜 후에 방(方)·위(位)·자(自)·타(他)가 있게 된다. [3] 이에 흑(黑)을 빌어서 정위(正位)를 대치하고 백(白)을 빌어서 편위(偏位)를 보인 것이다.

단하자순의 말은 '둘'(흑백, 피차)이 생겨나기 이전에는 미분화 상태의 '하나'인 본체이지만, 그것이 '둘'(현황)로 나뉘게 되면서 '여럿'(方·位·自·他)으로 분화된 현상이 전개된다는 취지이다. 또 조동종 조사(祖師)들은 이러한 추상적인 이치를 알기 쉽게 표현하기 위해서 검정색 원(●)과 흰색 원(○)을 빌어서 형상화하였다고 보았다.[7]

---

7) 단하자순이 말하지는 않았지만 조동종에서는 흑백의 두 원을 배합해서 五相(◐ ◕ ◉ ○ ●)을 만들어 五位를 표현하였다.

김시습은 [1]을 해석하기를, 흑백은 음양(陰陽)이고 단하자순이 미분(未分)이라고 말한 것은 태극(太極)을 가리킨다고 하였다.[8] [2]를 해석하면서는 현황(玄黃), 곧 천지(天地)가 생성되고 이어서 방·위·자·타가 형성되는데, 그것은 각각 구역(區域)·상하(上下)·신심(身心)·삼라만상(森羅萬象)이라고 하였다.[9] 이렇듯 김시습은 단하자순이 말하지 않은 음양, 태극까지 끌어들이면서 [1]과 [2]를 본체론의 구도에서 읽고 있음이 드러난다.

김시습은 [2]를 해석하는 과정에서 주돈이(周敦頤)의 「태극도(太極圖)」, 주희(朱熹)의 「태극도해(太極圖解)」를 보이고 나서,[10] "음양오권(陰陽五圈)과 편정오권(偏正五圈)이 서로 짝하며 지취(旨趣)가 같은 줄 알아야 한다"라고 하였다.[11] 또 "피차가 동철(同轍)"[12]이라고도 하였다. 이곳뿐만 아니라 「단하서요해」 전편에 걸쳐서 김시습은 흑백이 음양이고, '음양오권'과 '정편오권(편정오권)'이 '동철'이라는 점을 되풀이해서 말하고 있다. 이렇듯 둘 이상의 범주가 서로 짝하고, 취지가 상통하며, 피차 동철이라고 보는 관점을 '회통적(會通的) 관점'이라고 명명하여도 좋을 것이다. [2]를 해석하면서 김시습이 회통적 관점을 표명한 것은 「단하서요해」에서 가장 파격적인 선언이자 자신의 철학적 입장을 직접 드러내 보인 것이라고 말할 수 있다.

---

8) [1-1] 黑白 陰陽二氣也 ●屬陰 ○屬陽, [1-3] 未分者太極之稱. 이들 구절은 아래 본문에서 다시 검토하기로 한다.

9) [2-1] 玄黃 天地之色 易曰 龍戰于野 其血玄黃 蒼蒼逈遠 故曰玄 黃 中央之正色 方 言區域 位 言上下 自 言身心 他 言森羅萬象. 김시습과는 달리 '방위자타(方位自他)'를 '바야흐로 자(自)와 타(他)가 자리를 잡는다'라고 해석하는 것도 가능하겠다.

10) 「태극도해」는 "≪太極≫ 此所謂無極而太極也"에서 "≪萬物化生≫ 萬物化生 以形化者言也 各一其性 而萬物一太極也"까지 인용하고 있는데, 대략 「태극도해」의 전반부에 해당한다.

11) [2-8] 右依周子圖朱子解 令行人知陰陽五圈與偏正五圈相配 但識其趣 不必泥於名句 幸甚.

12) [2-4] 今據周子太極圖及朱子解 以示來由 兼標彼此同轍. '同轍'은 말하고자 하는 이치가 같다는 뜻이다.

김시습의 회통적 관점을 수용한다면 단하자순이 말한 흑백, 유학에서 말하는 음양, 조동선(曹洞禪)에서 말하는 정편은 서로 상통하는 것이니 명구(名句)에 매이지 말고 회석(會釋·會通)하여 받아들여야 한다. 달리 말하자면 「단하서요해」를 읽을 때는 흑백·음양·정편 셋을 모아서 하나의 이치를 드러내는 데 귀착시키는 독해,. 굳이 이름 붙이자면 '회삼귀일(會三歸一)'의 독해가 요구된다는 말이다. 김시습이 분명하게 말하지 않았다고 하더라도 셋이 따로 놀도록 놓아두지 말고 하나로 귀착시킬 수 있는 길을 모색하면서 읽어야 한다. 그럴 때 비로소 흑백·정편·음양을 기본 용어로 삼아서 자기 사상을 전개하면서도 궁극적으로는 그 셋을 귀일(歸一)시킴으로써 얻게 되는 사상 내용, 의의, 파생되는 문제들을 논의할 수 있게 될 것이다.

[1]과 [2]에 이어서 [3]에 대한 해설이 [3-1]부터 [3-3]까지 이어져 나온다. [3-1]은 [3]에 있는 어구를 간결하게 풀이한 내용이며,[13] [3-2]는 위에서 본 바와 같이 진성(眞性)에 대한 논의를 제기하고 있는 부분이다. 이어지는 [3-3]에서는 [3]에 있는 단하자순의 말을 받아서, 동산양개가 초심자들을 위해 불교의 이치를 정편(正偏) 이권(二圈)을 부연해서 오권(五圈), 곧 정편오위(正偏五位)를 만들었다고 의의를 평가하였다.[14]

요약하자면 [1]에서 [3]으로 이어지는 '요해' 부분에는 이런 논의가 있었다. '미분화된 본체로부터 현상 세계가 생성되는데, 조동선에서는 그것을 알기 쉽게 설명하느라고 정편오위를 만들었다. 단하자순이 말한 흑백과 정편, 그리고 유학자들이 말하는 음양을 회통시키는 회삼귀일의 회통적 관점이 필요하다.' 이와 같은 맥락, 이러한 관점 하에 나온 진술이 이 절 첫머리에 제시한 [3-2]이다. [3-2]를 대강만 훑어보아도 흑백,

---

13) [3-1] 借 假同意. 謂非眞也 黑 陰之氣 白 陽之氣也 權 變也 反常合道之意 示 語也 以事告人也.

14) [3-3] 然佛法只恁麼 便見陸地平沈 豈有燈燈續焰 洞山向猛虎口中奪肉 獰龍頷下 穿珠 未免切切怛怛 以世所論之事 俯爲初機 權設二圈 衍而爲五 若是沒量大人 未 開口已前薦得 如或未然 請須仔細看 只是一圈 咄.

음양, 정편이라는 용어가 구사되고 있음을 발견하게 되어, 김시습이 내세운 회삼귀일의 회통적 관점이 바로 이곳에 응집되어 있구나 하는 느낌을 갖게 된다. 그런 만큼 [3-2]는 본체론의 구도에서 읽어내야 하고, 회삼귀일의 회통적 관점이 바탕에 깔려 있다는 점을 염두에 두고 읽어내야 한다.

[3-2]의 위상을 대략 파악한 다음에 본문을 찬찬히 뜯어보면 풀이를 요하는 어구가 적지 않음을 보게 된다. 글의 일차적인 독해를 위해서 몇몇 어구에 대한 간략한 해설을 덧붙이기로 한다. 진성(眞性)은 참된 본성, 불성(佛性), 법성(法性)이라고 하는 그것이다. 참고로 영어로 풀이한 것을 보면 "眞性 The true nature; the fundamental nature of each individual, i.e. the Buddha-nature"라고 되어 있다.15) 원융(圓融)은 한데 통하여 아무 차별이 없는 것, 원만하여 서로 막히는 데가 없는 것이다. 겸해(兼該)는 겸비(兼備)와 같은 말이다. 대장경(大藏經)에 '체용겸해'나 '체용겸비(體用兼備)'라는 용례가 다 보인다. 이사(理事)는 평등한 진여(眞如)와 차별적인 만상(萬象)을 아울러 가리키는 말이며 쌍창(双彰)은 함께 드러난다는 뜻이다.

만유(萬有)는 모든 존재, 일진(一塵)은 일미진(一微塵), 곧 아주 작은 티끌이나 먼지이다. 만상(萬相)은 온갖 상(相)이라는 말이다. 상(相)은 '성(性)'에 상대해서 쓰이는데, 성은 불변(不變)을, 상은 수연(隨緣 : 인연에 따라 변화함)을 뜻한다. 돈적(頓寂)은 갑자기 사라져 없어진다는 뜻이다. 천차(千差)는 천차만별(千差萬別)과 같고, 삼렬(森列)은 죽 늘어서 있다는 뜻이다.

이제 [3-2]를 구체적으로 살펴야 할 차례이다. 필자가 판단하기에 [3-2]는 네 가지 내용을 말하고 있다. 아래에 본문을 다시 보이고 번호를 붙여서 내용을 구분해 보았다.

---

15) William Edward Soothill and Lewis Hodous, *A Dictionary of Chinese Buddhist Terms*(http://www. hm.tyg.jp/~acmuller/soothill/soothill-hodous.html).

[3-2] ① ●正 眞性之體 ○偏 眞性之用 ②眞性圓融 體用兼該 理事双彰 處萬有而不廣 攝一塵而不窄 ③萬相頓寂而不隱 不同陰之靜也 千差森列而 不露 不同陽之動也 ④先天地而無其始 後天地而無其終 非名句可數 非言思 可及 則亦非經書所論道與太極之稱

①에서는 진성이라는 불교철학 용어를 도입해서 흑백, 정편과의 관계를 해명하고 있다. ②에서는 진성의 특성을 부연하고 있으며 ③에서는 진성과 음양의 차이점을 말하고 있다. 마지막으로 ④에서는 경서에서 만나게 되는 도나 태극과 진성 사이의 차이점을 말하고 있다. 진성이라는 불교철학 용어와 흑백, 정편, 음양, 도, 태극 사이의 동이점을 밝힌 내용이므로 김시습 철학의 중핵을 압축해 놓았다고 보아도 무리가 없다고 본다.

먼저 ①을 보자. 앞 절에서 개념을 간략히 풀이해서 제시하였듯이 진성(眞性)은 '참된 본성'이라는 말인데, 영어로 된 불교용어사전에서 풀이하고 있는 그대로 불성(佛性, the Buddha-nature)이라는 뜻이기도 하다. 진성과 불성은 '성(性)' 자 앞에 '진(眞)'과 '불(佛)'을 붙였지만, 부처의 성품은 응당 참된 것이라고 해야 하니 두 관형어가 뜻하는 바가 크게 다르지는 않다고 하겠다. 그런데 이렇게 진성이 불성과 동의어라는 점은 수긍이 가지만 법성(法性)과는 구별해야 하지 않을까 하는 의문이 생길 수 있다. '법(法)'이라는 관형어는 사용되는 층위가 '진'이나 '불'과는 조금 다르다고 생각되기 때문이다. 그런 의문에 『법계도기총수록(法界圖記叢髓錄)』16)에서는 다음과 같이 답을 해주고 있다.

〔문〕 진성은 위에서 말한 법성과 어떻게 다른가?
〔답〕 어떤 사람은 다르다고 하니, 이른바 법성은 진(眞)과 망(妄)에 다 통하면서 원융을 취하는 것이고, 또 정(情)과 비정(非情)에도 통하는 것이다. 여기서

---

16) 編者 未詳의 『법계도기총수록』은 의상의 『화엄일승법계도』에 대한 주석서 모음이다.

는 오직 진이면서 오직 또한 유정문(有情門)이니, 아래에서 '진성'의 단락을 해석할 때 중생의 12지(支)를 기준으로 하였기 때문이다. 그러나 지금은 실(實)을 기준으로 하여 '진성이 곧 이 법성이다'라고 말하는 것이다.17)

'법'은 산스크리트 'dharma'를 번역한 말인데, '존재(existence)'를 의미한다. 그래서 법성(dharmatā)은 '법의 본성(Dharma-nature)', '모든 존재의 본성(the nature underlying all thing, the nature of things or beings)'을 뜻하게 된다. 그런만큼 불교 존재론의 기본이 되는 용어이면서 진성, 불성보다는 외연이 크다고 할 수 있다.

위에 인용한 『법계도기총수록』에서도 그런 취지로 답을 하고 있는데, 요컨대 법성은 '일체 존재의 본성'이어서 유정(有情)과 비정(非情)18)을 포괄해서 하는 말이며, 진(眞)과 망(妄)에도 다 통하는 것이다. 이에 반해서 진성이라고 하면 진(眞)과 유정(有情) 쪽에 초점을 맞춘 말이다. 하지만 그 실질로 본다면 법성과 진성은 같은 것이라고 하였다.19) 그래서 아래 『화엄경(華嚴經)』에서 보듯이 '법의 진성[法眞性]'이라는 말도 어색하지 않게 들린다.

불자들이여, 보살마하살에게 열 가지 명료한 법[明了法]이 있습니다. 그 열 가지란 이른바 세간을 따르는 명료한 법이니 세간 범부들의 선근을 기르기 때문이요, 걸림 없고 믿음을 깨뜨리지 않는 명료한 법이니, 법의 진성[法眞性]을 알고 수행하는 사람을 믿기 때문이며, 법계에 편히 머무르는 명료한 법이니, 법을 행하는 사람을 이해하기 때문입니다.20)

---

17) "(眞記云) 問眞性與上法性何別 答有云別也 謂法性則通眞妄取圓融 又通情非情也 此則唯是眞而又唯是有情門 以下釋眞性段約衆生十二支故也 然而今約實云 眞性卽是法性也"(『法界圖記叢髓錄』卷上之一) 번역은 한글대장경 238권에 있는데, 동국대 전자불전연구소(http://ebti.dongguk.ac.kr/)에서 번역문을 볼 수 있다.

18) 有情은 衆生을, 非情은 감정이 없는 초목·산하·대지 등을 말한다.

19) "法性 중에서도 그 속성만 드러내 이야기할 때 眞性이라고 말하는 것입니다."(석우, 『법성게 강의』, 여래, 2005, 176면)

20) "佛子 菩薩摩訶薩 有十種明了法 何等爲十 所謂隨順世間明了法 爲欲長養一切世

이곳의 법진성(法眞性)은 '일체 존재의 참된 본성'이라는 말로 옮길 수 있다. 이처럼 진성·법성·법진성은 동실이명(同實異名)의 관계에 있으면서 모든 현상과 존재의 근원, 존재의 바탕, 궁극적 실재 등으로 번역할 수 있는 말이니 상당한 존재론적 무게가 있는 용어라고 하겠다.

진성이 법성과 같이 존재론적 무게를 가진 용어라는 점을 확인하고 다시 ①로 돌아가 보자. 검정색 원(●)은 정(正)이며 진성의 본체라고 하였고, 흰색 원(○)은 편(偏)이며 진성의 작용이라고 하였다. 그렇다면 검정색 원(●)과 흰색 원(○)이 무엇인지 알아야 이해가 가능하다. 두 가지 색의 원이 무엇을 표상하는지 [1-1]과 [3-1]에서 미리 밝혀 놓았다.

　　[1] 夫黑白未分 難爲彼此
　　[1-1] 黑白 陰陽二氣也 ●屬陰 ○屬陽
　　흑백(黑白)은 음양(陰陽) 두 기운이다. ●은 음(陰)에 해당하고, ○은 양(陽)에 해당한다.

　　[3] 於是借黑權正 假白示偏
　　[3-1] 黑 陰之氣 白 陽之氣也
　　흑(黑)은 음(陰)의 기운이요 백(白)은 양(陽)의 기운이다.

[1]과 [3]의 번역과 해석은 앞 절에서 간략하게나마 보였으므로 더 논의하지는 않기로 한다. 이곳 [1-1]과 [3-1]에서는 흑백(의 원)(●○)은 음양을 표상한다고 하고, 검은 색 원은 음의 기운[陰氣]이고 흰색 원은 양의 기운[陽氣]라고 반복해서 말하고 있다. [1-1], [3-1], [3-2]는 공히 「단하서요해」라는 한편을 구성하고 있는 대목들이므로 서로 연결시켜서 이해할 수 있다. 따라서 [3-2]의 흑백 역시 음양과 같은 것으로 보아야

間凡夫善根故 無礙不壞信明了法 解法眞性信行人故 安住法界明了法 解法行人故" (『(60권본)大方廣佛華嚴經』 권42) 역시 동국대 전자불전연구소(http://ebti.dongguk.ac.kr/)에서 번역문을 볼 수 있다.

한다. 여러 번 반복해서 동일한 개념 정의를 내려놓고, 한 편의 글에서 되풀이해서 사용하면서 유독 [3-2]에 와서는 흑백이 음양을 표상한다고 볼 수 없다고 말한다면 이는 참으로 납득하기 어려운 독해라고 하겠다. [1]과 [3]에서 단하자순이 말한 흑백이 서로 같은 것이듯이, [1-1], [3-1], [3-2]의 흑백에 대한 김시습의 주석도 동일한 흑백에 대한 주석으로 보아야 한다. 게다가 앞에서 보았듯이 흑백과 음양은 '회삼귀일'해야 할 세 가지 개념 범주에 포함되어 있는 것이기도 하다. 그러니 [3-2]는 의심할 여지가 없이 다음과 같은 뜻이 된다.

[3-2] ● 正 眞性之體 ○ 偏 眞性之用
음기(陰氣) 곧 정(正)은 진성(眞性)의 본체이고, 양기(陽氣) 곧 편(偏)은 진성의 작용이다.

이는 명백하게도 진성의 본체와 작용이 모두 기(氣)라고 하는 말이다. 이는 곧 참된 본성, 부처의 성품, 모든 존재의 본성이 기라는 점에서 같다는 말로도 읽을 수 있다.
한 걸음 더 나아가 보자. 같은 글에서 김시습은 또 이렇게 말하고 있다.

[7] 天曉陰晦
하늘이 밝아도 흐리고 어둡도다.
[7-3] 陰者 元氣之闔 閉藏之時 而於兩儀屬地
'음(陰)'은 원기(元氣)의 닫힘[闔]이니 드러내지 않고 감추는[閉藏] 때로서, 양의(兩儀)에서는 지(地)에 속한다.

[7-3]은 길게 이어지지만 번거로움을 피하기 위해서 첫 문장만 가져왔다. 단하자순의 말인 [7]은 하늘이 밝아서 빛나는 태양 아래 온갖 개별적인 사물들의 '다름'이 모두 드러나지만 차별적인 양상만 보아서는 안 되고, 그 이면에는 '같음'이 잠재해 있음을 알아야 한다는 뜻을 비유

적으로 표현한 것으로 보인다. 그러한 비유적인 의미를 해석하면서 김시습은 [7]에 나오는 '음(陰)'이 '원기의 음'이라고 말하고 있다. 또한 원기의 한 양상인 음기가 원기(元氣)의 닫힘[闔]이라고 하였다. 원기는 기일(氣一)의 근원성과 총체성을 말하기에 적절한 용어라는 점을 염두에 두면, 이곳의 음기는 개별적인 사물 차원[分殊]이 아니라 본체[氣一]가 가지는 양상을 가리키는 말이라고 보아야 하겠다.

원기의 닫힘이 있다면 원기의 열림[開]도 있기 마련이다. 김시습은 음기만 말하고 양기는 말하고 있지 않지만, 양기가 원기의 열림[開]이라고 볼 것이라고 추측하는 것은 무리한 일이 아닐 것이다. '닫힘'은 원기가 맑고 고요한 상태를 표현한 말로 보아야 하고 '열림'은 기가 모이고 흩어지는 작용을 표현한 말로 보아야 하겠다.

[7-3]과 [3-2]를 연결시키면 진성의 체인 음기는 원기의 닫힘이요, 진성의 용인 양기는 원기의 열림이라는 말이 된다. 진성의 체용이 모두 기인데 진성은 원기가 아니고 달리 무엇이겠는가?

지금까지 논의한 내용을 한데 모아보면 다음과 같이 될 것이다.

　　　　　　　● 음기　　　원기의 닫힘　　　진성의 본체
진성(원기)
　　　　　　　○ 양기　　　원기의 열림　　　진성의 작용

진성이 법성과 실질이 같다고 이해하는 것이 가능하다는 것을 앞에서 보았다. 그렇다면 '법성, 일체 현상과 존재의 본성, 궁극적 실재'가 또한 원기인 것이다. 이렇듯 그 본체도 기요 그 작용도 기라고 해서, 기일분수(氣一分殊)를 주장하는 것인 기일원론(氣一元論)의 기본적인 논리이다.

이제 [3-2] 속에 있는 ②를 볼 차례이다. ②는 "眞性圓融 體用兼該 理事双彰"이라고 하고 또 "處萬有而不廣 攝一塵而不窄"이라고 한 부

분이다. 진성은 막힘이 없이 원만하여 체용, 이사를 아우른 그런 것이며, '있음(萬有, 一塵)'의 세계에 내재하면서도 그것을 초월하는 자리에 있는 그런 것이라는 뜻으로 이해할 수 있다. ①에서 보았듯이 진성은 흑백, 음양을 포괄하는 자리에 있는 것, 곧 본체론에서 말하는 본체에 해당하는 것이었다. 진성이 본체이기 때문에 체용, 이사를 아우르면서 걸림이 없다고 말할 수 있다.

③은 또 어떠한가? ③은 진성이 '음기의 고요함', '양기의 움직임'과 다르다는 취지를 담고 있다. ①에서는 진성의 체가 음기요 진성의 용이 양기라고 한 것을 보았는데, 이곳에서는 진성의 체와 용이 음기의 고요함이나 양기의 움직임과는 다르다고 하였으니 일견 모순된 진술로 보인다.21) 하지만 곰곰이 생각해 보면 그렇지 않다는 것을 알게 된다.

①을 읽는 독자라면 [1-1], [3-1]에서 흑백을 음양과 연결시켰다는 것을 당연히 떠올릴 것이고 진성의 체용이 음양이라는 논의로 읽을 것이다. 그렇다는 점을 김시습 자신이 충분히 예상하고 있었기 때문에 음양과 진성을 구별하는 논의를 편 것이라고 보아야 한다. 진성과 음양이 무관한 것이 아니었기에 음양의 동정(動靜)과 비교하는 논의를 둘 필요가 있었다는 것이 필자의 판단이다. 따라서 언뜻 모순처럼 보이는 진술이 사실은 모순이 아니라는 것을 알아내는 독해가 필요하다.

③이 ①과 모순되는 듯이 보이는 것을 어떻게 해소해야 할까? ①에서는 진성의 체가 음기라고 해놓고 ③에 와서는 음기의 고요함과는 다르다고 한 것은 어떻게 된 것인가? 본체인 진성은 체용으로 말한다면 음양이지만 그렇다고 해서 음기나 양기 어느 한쪽도 아니고 또 음양의 밖에 따로 있지도 않으면서 음양을 아우른 것이기 때문에 이렇게 말할 수 있는 것이다. 진성은 음양을 초월하면서 동시에 거기에 내재한 무엇이

---

21) ③에서 진성이 음기의 고요함이나 양기의 움직임과 다르다고 한 것은, ②에서 말한 흑백(음양)이 실체를 가리키는 말이지 그저 비유적인 진술의 하나는 아님을 말해준다고 본다.

다. 또한 진성은 만유(萬有)와 일진(一塵)에 내재해 있으면서 초월해 있는 무엇이다. 음양, 정편, 체용, 이사와 하나이면서 다른 것이고, 다르면서도 하나인 무엇이다.

진성이 음기의 고요함과 양기의 움직임과 어떤 점에서 구별된다고 하였는지 보자. 김시습은 만상(萬相)이 모두 사라진다고 해서 숨는 것이 아니고, 일체 존재가 온전히 드러나더라도 드러나는 것이 아니어서 음기의 고요함이나 양기의 움직임과 다르다고 하였다. 음양의 근거가 되면서도 음양과 구별되는 본체인 원기가 진성이기 때문에 이런 말을 할수 있으며, 만유·만상·일진·천지의 음양동정(陰陽動靜)과 진성(원기)의 음양동정을 나누어 볼 필요가 있기 때문에 이런 말이 필요하다. ④를 보면 이 점이 더욱 분명해진다.

④의 첫머리에서 "先天地而無其始 後天地而無其終"이라고 하여, 진성은 시작을 알 수 없는 때부터 있어서 천지보다 앞서고 끝을 알 수 없는 때까지 있어서 천지보다 뒤선다고 하였다. 이 말은 진성(원기)을 천지만물과'같으면서도 다른 점이 있다고 구별해야 한다는 뜻으로 읽힌다. 왜 이런 말이 필요했을까? 진성(원기)은 천지만물과 동일한 기라는 점만 놓고 본다면 만물의 근저가 되는 보편적인 본체가 되기에는 부족하다고 하겠다. 하지만 천지만물이 생기기 이전과 이후에도 일관되게 있는 기라고 한다면 그러한 기는 보편성을 지닌 본체가 되기에 충분하다. ④를 보면 뒷날 서경덕이 선천(先天)과 후천(後天)을 나누어 본체론을 수립할 필요성을 느꼈던 것과 같은 필요성을 김시습도 느끼고 있었다고 짐작하게 된다.[22]

④의 말미에서는 '경서(經書)'에서 말하는 바 '도나 태극'과 진성은 다르다고 하였다. 지금까지 논의한 내용에 비추어 보건대, 김시습은 기(원기)를 본체로 상정하고 있다. 따라서 주로 유학의 '경서'에서 본체를 논

---

22) 서경덕의 이러한 입장에 대한 논의는 김근호, 「太極, 우주만물의 근원」, 『조선유학의 개념들』(한국사상사연구회), 예문서원, 2002, 38~39면에 있다.

의하면서 본질적으로 '이(理)'와 같은 것을 이름 붙여 도니 태극이니 한 것과는 아주 달라지고 말았다.

앞에서 [3-2]의 ①~③을 살핀 결과 김시습은 '성즉기(性卽氣)'라고 하는 것이 명백하다. 하지만 주지하다시피 주희(朱熹, 1130~1200)의 생각은 달랐다.

> 성(性)은 다만 이(理)일 뿐이다.[23]

이렇게 주희를 비롯한 성리학자들이 '성즉리(性卽理)'를 주장한다는 점은 널리 알려진 사실이다. 다음을 보면 '성즉리'라고 하는 이유가 분명해진다.

> ㉠성(性)은 실리(實理)이니, 인과 의와 예와 지가 다 갖추어져 있다.[24]
> ㉡측은해 하는 것, 부끄러워하고 싫어하는 것, 옳고 그름을 가리는 것, 사양하고 양보하는 것은 정(情)의 발동이며, 인의예지는 성의 본체이다.[25]
> ㉢성(性)의 본체를 가지고 말하면 인의예지신이요, 성의 작용을 가지고 말하면 군신의 의(義), 부자의 인(仁), 부부의 별(別), 장유의 서(序), 붕우의 신(信)인데 그 실질은 하나일 따름이다. 천하에 어찌 성 밖의 이(理)가 있겠는가?[26]

㉠과 ㉡은 주희의 말이고 ㉢은 남송(南宋) 때 사람 진덕수(眞德秀, 1178~1235)의 말이다. 주희나 진덕수 두 사람 모두 이(理), 곧 성(性)에 갖추어진 인의예지가 성의 본체라고 하였다. 성을 이(理)라고 하는 이유는 인의예지에 불변의 이(理)라는 지위를 부여하고 싶어서라는 것, 다시 말해

---

23) "性只是此理"(『朱子語類』 卷五)
24) "性是實理仁義禮智皆具"(『朱子語類』 卷五)
25) "惻隱羞惡是非辭遜 是情之發 仁義禮智 是性之體"(『朱子語類』 卷五)
26) "(西山眞氏曰 ……) 以性之體而言則 曰仁義禮智信 以性之用而言則 曰君臣之義 父子之仁 夫婦之別 長幼之序 朋友之信 其實則 一而已 天下豈有性外之理哉"(『性理大全書』 卷二十九) 眞德秀의 호가 西山이다.

서 존재의 원리와 당위의 원리를 일치시키기 위함이라는 것도 어렵지 않게 짐작할 수 있다.[27] 그런데 김시습은 성은 기라고 하고, 성의 본체가 음기라고 하였다. 그렇다면 김시습은 주희나 진덕수와는 달리 도덕적 당위를 전제로 하지 않는 전혀 다른 체계를 구상하였다고 해야 한다. ④에서 '경서'에서 말하는 바 '도나 태극'과 진성이 다르다고 한 김시습의 말은 이러한 함의도 또한 가진다고 보아야 할 것이다.

3. 정편(正偏)과 음양(陰陽)

[3-2]를 다시 한 번 보자.

　　●正 眞性之體 ○偏 眞性之用

「2. 진성(眞性)과 원기(元氣)」에서는 이곳에 나오는 흑백(●○), 진성, 음양의 관련성을 해명하였다. 하지만 그것들과 정편(正偏)과의 관계에 주목하지는 않았다. 이 절에서는 이와 연관된 문제를 다루기로 한다.

이곳의 정편은 선종의 한 갈래인 조동종에서 즐겨 사용한 개념이다. 사전에는 '정은 평등의 본체 진여(眞如), 편은 차별, 현상'이라고 풀이되어 있다.[28] 하지만 정편이 평등과 차별, 진여와 현상을 뜻한다는 풀이는 흑백, 음양, 진성을 기(氣)로 귀일(歸一)시키는 [3-2]의 문맥 속에서 미묘한 굴절을 일으킨다. 왜냐하면 [3-2]의 위상에 비추어 볼 때, 정편은 마땅히 '기지정(氣之正)과 기지편(氣之偏)'이라고 해야만 되기 때문이다.

---

27) 朱熹라면 正은 理, 偏은 氣라거나 正은 性, 偏은 情이라고 하였을 법하다.
28) 이철교 · 일지 · 신규탁 편찬, 『禪學辭典』, 불지사, 1995, 582면.

이제 총괄적으로 [3-2]의 의미를 이렇게 정리할 수 있겠다. 흑백은 음양 두 기운이다. 둘로 나뉜 기를 그림으로 표상하고자 할 때는 흑백의 원으로 그리게 된다. 불교 용어 진성은 원기와 같은 말인데, 흑백이니 정편이니 하는 말로 원용한 원기의 체용을 표현한다. 조동종에서 즐겨 말하는 정편은 기지정편(氣之正偏)으로 회석(會釋)해야 한다.

흑백 · 음양 · 정편 · 진성을 기로 귀일시켜 이해하겠다는 선언은 조동선을 전면적으로 새롭게 보겠다는 입장의 표명이다. 왜냐하면 흑백 · 정편이 조동선에서 — 나아가 불교 내에서 — 차지하는 위상, 철학적 범주로서의 포괄성을 모두 기로 귀일시킨다는 뜻이 되기 때문이다. 흑백과 정편을 기로 귀일시키면 어떤 변화가 나타나게 될까? 물론 김시습이 「단하서요해」에서 거기까지 말한 것은 아니지만, 김시습의 사유를 밀고 나갔을 때 초래될 일들을 예상해 보는 것은 김시습 사유 방식의 잠재적인 파격성을 음미해보기 위해서 필요한 작업이라고 하겠다.

흑백, 정편의 불교 사상적인 함의를 파악하기 위해서는 번거롭더라도 좀 더 상세한 설명이 필요하다. 흑백, 정편으로 포괄할 수 있는 범위를 가장 넓게 확장한 사례로 청나라 사람 행책(行策)이 쓴 『보경삼매본의(寶鏡三昧本義)』에 들어 있는 「정편회호도설(正偏回互圖說)」[29]이라는 글을 꼽을 수 있을 듯하다. 행책은 커다란 원 안에 흑백을 구획한 그림인 '정편회호도'를 그려 놓고서 흑백, 곧 정편이 포괄하는 불교의 개념을 다음과 같이 열거하고 있다.

흑(黑)	백(白)
정(正, 於位表正)	편(偏, 爲偏位)
암(暗, 於相表暗)	명(明, 爲明相)

---

29) 『寶鏡三昧本義』에 수록한 여섯 편의 圖說가운데 두 번째가 「正偏回互圖說」이다. 「寶鏡三昧」는 동산양개가 지었다. 4언 94구 376자로 구성된 小篇으로 조동종 正偏回互의 종지를 서술한 것이다(이철교 · 일지 · 신규탁 편찬, 위의 책, 281면). 백련선서간행회 역, 『曹洞錄』, 장경각, 87~93면에 번역이 있다.

야(夜, 於時分表夜)	주(晝, 爲晝分)
내(內, 於界處表內)	외(外, 爲外界)
군부(君父, 於人倫表君父)	신자(臣子, 爲臣子)
주(主, 於二家表主)	빈(賓, 爲賓家)
이(理, 於法界表理)	사(事, 爲事法界)
체(體, 於法門表體)	용(用, 爲用門)
성덕(性德, 於二德表性)	수덕(修德, 爲修德)
지혜(智慧, 於二嚴表智)	공훈(功勳, 爲功勳)
실지(實智, 於二智表實)	권지(權智, 爲權智)
본(本, 於二門表本)	적(迹, 爲迹門)
과(果, 於四十二位表果)	인(因, 爲因位)30)

행책은 「보경삼매」를 이해하는 키워드이자 관건이 되는 표상인 흑백(정편)이 대대(對待) 관계에 있는 둘을 포괄하는 자리에 있음을 말해주고 있다. 전통적으로 흑백(정편)에 그러한 지위를 부여해 온 것이 사실이다. 흑백(정편)이 그런 자리에 오르게 된 데는 여타 짝들과는 달리 추상성이 훨씬 큰 범주로 개발되었다는 점이 작용하였을 것이다. 「단하서요해」의 [3-2]를 보면 흑백이 곧 정편이라고 하고 있으니 김시습의 경우도 이런 전통에서 벗어나지 않는다고 하겠다. 김시습에게 있어서 흑백(정편)은 조동종의 정편오위나 그것을 해석하는 키워드가 되는 것은 물론이고 대대 관계에 있는 둘을 포괄하는 지위에 있다고 보아도 좋을 것이다.

행책의 흑백, 김시습의 정편이 가지는 철학적 함의를 오늘날 우리에게 좀 더 익숙한 용어로 바꾸어 보면 다음과 같이 된다.

절대(絶對) the absolute	상대(相對) the relative
무한(無限) the infinite	유한(有限) the finite
일(一) the one	다(多) the many

---

30) "以黑表正 以白表偏 …… 所謂黑者~所謂白者~"(『卍續藏經』 제111책, 268~269면) '~' 자리에 본문에 열거한 말들이 나온다.

신(神) God	세계(世界) the world
암(暗, 未分化) dark(undifferentiation)	명(明, 分化한 것) light(differentiated)
평등(平等) sameness	차별(差別) difference
공(空) emptiness(sunyata)	명상(名相) form and matter(namarupa)
지혜(知慧, 般若) wisdom(prajana)	애(愛, 慈悲) love(karuna)
이(理, 普遍的) the universal	사(事, 個物) the particular[31]

한 가지 주목해야 할 점은 앞 절에서 보았듯이 흑백, 음양, 정편, 체용, 이사를 포괄하면서 원융한 것이 진성이었다는 사실이다. [3-2]의 ②에서 "眞性圓融 體用兼該 理事双彰"이라고 한 데에 그런 뜻이 잘 함축되어 있다고 본다. 이렇게 진성은 대대 관계에 있는 것들을 모두 포괄하면서도 걸림이 없는 본체이다.

진성이 흑백・정편・체용・이사 등 대대 관계를 포괄하는 자리에 있으므로 위에서 열거한 짝개념은 모두 진성의 어떤 측면을 부연해서 말한 것으로 받아들일 수 있다. 예를 들자면 부처의 진성은 일체 존재의 실상을 꿰뚫어 아는 지혜이며, 동시에 중생을 구제하는 마음인 자비심을 낳는다고 하거나, 진성은 그 본체에 있어서 차별이 없이 평등한데 그 평등함에 근거해서 일체의 차별이 성립한다고 하는 식이 될 것이다.

진성은 극히 미묘하고 깨닫기가 어렵고, 중생이 진성을 구유(具有)하고 있다는 것을 깨우치기도 힘이 든 만큼 이해와 설명을 위해서 많은 범주가 필요하고 비유적인 표현도 동원하는 것이라고 할 수 있다. 그런데 2절에서 누차 확인하였듯이 김시습은 진성이 곧 기(원기)라고 이해하지 않았던가? 진성이 기라면 법성도 기요, 불성도 기요, 진여(眞如)도 기요, 진심(眞心)도 기라고 해야 한다. 표현하는 말이 달라졌다고는 해도 그 실질은 같은 것이기 때문이다. 흑백・정편・음양을 아우르는 것이

---

31) 鈴木大拙, 「禪이란 무엇인가」(E. 프롬 외, 김용정 역, 『禪과 精神分析』, 原音社, 1991), 213면.

진성이고, 진성이 곧 기(원기)라면, 위에서 흑백·정편으로 나눈 모든 내용이 기로 수렴되는 것이 아니겠는가? 결국 개념 설정, 범주화, 비유적 표현 등을 거쳐서 이룩한 불교학의 성취가 기를 이해하고 설명하기 위한 것으로 변용되는 것이 아닌가? 불교학의 용어를 그대로 쓰면서도 기에 대한 탐구로 번역해서 이해하는 일이 가능해지지 않겠는가? 물론 김시습은 분명하게 말하지 않았지만, 그의 사유 방식을 계속해서 밀고 나간다면 그런 방향으로 귀결될 단초가 분명히 있다고 생각한다. 다음 절에서는 시험 삼아 「단하서요해」의 한 부분을 택해서 김시습의 사유 방식을 적용하여 해석해 보기로 한다.

'진성'은 「단하서요해」에 [3-2], [11-1]의 두 곳에 나온다. 아직 살피지 않은 [11-1]에는 다음과 같이 나온다.

[11] 芳叢不艶
방총(芳叢)이 곱지 않도다.
[11-1] 芳 香氣 叢 草聚生貌 喩眞性能聚種智 艶 花美貌 喩妙心能運大悲
'방(芳)'은 향기요 '총(叢)'은 풀이 무리지어 나는 모습이니 진성(眞性)이 일체종지(一切種智)[32]를 갖추고 있음을 비유한 것이다. '염(艶)'은 꽃이 고운 모습이니 묘심(妙心)이 대자비(大慈悲)를 낼 수 있음을 비유한 것이다.

"꽃이 만발한 풀숲이 곱지 않도다"라는 단하자순의 말에 '요해'를 붙인 부분이다. 꽃이 만발한 풀숲이 어째서 곱지 않다는 말일까? 아마도 이렇게 해석할 수 있을 듯하다. 진성은 향기로운 풀이 무성하게 무리지어 나듯이 일체의 훌륭한 지혜를 갖추고 있다. 진성은 지혜를 갖추고 있을 뿐더러 그 지혜에 근거를 두고 자비심을 낼 수 있다. 그러니 얼마나 아름다운가? 지혜와 자비심이 하나가 되었으니 참으로 꽃처럼 아름

---

32) 모든 현상의 있는 그대로의 평등한 모습과 차별의 모습을 두루 아는 부처의 지혜. 모든 현상의 전체와 낱낱을 아는 부처의 지혜.

다운 경지가 아니겠는가? 하지만 한없이 아름답다고 하고 말면 지혜와 자비는 너무나 고원(高遠)한 경지의 것이 되고 만다. 아름다울 것이 없이 평범한 일상 속에서 늘 드러나는 것이라고 해야 선가(禪家)의 기풍을 잃지 않게 된다. 높은 경지라도 일상으로 돌려야 참된 의미가 살아나게 된다.

[11-1]에서 진성이 바탕이 되어 이루는 묘심이 큰 자비의 마음[大悲心]을 낼 수 있다고 하였다. 진성이 부처의 지혜를 갖춘다고 하였으니, 이곳의 진성은 유정문(有情門), 곧 중생의 관점에서 사용한 말로 보아야 한다. 중생은 진성이라는 바탕을 가지고 있기에 일체를 아는 부처의 지혜를 갖추고, 오묘한 깨달음의 마음에서 발현되는 무한한 자비심을 낼 수 있다.

진성이 원기와 같다고 한 [3-2]의 논지를 이곳에 대입하면 어떻게 될까? 사람의 기는 한없는 지혜를 갖출 수 있는 바탕이 되고, 그런 기가 이룬 마음에서 한없는 자비심이 우러나온다고 해야 하지 않을까? 일체종지도, 열반묘심도, 대자대비도 모두 기의 소관사라고 하지 않을까? 지혜와 자비심은 한없이 신묘(神妙)하지만 누구나 갖춘 기의 발현이라고 보면 '곱지 않은' 것이기도 하다. 김시습의 사유를 밀고 나가면 거기에까지 이를 수 있다고 필자는 생각한다.

4. 맺음말

앞서 머리말에서 김시습의 사상이 기를 중심으로 한 것이 아니지 않은가, 김시습의 사상과 문학은 '선불교적 현실주의'에 기반을 둔 것이 아닌가 하는 논란이 제기되었다고 하였는데, 본론의 논의를 거친 이 자리에서는 그러한 논란에 대해서 다음과 같이 답할 수 있겠다.

본론에서 한 논의를 요약해 보자. 본론에서는 「단하서요해」에 나타난 김시습의 기에 대한 견해를 재구성하여 보았다. 진성의 본체가 음기라고 하였으니 진성이 곧 원기라고 보아야 한다는 것이 첫 번째 논의였다. 진성이 정편을 아우른 존재의 근원이라고 하고, 정편이 곧 음양이라고 하였으니, 정편에 근거한 불교 이해 전반이 기(음양)에 근거한 이해로 해석될 수 있다는 가능성을 열어 놓았다고 하는 것이 두 번째 논의였다.

김시습의 사상이 기를 중심으로 한 것이라는 것을 첫 번째 논의에서 밝혔다고 생각한다. 그리고 김시습의 사상과 문학이 '선불교적 현실주의'로 요약된다는 주장에 대해서는 두 번째 논의와 관련해서 이렇게 답을 할 수 있겠다. 김시습이 선불교적 현실주의 입장을 견지하였다는 견해는 그대로 수용 가능하다고 본다. 하지만 그렇게 한 근저에 김시습의 기에 대한 사유가 자리 잡고 있다는 것을 분명히 해야 한다고 본다. 선불교적 현실주의라는 독특한 면모를 가지게 된 근저에 기에 대한 사유가 있다는 것이 필자의 생각이다.

생각의 폭을 넓히다 보면 김시습이 불교(조동선) 문헌 속에서 기에 대한 생각을 전개한 것이 무슨 의미를 가지며 어떤 시사점이 있는 것일까 하는 의문이 생긴다. 대략 다음과 같은 몇 가지 의미나 시사점이 있다고 가설적인 수준에서 답할 수 있을 듯하다. 우선 불교의 전체론적(holistic)인 사유를 빌어, 총체적인 사상 체계를 수립하고자 시도한 의미가 있다. 불교 문헌이기에 새로운 체계를 구상할 수 있는 무대가 되어줄 수 있었다는 점도 들어야겠다. 불교 문헌이기에 인의예지니 하는 말을 하지 않아도 그만이었다. 김시습은 특정한 사상의 용어나 개념의 울타리를 넘어서 다양한 사유를 종합할 수 있는 길을 기에서 찾고자 하였다. 사유를 극한으로 밀고 갈 때, 공이나 연기마저 음양의 작용이라고 해석할 수 있은 길을 열어 놓았다. 김시습의 시도는 종교 간 대화의 한 전례로 기억할 만하다.

「단하서요해」는 그렇게 길지 않은 한편의 글에 지나지 않는다. 본고에서 논의한 바는 그 가운데서도 몇몇 구절일 따름이다. 그만큼 이 글은 한계를 갖고 있다. 본문에서 거론한 바와 같이 김시습은 "음양오권(陰陽五圈)과 편정오권(偏正五圈)이 서로 짝하며 지취(旨趣)가 같은 줄 알아야 한다"라고 하였다. 필자는 음양 쪽에 치우쳐서 「조동오위요해」를 보았으니, 정편 쪽에서, 곧 오로지 불교 쪽에서 바라보는 논의가 있어야 혹 과도하게 되었을지 모를 해석을 바루고 균형을 잡을 수 있을 것이다. 이 글은 그런 과제를 남겨두고 있으며, 앞으로 뜻 있는 연구자들의 질정을 기대한다.

원문 · 역주
찾아보기

1. 제1부 역주편에 실린 「조동오위요해」의 원문과 역주를 토대로 작성하였다.
2. 「조동오위군신도서요해」는 '조'로 약칭하고, 「단하지순선사오위서」는 '단'으로 약칭하였다. 예를 들어 「조동오위군신도 서요해」의 [1-1]에 있는 항목은 '조1-1'과 같이 표기하였다.
3. 약호 없이 제시된 숫자는 해당 항목이 나오는 책의 면수를 표시한다.

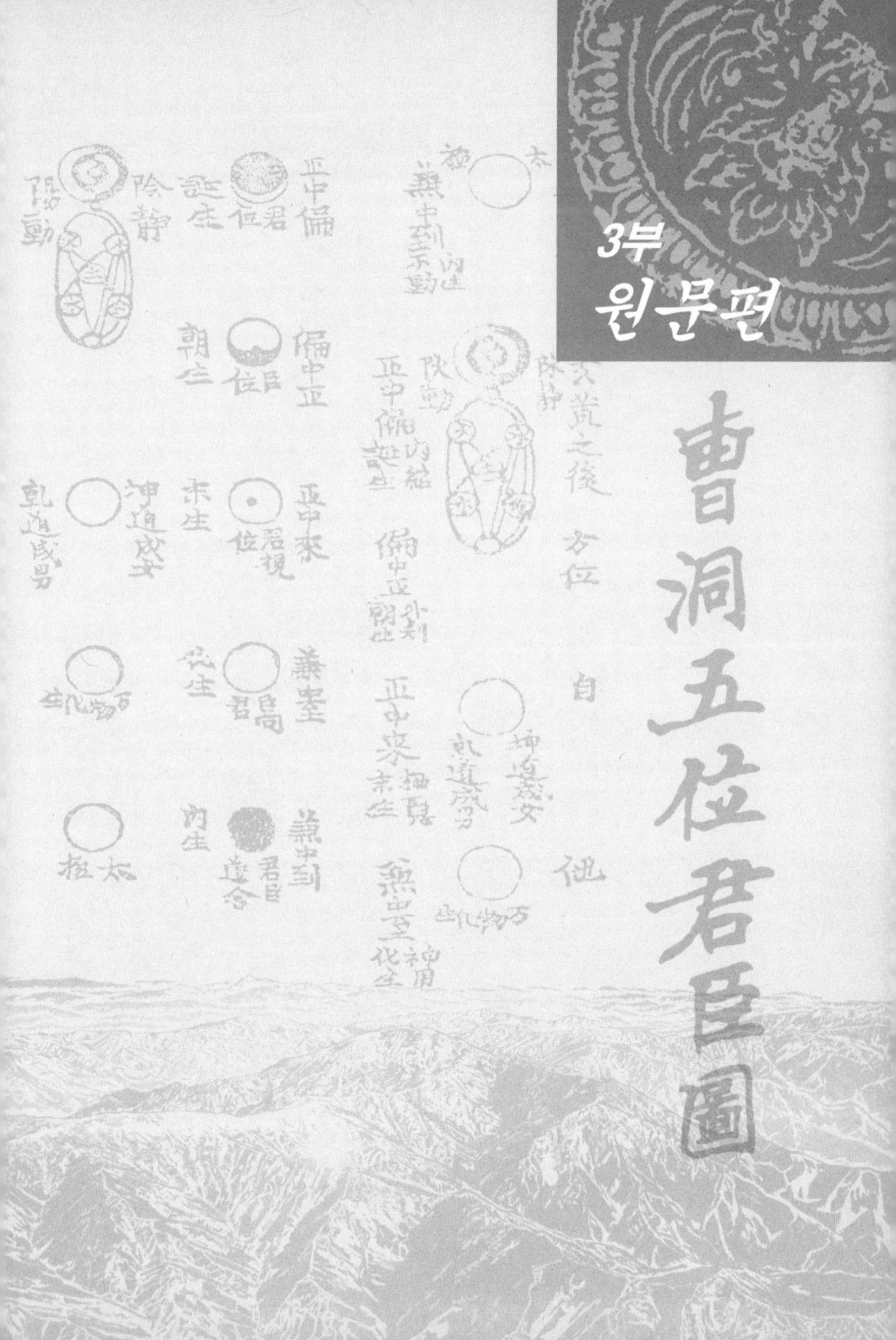

曹洞五位君臣圖

嬤母臨粧羞見鏡三更王户不能燈混然不
露當年影

運步紅蓮偏九垓寶月夜光隨處靜披雲終
不露崔崔

大用無私何擬議當風那肯落今時佗家句
有超倫志

及盡有無真介妙披毛戴角火中行縱橫按示
渗入今時道

曹洞五位頌

平虚天明羞見影朦朦霧色弁河分混然不
湛秦時鏡

火裏金雞坐鳳臺玄路倚空迴陌上披雲鴈
道出坐埃

雪刃籠身不迴避猛將天然兩不傷暗裏全
施善同俗

解走之人不觸道一般拈超興君殊不湛是
非方是妙　　丹霞

寶殿雲籠月色前井庭然磐天未曉暗重誰
弁雜来源

休者明月蒌時鏡隱隱猶如日下燈明暗圓

嚴誰弁影

脉路玄玄絶迢迴靜照無私隨處現如行鳥

道入鄽開

法法無依即智智橫身物外兩不傷妙用玄

玄善吾周偹

叶路當風無中道莫守寒岩異草青坐著白

雲宗不妙

捉子

星河攙轉月明前彩氣亥交天未曉隱隱俱

彰暗裏圓

客荊岳圓碧嵯峨天　際懸空月逵中帶雨莎更尋玄妙

相對已過新羅

觀音妙唱

角歡喜起晨黽鶴哭當清夜泉聲瀉碧峰悲心感普

廣何處不相從

欲扣圓通戶圓通戶不封城樓鳴曉眺

普賢妙用

頂視翠祥蓮野老鐙松大山童汲月泉聲橫如未

若謂識音賢嵯峨本不懸蘿攀登絕

曉八對南嶺重顛

一輪皎潔正當天宛轉塵玄通不犯明暗只

在影中圓

妙有也

背風無巧拙

當風當㦯則千端巧拙不當則一
事也無忻以道体寂無依玄白妙背風者不墮万機
之妙用也此是無語中有語也如云不入夜半穿靴
否無巧拙者即得体也妙体同道則應無巧拙也忻

以用施無間絕妙用常施豈有間断者也

電光爍難追
電光者石火之機聯目之機言其
玄妙也撥議則千里萬里也

趙州三門
未詳誰頌

文殊面目
岩謂文殊貌頭頭路不阿東林者辭

斷句血脉連跟故云　綑巍巍也只是不敢坐正一

色轉切明位令血脉不斷絶去始得相應也

三不隨凡聖去　前來明暗交羅偏正互用是双

故也全事理不涉是双収也

事理俱不涉　山是不隨九聖有無及盡逈出坐

勞之境也有句云萬機休罷千聖不擕山是未萠機

不互用恒處妙者也到這裏無明暗交羅偏正互用

盡皆掃除不曾拕逈故云未萠機不互用也

回照絶幽微　四照者即是背功合体万流歸源

也絶幽微者照盡体無依通身無伱久即出幽微之

用各不相知也臣在門裏王不出戶君臣和睦一道
如如臣不知有君君亦不知有臣君臣同慶混然一
致也

叵齊轉覺難

　　君臣道合偏正不二名叵齊轉覺

難者在於叵不能轉叵明位也叵齊即坐一色若轉

叵就体即無難也

力竅尋進退　　進則轉叵就体退則坐在一色

力竅尋者即是於往來言句中盡力竅勘令不失

其玄旨也

金鑚綱義義　　金鑚即明進退過事令句鑚不

之手不潜勿熏之手用則文彩當風得妙也

重重韜繼開　　峽是當印不當風也為有文彩巳

潜令時有句云大用全該令古迹通流文彩應無虧

重童者不間也重重顯妙無有間斷韜者文彩開則

印開用在文彩未生巳前也幾前吐霧令人開悟哪

以云二印開也

二韜饌玄路　　雖玄唱玄提令血脉不絕故韜鎖

也

交互明中暗　　明者偏也屬臣位暗者正也屬君

位交互者偏正交羅君臣同慶亦交光相羅明暗互

玄提妙唱盡不相應也

叶路隱全該　此是當風不當印妙叶當風不當

文彩有句云朕兆未分誰辨的通身処處露全該此

是那邊承當落荷人却來這邊行履方說傍通那

邊消息也該也者露地白牛是淨妙法身是教家極

則慶喜須轉與覺方有圓位也如露柱裏向生靈覺程

中本無生靈只是要体究來生前事也

賢印當風妙　正是當風當印也有句云隱魂旁

芬匹有無明暗視驗該内外當風當印者只要前人

已知有若不知有終是不負聲者明主掌之不墮凡情

當

洞山唱道三綱要頌未詳釋者

一皷唱道俱行玄路也

釋曰皷者擊也絕斷理也

唱者故也故開事也皷即烏飛海上唱乃危乎天中

皷理唱事理事荷舉明暗雙彰卑把空故行全由自已

大用縱橫正偏不備也

金鈒雙鑕備

釋曰名奇物象強号金鈒雙鑕全

趁不得動著此是不當風印也有句云体咪無依玄

省妙高歌獨唱和與齊明暗雙鑕下事不把當頭句

中須要傍通消息令血脈不斷也不落今時句若不

無語是宗不得傷犯恐失宗旨只要常於有句下傍
通無句處宗旨方是言中得不坐今時也機昧終始
者謂臨機暗昧語落今時前後不相符濁智流轉飢
落言詮但世諦流布是也寃妙失宗者謂濔在語路
句失宗旨不能於語言三昧下出身也機昧終始者
臨機暗昧濔在語中宗旨不圓也若船語中轉玄方
有圓位也句中須是有語中常通無語之意始得
妙有圓也此是語濫漏中出身路也是以大陽門下
日日常有三秋之事是也頌曰　說的十成猶是過

語不通鳳口莫開石女唱時能會了何防平地一場

偏祐始終滯在一邊更無回互鑒覺不圓盖闕泰

詳得必為忌意識流轉滯在一邊故不出今時情謂

也直是句中須要不落二邊不滯情境此是情添漏

中出身之法也頌曰

擬欲親時轉更竦嘈嘈嘈嗟費切夫打破漆桶乾坤

透始信從前德不孤

三語添漏究妙失宗機昧終始濁智流轉是大添漏

輝日究妙失宗者謂体究妙道而失宗旨須有語

中無語妙在体前所以大陽門下日有三秋之事

大陽屬今時名有語三秋是文彩未生前事名無語

不生見滲漏者揀云為見滯在所知唯有所知落在

衍知之境若無轉位處即坐一色一色是切應須轉

切就体始得圓伝也滲漏者即是語中不盡善也若

順至理而言方能盡善也須弁來觀機審法始得

相續機圓也方知妙用不落所知不坐一色便得機

圓相續妙用也　頌曰

潒目清光碍靜空洞門出入大無情兒家話計君休

恋月到天心處處明

二情滲漏滯在向背見處偏枯是大滲漏

道本通途向昔在人為情境不圓滯在取捨前後

裏坐卧若不明識聲色之体即隨聲色隨墮也直須向

聲色中有出身之路始得且喚什麽作聲色如何是

聲色外事見聞出聲色慶是何故聲色不自聲色不身

色䫆色本無因心䫆立心若不生聲色何有故云無

墮又如拍掌之論拍何掌也若當拍体観之但見於

拍不知何者是掌也

洞山大師金針三種滲漏

一見滲漏　　情存一念悟寧越音時迷逆有妙悟

無有一法可當情心不離位見猶在境㘿山云信位

即是人任未是外道邪見皆由山見見病若㤀此㤀

大陽釋　中麈頌

身語也謂佛祖伝孤高是危險處所以古人入不冒安
身之命却轉入異類中去直須藏身隱密父如云佛
祖伝中晋不住夜求依舊宿蘆花是異類中事若論
異中行磕九是穿衣喫飯便喚作披毛戴角若能鸱
力為人又何異、拽攞拖犁若不明此意則有兩渧見
道行於異類將謂便同畜生即是墮也所以揀云昊
是要片一念無私便是出身之路也此是異類中出
身之法也如云無私通妙道大弊入鄽行乃是此意
也

三不斷辯色隨父墮

釋曰向辯色裏睡眠辯色

據上說各有善巧詳之

曹山三墮　　大陽明安和尚釋

一不受食是尊貴墮　　釋曰受食是今時事不受
食那邊事如云終日喫飯不曾咬著一粒米是也須
知那邊了却來這邊行復名受食若不過這邊坐
在那邊後守弥御是不受食名尊貴墮也若無虚伝
坐在尊貴處即是尊貴墮也虚伝者常處正位如
云夜明簾外排班立又云不坐空王殿慶厭現全身
是此意也

二作水牯牛異類墮　　釋曰作水牯牛乃妙門轉

非淨無正無偏故云虛玄要道無著真宗從上先德
推此一位最妙最玄須是審詳辯明當体又說五位
皆三字成句偏正上下囬互不犯中即正位也說
理說事教有明文教外單傳直指之道果如是否若
果如是討甚好曹山耶只是口傳心授庭葛藤饒不
如是且古人意畢竟作麼生妙喜為你下个註脚也
要諸方點挨不見汾陽道面目覿在一任揀取故淨
名云但除其病而不除法又首楞叩云汝以緣心听
法此法亦緣古人一言半句雖是垂慈皆在未屙已
前著剳金師子云正位偏伝正中來兼中至兼中到

凡有言句皆無中唱出便自挾妙了也無不從正中
來或明或暗或至或到皆挾妙通宗凡一位皆俱此
五事如掌之五指無少無剩兼中至謂兼黑兼白兼
偏兼正而至何謂至如人歸家未到家而至別業乃
在途中為人邊事亦能回互妙在体前兼中到謂兼
前四位皆挾妙而歸正位謂之折合元來歲裏坐亦
是說黑字必而回互黑字不道黑而言歲或者又謂
曹山有言正位者即空界也一向無物偏位者即色
界也內有種種諸雜乃相兼中至者捨事入理正中
來者背理就事兼帶者即宜應衆緣不隨諸有非染

中偏卻來白㸦說黑庭又不得犯著黑字則觸

諱矣更引洞山頌云正中偏三更初夜月明前謂㒲回五

只言三更是黑初夜是黑月明前黑是不言而言

三更初夜月明前是㒲回五不觸諱以兩分白一分

黑圈兒為偏中正卻來黑㸦說白庭而不得犯

消息頌云偏中正失曉老婆逢古鏡不言明与白而

言老婆与古鏡是㒲回五明与白字而不觸諱盖矣

曉是暗中之明古鏡亦是暗中之明老婆頭暫不說

白而言老婆白在其中矣㒲回互白字故也又說正

中來頌云正中來無中有路隔塵埃或云出坐蕤韜

兼中到

教曰乃出格自在即離四句絕百非妙
盡本無之妙也

頌曰兼中到大觀無功休作進　從頌

木牛步步火中行真介法王妙中妙

五位叅尋切要知絲毫寸動即相違金剛遆匪誰觖

用唯有那托第一機舉目便令三界靜振騰遷使九

天歸正中妙叶通四五擬議鋒鎩失都咸

妙喜示眾云

又有一種以偏正回互為宗自以黑白圈兒作五位

形相以全黑圈兒為感音那畔父母未生空劫已前

混沌未分事謂之正位以二分黑一分白圈兒為正

偏中正

敕曰有照有用即賓中主第二句奪境
也

頌曰偏中正看取法王行正令七金千子擁
隨身搠自達中貟金鏡

正中來

敕曰乃奇特受用即圭中主第三句人
境俱奪也

頌曰正中來金剛寶劍拂天開一片
神光横世界晶暉朗曜絶纖埃

兼中至

敕曰乃非有非無即賓中賓第四句人
境俱不奪也

頌曰無中至三歲金毛亦牙儸千
妖石怖出頭來哮孔一群皆伏地

虛玄大道無著真空從上諸聖推此一位最
妙最玄也　頌曰
大袖襴衫濕席城優鉢羅花火面生記得同妥曾道
正故云

宣不向如來行久行
慈頌

覺惺圓明無相身意將知見妄躁親念異便於玄曰
昧心老不与道相隣情分万法流前境識鑑多端喪
本真如是句中全曉會了然無事昔時人

明安和尚歌曰
正中偏乃垂慈接物

即主中實第一句奪人也
正中偏

汾陽和尚頌曰
霹靂機鋒著眼者石火電光擁是窮思

從來海泛靈桃去直上寥寥路不迷回首紅塵未歸

者五雲中有紫黃家

四君向臣　妙用蜾不動光燭本無偏代云海邊

尋不見雲外郤相進註君向臣者正中偏背理就事

不立事相之名　頌曰

大平聊恣優遊一葉舟橫渭水秋紫府玄關晉示

任夜来依舊宿楊州　混然無內外和融上下平代云野

五君臣道合

老謳歌歸舜為百年文彩見伊周註君臣道合則是

兼帶之語也乃是應緣不墮諸法非染非净無偏無

千載巍巍佈聖明撲坐三尺斗牛橫君論天子衆中

令不許將軍見大平

二臣　靈機弘聖道真智刹羣生代云兵隨印轉

得遂符行註臣者偏也則色界之中種種万相物物

無羔也　頌曰

蓬門自古出英才平步清霄不容娜一舉便登龍雩

橋玉堂人昌侍中來

三臣向君　不隨諸有異縱然望聖容代云不隨

凡聖父争如天地寬註臣向君者偏也捨事人

理爰無真埋之異也　頌曰

昂偏中正山是轉切明位後偏入正不與切熏共処

名爲不共也　頌曰

不坐白雲床何緣遶大方回頭春欄熳花落辮連香

岺落絶朕迹天下始知春直下一椎三性命任敎金

鳳日遶飛

君臣五位　曹山谷僧也泰州中禪院道隆和尙

代語幷詿頌僧問曹山如何是君也

一君　姒德尊寰宇高明朗大虚代云峄前一句

諡敢當頭詿君者正位也常住真空了無一物巍然

獨立也　頌曰

佗去亦名就中切此是切成之名曰切切乃是切

就之切也　頌曰

土宿倒騎牛無依類莫投不居華藏海豈坐白雲頭

玉階人已靜香風拂拂来縱使碧潭清似鏡終教明

月下来難

不共時　佛祖二乘切不到処名為不共亦是出

切動処亭九峯云有承承擔擔庭事亦是切到這裏

須知有介無承承擔擔庭人無承承擔擔庭人始得

同一色同一色了然後借位為誕生王子是名三種

又云紹紹是切亦名是臣是正中偏紹了非切名君

共功時　此名一色為露地白牛淨妙法身一色

無弁名曰共功共功者非共識心兩到境此名不共

之功頌曰

蝐然無弁麑猶自借床眠半夜無燈燭家書曆曆宣

一色不到歧時人會者稀蘆花清焰雪鶴伴野雲飛

不得色　謂世間無物相似喻光不及如云鷺鷥

立雪非同色明月蘆花不似佗類之不齊頌曰

明月上寒空流光不沉水漁歌聲斷時籟末隨風起

王宮蝐宮貴終是好途跙鷺鴛迷雪迸鶴伴野雲行

盡却今時始得成立名位中功轉功就

切切時

不因師指示泅合錯商量閉戶霜風冷開門片月源
切時　正是下切時前來向他奉他仍未是切今
直下承堂全身擔荷不用絲毫修行心力方是省切
此名無切之切如云覓介修行人難得又云覓介不
修人更難得　頌曰
霜葉任風飄空山境寂寞野雲飛碧漢玉鳳翥丹霄
日裏鋪席眠歇歇自不飢不須重話會萬里一條新
放下髑髏時　一切盡放却撒手無間斷　頌曰
雖然空手坐猶未免識嫌釣竿橫膝上舡子任東西
大用非前後每糸貝豈滯機後茲雲霧要採汲不虛施

一種平懷處備然勿兩知春風花爛熳秋兩草姹披

奉時　飢知有此事十二時中不得與他違背直

須心心無間念念無羔此名時中奉重勿昧此心所

以知有庭人始解奉重　頌曰

東風一陳來掃盡千岩雪廓落大虛清月寒光皎潔

從來無背面攙向便垂踈排班燕位次曲指不輪流

背時　若佛若祖若世間出世間皆如生冤家相

似一切違背又如大五逆人一切不奉於尊貴人分

上始成孝道奉他也　頌曰

万里一條鐵覷面難分雪陸地美舟舡眼中揖月

擬向還成背無私体句同回頭炉水闊野鶴出籠龍

曠劫不回頭今朝方帖地面前明有路背後又重山

白髮顏如玉超然絶比倫若前花爛熳室內不知春

喫飯時　凡著衣喫飯須要明識得那介尊貴人

若不識此人不可只養四大身色去也所以古人云

終日喫飯不曾咬著一粒米終日穿衣不曾掛著一

縷絲直須瞠庯用心方名向佗如云把節枯匙傍借

力佗家不費用叨夫是此意也　頃曰

雲倚青山秀烟籠翠嶠高綿綿無朕迹終不露絲毫

蚖然同受用不與汝同班直須放是勤無心好涅槃

探尋單迢曲髞過胡家韵向背便還家堂座明瑩顯

擬向還成背因茲万事非懸崖能撒手本馬火裏㘞

切熏五位洞山垂示因緣未詳何人註頌山示衆云

向時作庅生奉時作庅生切時作庅

生切切時有僧問如何是向山云伱喫飯時

作庅生進云如何是奉山云伱背時作庅生進云如

何是切山云伱放下鋤頭時作庅生進云如何是共

切山云不得色進云如何是切切山云不切

向時　須有介分明見処方名向他向又向介基

庅事午頌曰

折合元來歲裏坐

坐著則不敢折合此方割殺

也為修行不能超前絕後元來却只在歲裏坐割殺

所以道若不回焰即坐著一色去也這裏直須黑山

下動地放光死水裏呉雲吐霧十字縱橫切忌不犯

則可也清云黑兀兀地山云即知無中到者如雲居

覺問洞山西來意云闍梨若徃一方或有人問闍梨

向什庅道此是無到語也　　諸家頌五首

眼裏盈金屑忘懷勿所知　　水消河北岸舡子任東西

只見針頭剎知非是作家靈雲如說夢笑倒老玄沙

滯語頭頭失忘機法法全曉鶯啼柘木孤鶴唳遙天

離此別求承禀失自 頌曰

古曲無音韻誰人敢和酬君於玄妙會依舊隨凡流

不落有無誰敢和　無舌童兒繼和此句合前有

無及盡待前正中偏黑白未分時事岇盖不落有無

方名及盡始得不當頭全該也不當頭是文彩未生

時事文彩未生唯是体妙全体該汝更無遺溺故云

不當頭全該也清云不得不落山云不當路人

人人盡欲出時流　人人盡欲超佛越祖出今時

流註軍妙去誰道不藏解阿誰不得藏形泯迹回頭那

露顯爭乃不回頭坐他一色也清云爭淨慮㘵

得須是渠始得丈夫自有衝天志是他自有把定乾
坤底眼所以氣宇如王不依他敎也淸「云焰裏自出
山」云不溪人得蕪中至者如僞山指石問首座云這
介石不喫食骹肥首座云這介石不肥骹瘦僞山云
只會此是蕪中至語也　　物物頭頭全得妙此是妙叶處玄會始
蕪中到、　　得句中不溪有無雖叶帶位偏中由体妙玄行故始
得句中不溪有燕是双岐也淸云始得始得山云好
笑孜日第五位者西乾四七自山忌機東震二三後
孜伏口失口宜應衆緻忌機不隋諸有動静平常会

両刃相逢不須避

是作家弄嶮之処謂以此偏

交羅明暗至用如両刃相逢善能回避此是明暗双

放也如人芙殊不觸手不落地不觸手者不住偏不

落地者不坐也此作家始得其妙如火燄裏出身

豈非好手也清云彼此文夫山云各不相觸

好手還同火裏蓮 此是往來句中常有此身路

若是作家相見如大冶精金無中忽有壞之不得明

自怜体能為万拘之主也清云為不自傷山云損他

不得 宛然自有衝天志 擎天架海氣宇如王不従他

會祖宗側冷僧提善態曰互遠勝斷舌之士也清云

大交雪泥山云非不如正中來者如問祖不與方法

為呂者是什麼人是此人也意正中來語也

兼中至、　後有句中來非正位中來是有句屬

名偏位故指兼中至是有句中來機不回互者謂偏

正兩位盡在機前拈出故不回互也清云易有不易

山云有句中來孜曰彼此兼帶通身妙用往來句願

血脈連環函蓋相稱貴舒自在彼此抽顧方名妙手

若不飛者敗軍之將也頌曰

彼此見來雄相進用至功名取新行後八辭失威風

在右人位是主位正位不抱位者常要時中奉重示
得轉時遠背若一念抛位此人是不奉重於君背迸
臣子可謂此人命若懸絲所以轉時不在如同死人
豈況經年度歲不在句中有路不傷觸句句中皆有
出身一路不犯當頭也清云得妙互換山云傍通達
介

也勝前朝斷否矣　　類非是無語不齊雖有言句
善能回互不犯當頭明騎全該明是偏賠是正位句
下全体該攝也隋朝有賀若弧辯士也因犯國諱被
割舌是此人也盖唐指隋謂之前朝也如今若人妙

從無入有不借而借此是轉身一路也有句云受陰

托胎含得妙坐坐剎剎現全身此是兩莖埃事如撲

落非他物時是妙中忽有句句忽聞妙妙在体処此

是妙中有句也若句中無得句如紅爐裏蓮花著即有

分取即不可此是句中無得也清云不難明幷山云

無中忽有

但能不觸當今諱

　　　　未審當今諱介甚庅字問取

適事舎人去誰敢道著只要不犯當頭任從蒼海變

終不爲君通如云智臣終日侍王不犯王諱盡能囬

互也依傍這介不抛位依傍是叶通端之語也這介

峴是偏中正語也、

正中來〴云 一入宮無異体出塞号將軍才出意田遙

轉位戴角披毛向暴類中來嘶風不及妙百言中分

也雖今時沖來要常不落於今時也清云不易支山

云過來也孜曰此是尊貴位中來而不居尊貴位尊

貴位則無化也無化則無中有路有路則鳥道鳥道

則通身去通身去則千聖近不得近不得則是行於

異類異類者是一切處無間也　頌曰

氷河紅熖裏有路滑羹咨四五當今諱曇花処処開

無中有路隔塵埃　古人道得位後方能轉身謂

面目自峴而彰方信道不從他得古鏡者雪峰云峴
事如古鏡胡來胡現漢來漢現又玄中銘云夜明簾
外排班立又打破鏡來與你相見此是熊畫体無依
通身合大道却是入正中偏來也清云略借轉看山
云露也

分明覷面別無眞　　只與応會目對分明不是別
物清云更不自與山云外覓即不得
爭為迷頭還認影　認著不堪不是本來頭如演
若達多迷頭認影認著依前還不是清云不道許山
云不是本來人偏中正者如僧問万法歸一一歸何處

222　김시습「조동오위요해」의 역주 연구

時只向語中轉去方有圓位且語言三昧下出身者
謂有語中常通無語之意是從偏入正也又偏屬令
時六坐六識正是那邊人常不落於令時只於六根
六識下明得那邊人是偏中得正也清云句須奇人
山云緣中會孜曰學人因於物象滯在今時今時則
偏也所以遠立偏中正也則盖學人滯於物象容在
事偏中正則有語中無語也則盖學人知偏中正位
令時令時則偏孤事闕理也　頌曰
玉大吠天曉眼蟾吐泠光到頭迷影相鏡裏失藏鳳凰
失曉老婆逢古鏡　郭也將知道不別有也本来

偏中正

偏是令時語、大陽門下事、名有句、正是
正體、明月堂前事、名無句、無句、是宗不得昧却老中
有句下、傍通無句、宗旨是偏中得正也、偏是左右人
正是尊貴人、常要時中奉、他直得心心無間念念無
元始得與他相應、是故知有庁人、又偏是長老施說
轄時還背者轄時不在、如同死人、始解奉重轄不得
慶正是學人、承當慶長差、常在偏位中、達立學人常
向正位中承當、是偏中得正、緣中得意不坐、今時緣
是因緣語句、於因緣語句下、得意不滿、因緣語句亦
通夕、每未生前享空劫処事、乃是緣中得意不坐今

在門裏王不出門臣不知有君君亦不知有臣混然
一致此是兒孫得力隱隱幽暗不章也淸玄不用涅
親
隱隱猶懷舊日嫌
初未識時未有冝慶見了後
方有冝慶如今到無冝重慶所以悟了還同未悟時
心無胏肙自然安又妙諸絕承當介中無冝路正是
此意兩句語非前後句中不相似也雖上下兩句
只明一意也淸云酌然未襪山云此二句言異意一
正中偏者如人間不溚一色後如何云同人不得合
峺是正中偏語也

在一色一色則正孤理闕事也　頃日

二鼓聲闌後金雞未唱前九為圓影轉猶自恨當年

三更初夜月明前　只是黑白未分時事黑白二

種亦是文彩直須向文彩未生前方是正中偏有句不

云金殿割開全体覩往來常在白雲中明月前句不

階有無始得相稱也清云俊異奇栽山云向黑白未

分霞會　無始得相稱也

莫怪相逢不相識　正是父子相見君臣道合時

也唯一道如如更奧阿誰相識不落第二頭此明入

宮無實体也謂子全身而就父只是各不相識如臣

但有言說即屬偏也偏正不能離本位無生那涉語
回緣即是兩意只在語中圓得庭句如云不落令時
句此是語中圓得庭句亦合兩意妙在体慶体即正
位不落令時句中復庭一位不得當顯道著直話只玄
行始得相應如云半夜日頭出木入半夜時語皆是
無語中有語也直語露地已前明妙身也道介露地
白牛淨妙法身摘是文彩直須向文彩未生前妙會
始得其白也乃正也所以達立正中偏者欲令學人
在一色一色乃正也所以達立正中偏即無語中有語盖緣學人滿
明正中偏位事正中偏即無語中有語盖緣學人滿

慈明摠頌

偏中歸正極幽玄　正去偏來理事全

須知正位非言說　朕兆依俙已屬緣

兼至去來興妙用　到爲何必逐言詮

出沒豈能諼世界　蕩蕩縱橫鳥道玄

曹洞宗旨　洞山目頌未詳註麁清大師香山劉

和尚共略　釋甘露孜和尚別註五位并頌

正中偏　古人借黑爲正假白示偏且忌當頭真

須傍提爲物妙會祖宗如云要頭研將去者正是正

位也道介正位早已落偏言不當理本位都無言說

曹洞五位圖

正中偏 ◑

君向臣　偏中正

白衣雖拜相

此事非為貴

臣積代簪纓者

密休言含曉時

兼中至 ○

臣向君　共功

未將無功志

人天何大邊

焰裏寒冰結

楊花九月飛

兼中到 ◐

威音王未曉

彌勒豈惺惺

君臣道合功

朕兆卒難相

混沌藏裏事

未雄覺牽界

烏鷄三上竹

正中來 ◉

君示臣　慈明頌

明正在君臣

子時當作正

音泥牛吼水面

木馬逐風嘶

臣向君　共功

臣未浮無功

四者外入家鄉

惟有五郎最小

家中持業耶娘

大者本州刺史千

二者把筆文章千

三者放鷹走狗千

王兔不能雄

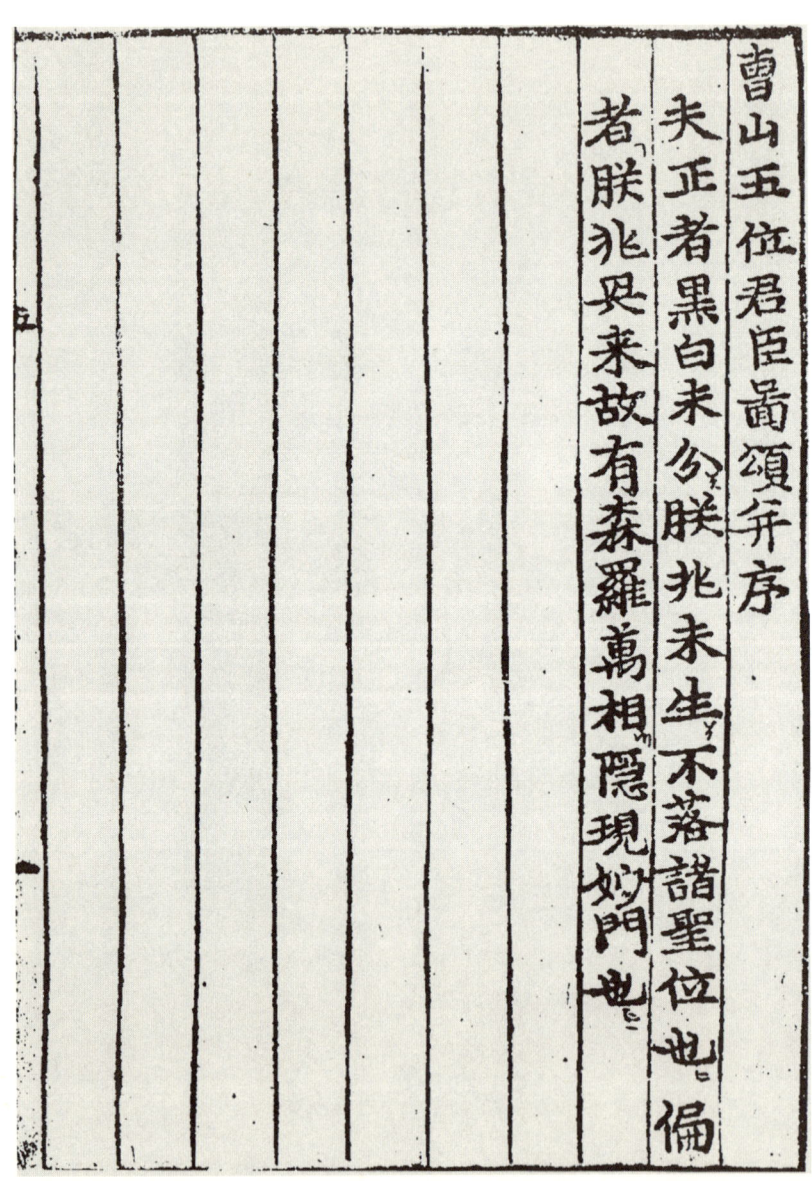

曹山五位君臣旨頌弁序

夫正者黑白未分朕兆未生不落諸聖位也偏

者朕兆旣来故有森羅萬相隱現妙門也

語默絶雉微如何通身不起穴云常憶江南三月

裏鷓鴣啼又百花香

略陳管見以示方隅異諸同心幸毋撫掌

略猶簡也陳希也管見小解楊子云心管見竊矣

方隅顯露久超真聖同心同志之人也母無通撫

掌撫掌大笑也序者謙辭業有意味到這裏直饒

解齊龍樹說法馬鳴天花亂墜頑石點頭猶是管

見真饒剎說圣說法衆生說佛說菩薩三世

一時說劫不盡亦是管見未審將何雉管見萌

年更有新條在惱乱春風卒未休

本体不雜乎隊　陽爲言耳

是故威、音那畔休話如何　是故燦上摧殘語威

音儞号空劫已前出也那畔　彼畔謂不落言語前

畔際也休止也話善言也如何拈上黑白偏正面

互摧殘也言由拋一切方便故空劫前事不可以

善語導導示人也㘞以古人道鸞鷟繞出徒君看

不把金針度與人是

曲爲今時由人施設　曲詳悉也今時則方有言

語施設敷陳言雖不可以語言形容然非言語者

亦是滯病道限今時人施設始得昔凡穴因僧問

喻本智金鴦鮮輝笺喻妙行又玉鳳喻普賢大人境
界金鴦喻文殊妙德吉祥分辣不下云者到這裏
風不入水不著明月藏露銀盌盛雪色類示齊青
山不愛白雲不恋青山寒山拾得相笑失辨相笑
失辨白雲千里且道是何境界頌曰
風靜江如練兩晴山欲暮兩岸夾蘆花月明光高
曰虎若巍圓成有依舊愛顛倒天迥鳥飛遠山高曙
色界良裁観世吉全身入荒草　　右拈大極圖
解○山將謂無極而太極也將以動而陽静而陰
之本体也然非有以進乎陰陽也即陰陽而指其

一切回互揆放免有機開蒙帶真之不後指起也

是什麼時節家有自澤圖及無如是慌

及盡玄微兒

直得三世諸佛呵呵失笑歷代宗師

進退忘機可謂是文彩全揆鋒頭不露鍊之又鍊

月冷風清洗之又洗江澄夜朗若是沒重大人後

容容步鈍置暗漠未免邊除要識這介庵裏人面

前不得說要也

玉鳳金鸞分疎不下

金玉無情而有光輝世之

寶也鸞鳳有情而有文彩世之瑞也喻正位尊貴

也三鳳金鸞一喻無語中有語若欲強分玉鳳溫潤

大悲而不住涅槃以色空境不二悲智念無床成

無住久行正是此住要識不艶處様子處惆悵夜

來寒月上幾家經管幾人愁　右擾太極圖解

○<ruby>百揚<rt></rt></ruby>以形化者言也各一其性而万物一太極也
化住

推残燕帶 古之也伊庅今之 也伊庅古之今之左

之右之捲亦伊庅伊庅也不得不伊庅也不得伊

庅不伊庅也捲不得有時喚露柱作燈龍有時喚

燈籠作露柱可謂推残燕帶推挫折謂割断残餘

也謂矣之不復拈起燕弁帶相結也謂偏正有無

團團全体之用磨然水法法雲片片全用之体無
窮如兩刃相逢而善避明珠在掌而不著施亞偏
位遂有無窮袖身義梨之園驟步蹤絟之徑夔夭
帝折天樞挾太山超北海真忌機妙手看者妙手
畢竟落在什庅西山巍方聳碧潭水澄澄芳練
色又

芳䕷不艶又　芳香氣叢草聚生見喻真性能聚諸
智艶花美見喻妙心能運大悲大智無生大悲
緣無生而生智量不窮無緣而緣悲心不导故賢
首云見色即空成大智而不住生死見空即色成

全用即真、　○

分割山河手持妙印宣威沙漠四著
凌烟山干城之不續体天法地權邪立﨑綱紀四
方使百碑郷土不懈于位天子之喜加謨然天子不
以至治自於而歸切於将将軍求以大功自伐而
歸德於帝此太平之秋也経緯天地曲成万物大
小長短不可変越不可改移峡心之全用中向一
些子没巴臭能使天天地地大大小小短短長長
花花草草各逞形状峡心之真体非体為体物物
皆体非用為用頭頭全用正當徳広時星聚三月

起舞是什麼消息堪笑謝郎徒在一江風雨宿

漁舟又一

括本花開又

伐之童童者人甚之枯朽之木誰有鑑栽不逢斤

便是奇妙祜本枯朽之木享得者人

齊劇夫契慮玄黃委瀟此喻真如妙性不隨世間

迂謝雖然向這裏轉身一步始得花色可愛人所

景慕渐敷喻真如實性中出生一切善法且逍如

何是善法有時醉酒罵人忽不燒香礼佛以

石枳太極圖觧○坤道成男 以氣化者言也各一

其性而男女一太極也

一其挹無假借也。

⊙ 全体即用　全完具也体尊貴位也即就用妙門
也言這一著子趂四句絕百非赤洒洒乾剝剝不
著於無奚隨於有有無不坐捉然無寄是之謂當
位由其無寄也故処処逹渠夫是之謂妙門空三
殿上知音頓絕芳草岸邊衣褊些彼峽㳙交涉
東西任往来到這裏可謂造迭巡酒開傾刻花披
毛戴角脈肠爲人露臀呈乞賤明州上涌下渡
倒用橫拈石人把拍木女吹座露柱唱歌燧籠

明生矢又叅三同契云三坤乙三十日東方喪其朋

●三叅盡相禪與継體復生龍● 三庚金陽子穀乙

揮云日月合璧之後陽又受陰之禪役變爲震

爲龍一陽動於二陰之下震也重淵之下有動物

豈非龍乎喻色空隱顯不相斷滅之義陰則諸法

之時縁有性而不動則諸法之昕起有日而無

祖無相無動偏中正位要識偏中正位宏合掌有

時懵問佛祈腰誰見日見王候

右拠太極圖觧 山陽爽陰合而生水火

木金土世又云五行之生各一其性氣殊質異容

天曉陰晦

一言其体大言其用至高則不可及無上則無對

是清淨光潔最尊最勝之稱喻性体清淨一切世

間色量不到曉是明暗初分之時齡石法色量不

到処有此二靈明炳煥庶道理陰者元氣之凾絅蔵

之時而於兩儀屬地易之坤三絋陰之卦也有乱

馬貞之象繁者載物之体取乗天行健而資始万

物厚重不迁之義喻法性凝寂不動解脱也曉前

漢律歷志云日月褅合曰為日消盡謂之晦晦則

天說文云至高無上之名字从一大

乃至一切國土山河身心器界逆順緣起之妙用
也不坐云者無住如洞山云渠今不是我我今正
是渠下偏字指無量妙用隨众出現如混澄大海
光影相涉內而喜則笑悲則哭飢則食渴則飲外
而上是天下是地畫則明夜則暗春榮秋落冬寒
夏溫無非偏也不坐偏云者言一切云法逆心而
起心本無住萬法何依法本無依心澄何起心而
两亡一味那尋德広則父一坐而徧法界會濟景
而振一坐一多不碍隱顯無踪正是巴歌社清村
田樂不風流父老風流遂會広任舞預尚偏

古至今難為話會虗則非有無明則泯色空虗則
緣塵無所依明則根境不能碍虗則可以納万有
明則可以寔本寂繼是燃燈先聖大覺能乍代出
迷其說法利生難忘斯義且道如何是千聖利生
庻宗百数群長笛難亭晚君向瀟湘我向秦

右援大極晶解 ◎ ⺊○之動而陽静而
也非有以離守○也

偏不坐偏 偏即色界逢覺圓清淨体上所照察
淨万法一切諸佛從玆而現一切衆生由此而出

金殿玉堂留不住夜来依舊宿蘆花下亞字揩港
森体中亞令當行觸處皆真花灼灼鳥喃喃一點
靈光混同大虛所謂握驪殊於掌上納万彙於眸
中拈亦在我放亦在我兄恃動作無非亞也不坐
亞云者言如斯之法窮之則妙窃之則玄玄妙之
理填忘兄聖之情兩祛圓融無際古今無間三世
諸佛傳不得歷代祖師授不得庭消息遶會庭盧
須向亞位前承堂始得　放你三十頓棒
夜半虛明　花是黒白未分時半是黒白未分時
不落明暗應時節到這裏兄聖不立体絕偏圓自

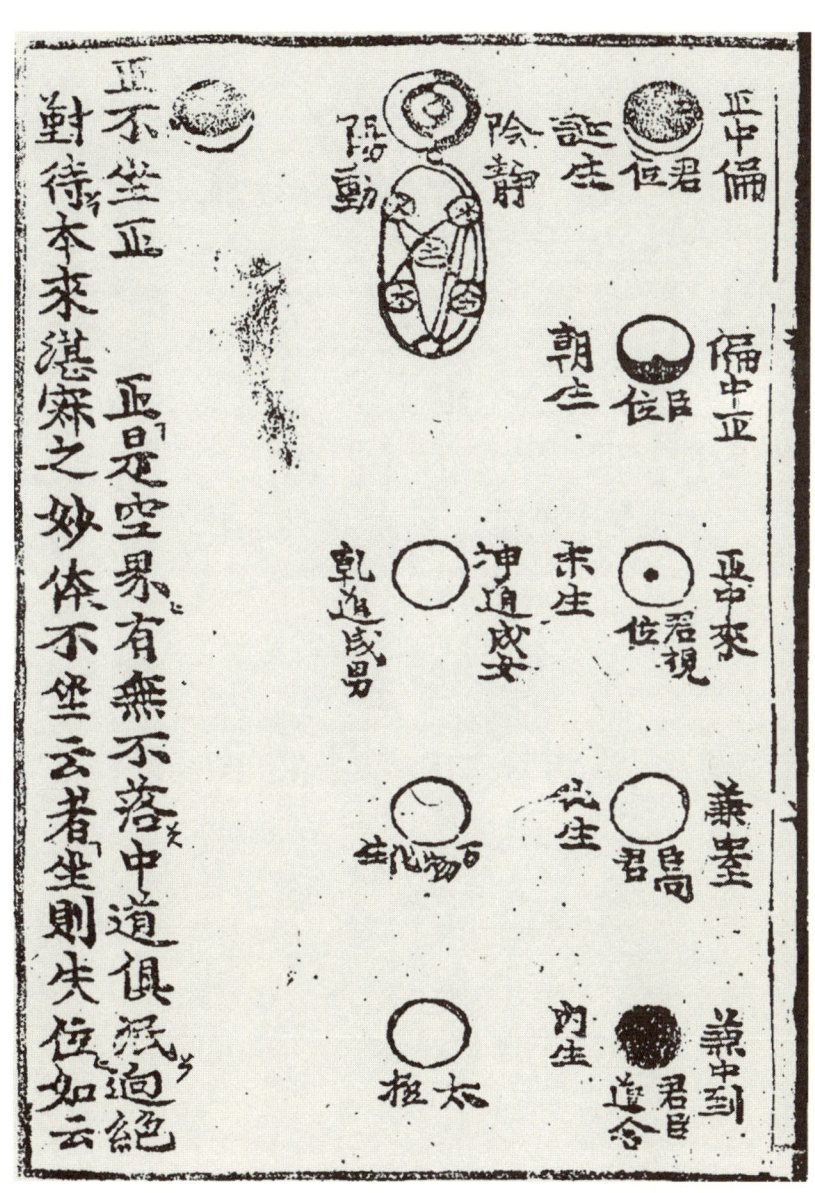

正中偏　正位君　陰靜　陽動　證位

偏中正　偏位臣　朝位

正中來　君視　末生　冲道成交　乾道成男

兼至　君唱　化生　生化萬物

兼中到　君臣道合　內生　抱太

正不坐正

正是空界有無不落中道俱泯迴絕

對待本來湛寂之妙体不坐云者坐則失位如云

彰処万有而不廣摂一坐而不窄万相頂寨而不

隱不同陰之静也千老森列而不露不同陽之動

也先天地而無其始後天地而無其終非名句可

数非言思可及則亦非経書將論道与大極之稱

祐佛法只憑玄便見陸地平沈岂有燈燈續焰洞

山向猛虎口中奪肉撝龍頷下穿珠未免忉忉怛

怛以世所論之事俯為初機權設三圈行而為五

若是泥量大人未關口已前薦得如或未然請須

仔細看只是一圈 洞山五位

無假借也山山無極二五〔所以妙合而無間也〕○

乾男坤女以氣化者言也各一其性而男女〔一太

極也〕○万物化生以形化者言也各一其性而万

物一太極也

右依周与晑朱子解令行人知陰陽五圈与

偏正五圈相配但識其趣不必泥於名句幸甚

於是借黑權正假白示偏

借假同意謂非真也黑陰之氣白陽之氣也權変

也又當合道之意示語也以事告人也●正真性

之体○偏真性之用真性圓融体用無礙運事以

周子太極圖

太極
黑白未分
無極而太極
玄黃之後　方位
陰靜　陽動
正中偏内組
偏中正剛
坤道成女
乾道成男
萬物化生
神用
化生
自
他

朱子解

○此所謂無極而太極也所以動而陽静而陰之
本体也然非有以離乎陰陽也即陰陽而指其本
体不雜乎陰陽而為言耳○此○之動而陽静而
陰起○中○者本体也○者陽之動也○之用所以

于野其血玄黄荅荅蒼迥遠故曰玄黄中央之正色
方言區域位言上下自言身心他言森羅万相言
太極觥判此道路著天清而上地濁而下相合相
因五氣順四時行夫然後天地之間山川日月空
色人物免麗於形墮於數雖報蒼之藪驥驤虫之細
莫違乎此此所以成變化而行鬼神也　今援
周子太極圖及朱子解以示来自兼標彼此同　敦

皮骨之理已具而不可以形相論不可以思慮會

目其太極之源一兀之理湛然不動名之曰道商

華老企道道在太極之先而不為高道在太極之

下而不為深先天地生而不為久長於上古而不

為老亦云無極言其不可極也非太極之外復有異名即

此而為品物之根柢也

指亙古亙今常常不磨庶消息此一節盖以道不

容言緣破有言皆落第二義故淨岩道朕兆未

誰是主宰宴宴全体不曾歡

玄黄之後方位自他不

玄黄天地之色易曰龍戰

地老瞵瀧混沌瑪其如雞子未化時羽毛

太一也老子云道生一是也雞爲彼此言未有天

可加也言天地未分之前元氣渾而爲一是太初

太極之稱太極者極盡之意言其理之至極而不

陰○屬陽參同契云類如雞子黑白相抉未分者

夫黑白未分雞爲彼此也

黑白陰陽二氣也●屬

丹霞子淳禪師五位序

無妨ᄒᆞ니

四强論五中來與曹山交第相異然大意不戾五叙

堂堂絲不游今擾本序第三位論無中至第

顯其玄佚麼生是正位前圓相偏亞兩位俱不觸

之門人人可入今則重重綿密各不相涉到這裏
佛來也不入祖來也不入乃至天下老和尚亦不
得入是牢也伊麼則如何得入要知入慶庭待月
影分千澗水孤松聲任四時風請從這裏入
理事雙明雖免兔田途之妙　　理不碍事事不碍理
即是雙明然而理現事隱事觀理隱却是田途之
妙
　右第五位
因而立相用顯其玄故以序之　到這裏非性非
相非說非默亦非思慮所及便盡力大開口拈出
一介正位前圓相○而以爲序故云因而立相用

經霜蕩盡諸法義翠色存云者劫火洞然其毫末盡

青山依舊白雲中ᄌᆞ라

紅爐猛焰寒氷結ᄒᆞᆯᄯᆞ

猛焰智燄發光卽是量短寒氷結云者理量俱忘

一真淸淨迥然獨立所以道撒手那邊千聖外曰

紅爐燄消融萬物卽是理短

程墦作午中牛ᄒᆞᆯᄯᆞ

右第四位

紅斷玄敎由辛真理之門

可謂文字相見君臣道合然而文不知有予君不

体用雙現理量俱隱

知有臣背故云玄妙辛遠庭記真理

上綠苦生

右第三位

泥牛亞位有体而無

遂使泥牛哮吼木馬奔嘶

用迥然獨露故云哮吼木馬大聲也木馬偏位有

名而無實奔嘶則非特獨露無有運動言偏正不

雖本位菩能回互也學人於偏正回互處不犯兩

頭若能翻身一轉須踏金剛圈吞栗棘蓬駕泥牛

於海底鞭木馬於火裏方有相應如是可能一毛

於裏現賢王剎一微塵中轉大法輪

苦藥華艷可見裝繁及大用

勞經賴翠亡待

雲下可來青嶂明月難敎下碧潭　又

右第二位

君顕無切之用妙在体前

無縁而縁無非三觀無相而相三諦宛然頴末風

吹水漲江高即是無切之用妙言其常常運轉而

不可思議体前正位前也言正位前自有常常運

轉不可思議应消息

不憚靈玄何人委悉

言語見解日向萬盡方有圓戒庭滋味徳厷則誰

從上所得一切有為下度

人肖向義顯行去信道一往森森入不到賓段

暗二種雖張當体湛寂諸法緣性本自具足と、

右第一位

離暗去暗逐明隨明明暗交馳逐同水乳と、

離暗不屬於無去暗不屬於有逐明不滯於色隨

明不滯於空離背去向也逐突隨追也明暗交馳

者從無入有從有入無色即是空空即是色面互

不巳恰似借婆杼子拜婆門逐同水乳云者言有

則幻有不導於無言無則幻無不導於有一二二

一可謂是明暗交馳逐同水乳伊麼則不可以言

說稱不可以玄妙會正當德麼時作厶生解會自

曹洞五位君臣㫖序要解

仁宗聖帝敕泰州天中寺道隆禪師述

夫耳目藏於胎胞宫商五象徒施半夜山於暗明乃

有君臣父子夫者起語之辭耳目者視聽之府

諸物不露曰藏胎胞胎人畜附成殻邜殼禽虫附化言

不偎形質已具耳目視聽之理猶言天地未判此道

障然而其繁兆者已具宫商五音之名不可見謂之

玄可見謂之象徒空施設也半夜是正位一念不生

時以泯也山於明暗是泯摸慮消息君臣父子是

何邪庭難息言最初一念子生時但有圓融皇有明

曹洞五位君臣圖